文芸社セレクション

狂った館

徳川 夢路

TOKUGAWA Yumeji

文芸社

目次

狂った館

この物語はフィクションであり、実在の人物・団体とは一切関係ありません。

一

平成九年八月、山手屋立川店駐車場事務所にて、諸星佑也は担当課長から人事異動の内示を受けていた。課長は、

「諸星、明日からきもの売場へ異動してもらう。薮沼係長の所だ。きものは難しいから薮沼からよく教わって頑張るように。ようやく駐車場卒業だな」

と佑也を祝福した。

佑也は平成四年にA大学を卒業して大手百貨店、山手屋に入社したごく普通の純粋な青年であった。立川店デイリー食品売場へ配属されたが、三年目にフロア長の近山和雄から些細な事で嫌われ、業務委託をしていた駐車場を自前で運営する事に伴い、不運にも佑也が配属される破目になったのであった。

帽子を被って車両誘導をする佑也を見かけた近山は、知っていながらわざとらしく、

「諸星君、駐車場に異動したの?大変だね。頑張ってね」

と声を掛け、佑也は歯ぎしりをして悔しがった。お客さんとのトラブルが多く、気の許せない毎日であったが、何とかクリアをして売場へ戻る事ができたのであった。

新入社員の頃は、お客様に夢を与えるような一流のデパートマンになりたいと希望で胸を膨らませていたが、上司に飲み会で酒をぶっかけられたり、先輩の女性社員に意地悪な

態度でこき使われたり、納涼パーティーでミニスカートを穿かされて裸踊りをさせられたり、社会の厳しさを徹底的に叩き込まれ、新入社員の頃に描いた夢が砕け散りそうであったが、売場に復帰をすることになり、再び希望が甦ってきた。

佑也は早速、婦人靴売場へ向かい同期の青木法子に会いに行った。青木は笑顔で、

「諸星君、売場に復帰できて良かったね。辛抱した甲斐があったわね」

と祝福をした。佑也は、

「駐車場に異動した時は辞めようかと思ったな、本当に良かったよ」

とほっとした表情をすると、青木は、

「ハンカチ売場へ行ってきたら、杏奈ちゃんがいるわよ」

と言いながら、斜め向かいのハンカチ売場の方を向き、佑也の肩をポンと叩いた。佑也は俄に顔を真っ赤にしながら、

「恥ずかしいなあ、いいよ」

と躊躇うと、青木は、

「駄目よ、売場に復帰したって言いなさいよ」

と言いながら佑也の腰を両手で押し、佑也は下を向きながらハンカチ売場へ向かった。

杏奈はお辞儀をしながら、

「こんにちは、諸星さん」

とひまわりのような笑顔で挨拶をし、佑也は緊張しながら、

「こんにちは」

　と小さな声で返事をした。

　鮎川杏奈は平成八年入社の短大卒社員で、店内で評判の可愛らしさを誇り、佑也は密かに想いを寄せていた。豊満な胸の膨らみと綺麗に伸びた脚にほのかな色気を感じ、再び顔を真っ赤にしながら、

「あのう、今度、きもの売場に異動になりました」

　と緊張で少し声を震わせながら報告すると、杏奈は、

「本当ですか？良かったですね。頑張って下さいね」

　と祝福をしながら再び眩しい笑顔を見せ、佑也は、

「ありがとうございます」

　とお礼を言うや否や足早に青木のもとへ戻った。青木は少し呆れながら、

「ふふふっ、もう、諸星君て純情ね、しょうがないな」

　と悪戯っぽく笑った。

「諸星君、それじゃあ杏奈ちゃんは他の男性に取られちゃうよ。あの子、今日も男性から声を掛けられていたし」

　と言うと、佑也は、

「そうか、じゃあ諦めた方がいいのかな？」

　と曇った表情になったが、青木は、

「諦めるのは早いわ。杏奈ちゃんは軽いタイプの男性を嫌うみたいで断っていたし、まだチャンスはあるわよ」

と佑也に希望を持たせた。

青木は俄に表情を変えて、

「ところで諸星君、きもの売場の薮沼係長には気を付けた方がいいわ。好き嫌いが激しくてかなり偏屈な人みたいだからね」

と真剣な表情で忠告をすると、佑也は、

「うん、分かった」

と引き締まった表情で返事をした。

翌日、佑也がきもの・家具フロア事務所に入室すると、やや小柄で金壺眼を不気味に光らせた中年男が深々と椅子に座り、佑也に前の椅子に座るように勧めた。佑也はおどおどしながら椅子に座り、

「諸星と申します、宜しくお願いします」

と挨拶をすると、中年男はおもむろに口を切り、

「フロア長の涌井だ。俺の所に来てどんな気持ちだ?」

と問い掛けた。佑也は緊張の面持ちで、

「期待と不安が相半ばする気持ちです」

と答えるや否や涌井は、

「何を難しい事を言っているんだ」

と馬鹿にしたように吐き捨てた。

「社長がおっしゃっている発注のサイクルを言ってみろ」

と目を据わらせながら聞くと、佑也は不意を付かれ、

「分かりません」

とバツが悪そうに答え、涌井は、

「そんな事も分からないでよく売場に立つ気になるな」

と呆れたように言った。

「それから、お前は当分シフトなんか関係なく仕事をしろ」

と佑也をじっと睨み付けながら命令をした。佑也は理不尽に感じたが仕方がなく、

「はい、分かりました」

と答え、涌井は、

「お前の担当はきもの売場、係長は薮沼だ。薮沼の所へ行け」

と指示をした。

佑也がきもの売場に向かうと、きもの売場のカウンターを独占するかのように、赤鬼のような顔をした中年男がポケットに両手を突っ込んだまま立っていた。恐々としながら中年男に近づくと、胸のネームバッチに「薮沼」と刻印されており、薮沼は赤く濁った目を

ぎらりと光らせながらぶっきらぼうに、

「何だよ」

と言いながら佑也を睨み付けた。藪沼は涌井以上に強面で恐ろしい雰囲気を醸し出しており、まるで暴力団のようであった。佑也が、

「諸星です。宜しくお願いします」

と挨拶をしても全く無反応で返事もせず、

「おい、おめえ全員に挨拶をして廻れ」

と命令をし、佑也がフロアの面々に慌てて挨拶をして藪沼の前に戻ると、

「俺から話す事は何もねえ。おめえの担当は七五三だ」

と再び命令をした。

佑也が七五三の陳列棚の周辺に立つと、藪沼は三歳用の被布を指差しながら、突然、

「おい、これは何だ?」

と質問をした。佑也は当然分からず、

「分かりません」

と答えると、藪沼は、

「馬鹿野郎、分からねえだと?勉強しろ」

と怒鳴り付け、完全に出鼻をくじかれた格好となった佑也はがっくりとうな垂れた。

数日後、佑也は七歳用の振袖を畳みながら考え込んでいた。佑也がきもの売場に転属した翌日から、薮沼は佑也にずっと口を開こうとしない。上司と部下の関係はこんなものなのか?と疑問を感じ不気味であった。朝、挨拶をしても無視をし、営業中は近づいてもこない。佑也から話し掛けようと思ったが、暴力団まがいの薮沼が怖くて話し掛けられなかった。

ふと顔を上げカウンターを見ると、薮沼は女性社員とにこやかに談笑をしていた。どうやら、お気に入りの人物に対しては愛想がいいようであった。すぐに視線をそらし再び振袖を畳み始めると、珍しく薮沼が近づき、突然、怒鳴り始めた。

「てめえ、商品が全然揃ってねえじゃないか。こんなんで商売する気かよ」

と赤い顔をどす黒くさせ、佑也の顔は見る見る蒼ざめ返事もできなかった。確かに、この百貨店では指示待ち姿勢を最大の悪としているが、佑也は七五三担当と指示をされただけで、それ以上の具体的な事は何も聞いておらず、何を相談したらいいのか疑問すら湧いてこない。さらに薮沼は、

「てめえ、もう一週間経ったぞ」

と怒鳴り続けた。薮沼が去ると、佑也は慌てて発注作業に取りかかり、多難な先行きを思い暗澹たる気分に陥った。

一ヶ月が経過すると、佑也は七五三について独学で勉強をし、ある程度商品知識が身に付いて自信を持ち始めていた。七歳の四つ身、五歳の着物と袴、三歳の三つ身など十分な

知識を得て、取引先から派遣された販売員と共に販売しながら付帯業務もこなしていたが、薮沼との関係は改善されぬままであり、相変わらず朝、挨拶をしても無視をされ、営業中は佑也と一切話をしようとはしなかった。

そんなある日、佑也は七歳用の振袖を販売した際、帯揚げ代五千円を貰い忘れるといったミスを犯してしまい、派遣販売員に相談をすると、

「私じゃ判断できないわ。係長に相談したら？」

とアドバイスをされ、薮沼に相談しなければならないのか—、と佑也の気分は一気に重くなった。仕方がなく、意を決し怒鳴られるのを覚悟のうえで、

「申し訳ありません。お客様から帯揚げ代をいただくのを忘れてしまいました。どう対応したらよろしいでしょうか？」

と素直に報告をすると、薮沼は赤く濁った目を鋭く光らせて、

「てめえ、そんな事俺に聞くんじゃねえ。ふざけているのか？」

と怒鳴り付け、凄い剣幕に佑也は押し黙ってしまった。久しぶりの売場復帰のため、売場の伝票類の取り扱いについて思い出せない事ばかりであり、こっそり女性社員に聞いたところ、

「代引伝票を使って貰い忘れた帯揚げ代をいただけばいいのでは？」

と教えてもらった。

何とか救われた佑也はお客さんにお詫びの電話をし、仕立て上がったら代引でお届けを

し、代金引換で振袖をお渡しする旨の了解を得た。しかし、薮沼に相談をする事すら封じられてしまい、佑也は益々途方に暮れてしまった。

　薮沼に挨拶をしても無視をされ、意を決して話し掛けると怒鳴られることを繰り返していた佑也は、薮沼からどうしても我慢できない暴言を吐かれた。付帯業務が片付き、たまたまお客様がいなかったため、客待ち姿勢をしている佑也に薮沼が近づき、

「おめえ、何やってるんだよう。おめえみたいのを給料泥棒って言うんだよ」

　と暴言を吐いたのであった。ここまでいじめがエスカレートすると文句のないパワハラであり、現代なら薮沼は訴えられても文句を言えないはずであるが、この時代はパワハラという言葉すら普及しておらず、相談の窓口もなかった。

　さすがに我慢ができなくなった佑也は、フロア長の涌井に相談をすれば薮沼のパワハラを抑えてくれるのではないかと考えた。フロア事務所へ向かい、書類に目を通している涌井に、

「フロア長、折り入って相談があります」

　と意を決して話しかけると、涌井は、

「何だ？」

　と訝しげに返事をし、佑也は、

「実は薮沼係長の事なのですが、上手く折り合わずどうしたらいいのか……？」

と下を向いて困惑の表情を浮かべた。涌井が、

「具体的にどんな事があったんだ？」

と問い質すと、佑也は、

「仕事の事を聞いても全く教えてもらえませんし、何かにつけて怒鳴られてばかりで……」

と思い詰めた表情で答えた。

「怒鳴られたとは何を言われたんだ？」

と突っ込むと、佑也は、

「てめえ、そんな事俺に聞くなとか、給料泥棒だとか……」

悲しそうに答えた。俄に涌井はへらへらと笑い出し、

「分かった。薮沼には言っておくが、お前もしっかり仕事をしないと駄目だぞ」

と諭し、佑也は藁をもすがる気持ちで、

「はい、かしこまりました。宜しくお願いします」

と返事をした。

翌日、消化商品（取引先お任せ商品）の取引先への売上支払いについて女性社員から教わっていたところ、もう一人の女性社員が食って掛かり、

「諸星君の指導員は私よ。何で私に聞かないの？もう何も教えない」

とソッポを向いてしまった。薮沼からは、

「おい、ちょっと裏に来い」

と呼び出され、佑也は昨日、涌井に相談した件が薮沼の耳に入ったのだろうとピンと感じた。薮沼は赤く濁った目で佑也を睨み付けながら、

「おめえ、フロア長に何をちくったんだ？」

と凄み、佑也は怯えて押し黙ったまま何も答えられなかった。

「おめえがフロア長に泣き言を言っても俺は絶対に態度を変えないからな」

と恫喝し、佑也の顔面は蒼白となった。これでは涌井に相談をしたことが全く逆効果であり、佑也は益々追い詰められた気分に陥り、我慢ができず、

「何故、私に仕事を教えようとしないのですか？私の何がいけないのでしょうか？」

と初めて薮沼に反論をした。薮沼は、

「てめえ、俺に楯突いたな。俺はおめえの上司だぞ」

と反撃をされ、佑也はまたも押し黙ってしまった。女性社員も激怒しながら薮沼に、

「係長、諸星君には頭に来ましたから、もう仕事を教えません」

と言い付け、薮沼は、

「おう、こいつ今、俺に楯突いたからな。俺も頭に来たぜ」

と呼応した。この二人は父娘のように仲が良く、固い絆で結ばれ、きもの売場を私物化しており、この二人から睨まれた佑也の前途はあまりにも多難であった。

年が明け、催事場で「新春きもの大市」が開催され、留袖、訪問着、振袖、反物や帯な

どが陳列台に溢れるくらいに並べられていた。

佑也は涌井に相談をした一件以来、薮沼とは一言も会話をしておらず、当然、薮沼から大市についての指示を全く受けていなかった。

ましてや、これだけの量のきものに囲まれて売場に立つのは初めての事であり勝手が分からなかったが、女性社員の動きに習って反物を巻き直していると、薮沼が近づき、

「おめえ、何取り繕ってんだよう。嘘の仕事をするんじゃねえ」

と吐き捨てた。佑也は嘘の仕事と言われ、赤面させながら黙って反物を巻き続けた。薮沼は怒り、

「てめえ、返事もしないのか。俺の前で突っ張らかるなら潰してやるぞ」

と恫喝をし、佑也は思わず体を震わせた。「潰してやる」の言葉はまさに強烈なパワハラであり、佑也は居たたまれない気持ちに陥り、頭の中がパニック状態になった。

開店し催事場に客寄せの声が響き渡ったが、佑也は薮沼に恫喝をされたショックで体全体が硬直し、目が霞み、とても催事場に立てる状態ではなくなり、思わず二百（トイレ）に駆け込んだ。汚物をゲエゲエ嘔吐してうずくまってしまい、やっとの思いで立ち上がって催事場に戻ったが、こんな状態でまともに仕事ができるはずがなくまるで熊のように催事場を徘徊し始め、不意に女性社員が、

「ちょっと邪魔、どいてよ」

と言いながら佑也の肩を突いた。佑也ははっと我に返り、陳列台の前で販売をし始めた

が、後ろを振り返ると藪沼の赤く濁った目がぎらりと光っていた。

佑也は大市開催中、留袖や訪問着などについて自ら勉強をした商品知識を生かして販売をし採寸も行っていた。特に、一生懸命接客をした末、留袖や振袖が売れた時の喜びは格別なものがあった。

最終日、どんな手順で撤去作業を行なったらいいか考えあぐねながら客待ち姿勢をしていると、藪沼が血相を変えて近寄り、佑也に、

「おい、撤去作業はどうするんだよう。メーカーは呼んだのかよ」と怒鳴り、佑也は撤去作業はメーカーを呼んで手伝わせる事を初めて知った。佑也は、

「申し訳ありません」

と謝ったが、藪沼は嫌味たっぷりに、

「諸星君がやらないから僕がやりましたあ。おめえなんかいらねえ、帰れよ」

と強烈な一言を言い放ち、赤く濁った目で殺意を込めて佑也を睨み付けながら催事場を離れた。佑也は頭をハンマーで殴られたような衝撃を受けて呆然と立ち尽くし、あまりの屈辱に平常心を失い、その場から逃げたくなったが、ここで逃げたら職場放棄であり、じっと耐えるしかなかった。

やがて、催事場は閉場し撤去作業が始まり、佑也がダンボールに反物を詰めていると、藪沼は佑也を睨みつけ、

「おい、てめえやる気あるのかよ」

と絡んだ。返事をする気力さえ失っていた佑也は無言のままでいると、薮沼は、

「てめえ、また突っ張らかっているのか。本当に潰すぞ」

と怒鳴りながら拳を挙げた。佑也は殴られるのかと思い一瞬避けたが、薮沼は拳を下ろさなかった。

佑也はもう耐えられず催事場を離れ空調室に入り、什器に手を突きながら今後どうしたらいいのか、じっと考え込んでいた。しばらくすると不意に扉が開き、薮沼は赤く濁った目を光らせて、

「何だ、おめえこんな所にいたのか。首でも吊っているのかと思ったよ」

と冷たく言い放った。


一月下旬になり、決算棚卸を迎えたが、この日は大雪に見舞われ交通機関が大幅に乱れていた。通常、佑也はＪＲで国分寺から立川まで乗車をし十分余りで到着をするが、この日は運休のため私鉄に玉川上水まで乗車をし、バスで立川へ向かう事を余儀なくされた。かなり遠回りうえ、大雪のため余計時間がかかってしまい、定時より三十分遅れで売場に到着し、棚卸開始時刻も一時間遅れることになった。

薮沼がまだ出勤していないことを確認し、女性社員もまだ半数しか出勤しておらず、薮沼より早く出勤できたことにほっとしながら棚卸の準備を始めた。やがて、女性社員が全員出勤をし、薮沼は大股で売場に到着すると信じられないことに、自分の方が遅く出勤を

したのにもかかわらず、佑也に、

「てめえ、定時に来なかったじゃんかよう。この馬鹿野郎」

と怒鳴り付け、

「雪が降ろうが何だろうが、早く起きてタクシーを使ってでも定時に入れ、この野郎」

と罵倒した。薮沼は定時頃、交通遅延で遅れる旨の連絡を売場に入れ、佑也がまだ出勤していないことを確認したようであった。佑也は何故、自分より遅く出勤した者から怒鳴られなければならないのか納得ができず歯ぎしりをした。

棚卸開始時刻となり、佑也は嫌な気分を引きずりながら棚卸を始めたが、前回の棚卸では一分一厘と芳しくない減損率を出していたため、薮沼はぴりぴりとしており、極度の緊張感に包まれていた。

付立員が佑也、検査員が女性社員でペアを組んでいたが、佑也が付立てた裾回しを検査員数えたところ数量が違っていた。佑也が首を傾げていると、薮沼が近寄り、

「てめえ、ちゃんと商品整理をしたのかよう、こんなのを間違えやがって」

とおどおどしている佑也を怒鳴り付け、

「成績が悪かったら、おめえのせいだからな」

と恫喝をした。もし成績が悪かったら、薮沼からどんな仕打ちを受けるか分からず、佑也は恐怖で体を震わせた。

三日後、決算棚卸の成績が発表され、きもの売場は一分四厘の減損率で、佑也の悪い予

感は的中し頭を抱えた。棚卸本部の商品管理から付立一覧表が渡され、女性社員が、

「一覧表は係長がチェックをするから渡してあげて」

と促したので、遅番出勤でいつものように不機嫌な表情で胸をそらし、大股で姿を現した薮沼に佑也は、

「おはようございます」

と重い口を開き、

「棚卸の成績は一分四厘でした」

と報告をしても薮沼は無言で返事をしなかった。

「あのう、付立一覧表は係長にお渡ししてよろしいでしょうか？」

と伺いを立てると、薮沼は突然、

「うるせえんだよう。おめえの話を聞いているとむかついてくるんだよう」

と怒鳴り、顔を真っ赤に上気させ、怒鳴られて立場を失った佑也はがっくりとうな垂れてすごすごと引き下がった。

しばらくすると、薮沼は恐ろしい表情で佑也を追い掛けて、

「一覧表のチェックはおめえがやるんじゃないのか、おい」

と絡み付いた。非常識な事にお客さんがいる前であり、あまりの凄い剣幕にお客さんは逃げ散ってしまった。さらに、

「ふざけやがって、この野郎」

と叫びながら、佑也の頭を思いっ切り引っ叩き、パワハラを超えた完全な暴力に頭に来た佑也は、かつてないほどの怒りを露にしたが、
薮沼は、

「何だ、文句があるのか？てめえは上司に歯向かうのか？」

と凄まれ、佑也は黙ってしまった。すっかり興奮し切った薮沼は、

「てめえ、叩かれるのが不満なら代わりに机を叩いてやる」

と叫びながら拳で机をバンバンと叩き続け、あまりの暴挙に佑也はこの男は完全に狂っていると思った。他の売場員はただ遠巻きにして見ているだけで、薮沼に対する恐怖のため、誰も止めようとはしなかった。居たたまれなくなった佑也はこの場を逃れるため、一覧表をチェックしに商品管理事務所へ向かった。


立川店教習室では社員の個人面談が行なわれており、佑也の順番となり教習室に入ると、店人事係長は椅子に座るように勧め、にこやかな表情で、

「何か悩みや話したい事はあるかな？」

と質問をした。佑也は、

「実は、薮沼係長と折り合いが悪くて困っています」

と重い口を開き、今までの出来事を話すと、人事係長は穏やかな表情で、

「まあ、それが薮沼さんの性分だからねえ。人事からできる事は本人への厳重注意くらい

だが、そんな段階でもなさそうだね」

と楽観的な言い方をした。佑也が思い詰めた表情で、

「どうか、異動させてもらえないでしょうか?」

とすがるように要求すると、人事係長は苦笑しながら、

「もう異動とは気が早いねえ。時期尚早だけど、フロア内異動なら涌井さんに相談してよ。でも、家具売場はインテリアのプロばかりばかりだから、君が入る余地はなさそうだね」

と佑也の要求を受け入れなかった。

人事係長は当てが外れて肩を落としている佑也に言い聞かせるように、

「僕は藪沼さんのキャラクターはよく分かっているよ。克服できる上司とそうでない上司がいるけれど、藪沼さんは克服できる人だと思う」

と藪沼を肯定した。しかし、佑也はあんなに取り付くしまのない上司をどうやって克服したらいいのか分からなかった。最後に人事係長は、

「係長と商売に対する考えが合致した時にいい関係が築けると思う。まあ、藪沼さんの指示に従って頑張ってよ」

と結んで個人面談が終わり、佑也のSOSは届かなかった。

佑也は教習室を出るなりため息を吐き、人事に話しても無駄だったか、一体これからどうしたらいいのか—、と呟いた。藪沼に対する処分もなく、人事異動で藪沼と切り離される事もなく、何の収穫もない面談に終わり、迷った子羊のように下を向いて店通(従業員

専用の通路）を歩き始めた。

ふと、女性達の声が耳に入り顔を上げると、青木と杏奈が話しながら歩いており、すれ違いざまに青木が声を掛けてきた。

「諸星君、久しぶりね。下を向いて元気がなさそうね。顔色が悪いわ」

と心配をし、佑也は張りのない声で、

「今、人事面談に行ってきたんだ。これから休憩かい？」

と聞くと、青木は、

「そうだけれど、人事面談だったの？薮沼係長の事は話したの？」

と聞き返した。青木は佑也が酷いパワハラを受けている事を耳にしており心配であったが、佑也は、

「話しても無駄だったよ」

と答え、再び下を向いてしまい、青木は佑也の気持ちを察して黙ってしまった。

黙って聞いていた杏奈が突然、

「諸星さん、顔を上げて下さい。私の目を見て下さい」

と口を切り、佑也は言われるがままに杏奈の目を見つめた。杏奈は、

「ごめんなさい。上手く言えないんですけれど、私、辛い時は我慢しないで涙を流して、全てを忘れて前を向くようにしています。だから、お辛いかと思いますが、諸星さんもうつむかないで前を向いて下さいね」

と励ましながら眩しい笑顔になり、佑也の両手を握った。杏奈の精一杯の激励の気持ちがじわりと伝わり、佑也は杏奈の少し潤んだ瞳を見つめて胸が熱くなった。藪沼のパワハラに苦しんでいる中、きもの売場の連中は誰も佑也を庇わないが、杏奈のように優しく励ましてくれる女性が存在する事は、佑也にとって望外の喜びであった。

佑也が売場に戻ると、藪沼は薄笑いを浮かべて佑也に、

「諸星君、いつもいじめてくれてありがとう」

と嫌味を言い放ち、佑也は一瞬何が言いたいのか分からなかったが、よく見ると、藪沼が鼻風邪を引いている事に気が付いた。風邪を引いて体調が悪いのはお前のせいだ—、という意味であり、いつも、佑也に酷いパワハラを働いているのは藪沼であるのに酷い言い掛かりで、この嫌味も佑也に対するパワハラであった。

佑也は怒りと共に心底悲しい気持ちになり、佑也が落ち込んでいる側で、藪沼は女性社員達の前で何やらはしゃいでいた。

「俺のストレス解消法はな、諸星をからかう事だ。ひひひひっ」

と下品な笑い声が響くと、どっと笑いが漏れ、女性社員は、

「係長、凄いストレス解消法ですね」

と持ち上げた。藪沼は上機嫌でにやにやしながら、

「お前達もいいストレス解消法を持てよ」

と吹聴をし、佑也は惨めで居たたまれない気持ちになったが、杏奈から励まされたばか

りであり、杏奈の言う通りに前を向いて笑顔を作った。

四月に入り、人事考課の季節がやって来たが、特に社員達にとっては評価、つまり、給与が上がるかどうかの最も重要な関心事であった。人事考課には一次考課と二次考課があり、二つを総合して最終評価が決定するが、平社員の一次考課は担当係長が行ない、佑也の一次考課や内示は藪沼の仕事であった。

売場で商品の陳列を行なっている佑也に藪沼から呼び出しがかかり、早速、バックヤードへ向かうと、藪沼が書類に目を通しながら待ち構えていた。佑也が椅子に座るや否や藪沼は、

「おめえの評価はこれだ」

と紙切れを渡した。四ランクの四で昨年と全く同じ評価であり、佑也の顔が俄に強張った。評価が上がらなかったのは入社以来、初めての事であり、給与も全く上がっていなかった。藪沼は大声で、

「おめえは四ランクのくせに仕事はペケだ。これからどうなっても俺は知らんからな」

と言い放った。藪沼の散々なパワハラに耐えながら、自分で勉強をして頑張ってきたつもりであったが、全く評価されていない。通常、上司はよほどの事がない限り、部下の評価が上がるように成績を付け、二次考課で人事がふるいにかけて最終評価が決定するが、一次考課で藪沼は佑也の評価が上がらないような成績を付けた事は明らかであった。一度

下された評価が覆るわけもなく、藪沼は、

「おめえより仕事ができる女性社員がおめえよりランクが下だ。おめえはランクが上、仕事はペケ、よく覚えておけ」

と吐き捨て内示は終わった。佑也はがっくり肩を落として売場に戻り、納得がいかず、同期と差が付いてしまったのではないかと酷く気になった。

その頃、紳士服フロア事務所では、佑也の同期である山中彰二が担当係長から人事考課の内示を受けていた。

山中は入社以来、紳士服売場で勤務をしており、順調に仕事をこなし、如才がないためか担当係長から気に入られ、女性社員と接するのが上手く、端正な顔を誇示しているかのようなイメージの男であった。入社以来、何の挫折もなく昇格し続け、今回の考課では五ランクの三に上がり、同期の中でトップを走っていた。

担当係長は、

「山中、このままトップを走り続けて六ランクに上がって、早く係長になってしまえ。俺もできる限りのバックアップをするし、フロア長にも良くお願いしておくよ」

と応援しながら笑顔を見せ、山中は、

「ありがとうございます。係長のフロア長昇進のためにも全力を尽くします」

と係長の心をくすぐるように言うと、係長は満更でもない表情をしながら、

「まあ、私の事はともかく、部下を引き上げるのが上司の仕事だからね」

と言いながらも、頭の中では山中とのアベック共闘を目論んでいた。

佑也とは違い、上司に恵まれた山中は、今後もよほどの事がない限りトップを走り続ける事ができると計算をしていた。


五月に入り、催事場では立川店名物「大処分市」が開催された。きもの売場も参加しており、キズありのきものやレンタル済のドレスなどが催事場狭しと陳列されていた。ドレスは㈱渡辺が提供し、営業の男性も販売応援に駆けつけていた。

開店すると、目玉商品の千円のドレスを目がけて沢山のお客さんが駆け込み、ドレスを持って次々とレジに並んだ。ドレスを承った佑也はレジで入金をし、ドレスを畳んで梱包をしたが、ドレスをコンパクトに畳む要領が分からず、お客さんが持ち帰れるような形に梱包されていなかった。すると、血相を変えて薮沼がカウンターに飛び込み、

「こんなの駄目だ」

と佑也を叱って紐を解き、梱包をし直した。お客さんが帰途に就くと、薮沼は、

「てめえは梱包もできないのかよう。こんな事も俺が教えなきゃいけないのかよ」

と佑也を怒鳴り付け、佑也は、

「申し訳ありません」

と謝ったが、薮沼は、

「申し訳ないじゃねえ」

と吐き捨てた。佑也は恥ずかしく思い、今度こそは完璧に梱包しようと反省をした。

次に、佑也はドレスの配送を承り、都内への配送のためお客さんから送料三百円を貰おうとすると、年配の女性販売員が、

「ちょっと、あんた、ちゃんと料金表を見なきゃ駄目だよ」

と佑也を叱った。都内の送料は三百円と決まっており、わざわざ料金表を見る必要がないので、佑也は、

「分かっています」

とだけ返事をしたが、不服に思った女性販売員は薮沼に、

「ねえ薮沼さん、あの子、私の言う事を全然聞かないのよ」

と言い付けた。薮沼は、

「よし、あいつを締めてやる」

と凄み、赤く濁った目をぎらりと光らせて、レジの釣銭の両替の準備をしている佑也に近づき、

「おい諸星、おめえはろくに両替もできないのかよ」

と因縁を付けた。佑也は釣銭袋と間違えて備品袋に札束を入れていたためであった。

「何だその袋は。てめえはろくに仕事ができないくせに、責任者のような面をして販売員の言う事を聞かないらしいな」

と嫌味たっぷりに佑也に絡み付いた。佑也は何の悪気もなく、販売員に対してそんなに

酷い態度を取ったのだろうかと考えあぐねたが、薮沼は、

「あの販売員は大ベテランで、おめえより一枚も二枚も上なんだよ。口答えするなんて十年早いんだよ」

と怒鳴り、佑也は反論できず、下を向いて黙ってしまった。

そんな様子を見ていた営業の男性は、

「薮沼さん、彼は呉服の経験が浅いんだから、親切に教えなきゃ可哀想ですよ」

と思わず諭したが、薮沼は、

「あいつは大卒で俺は高卒だ。高卒が大卒に教える必要なんてあるか」

とむきになって反論した。佑也はがっくりと肩を落として両替へ向かった。

二

五月下旬となり、きもの売場に内線電話が鳴り、女性社員が受話器を取ると、

「諸星君、フロア長から電話よ」

と佑也を呼んだ。佑也は何だろうと思いながら受話器を取ると、涌井は、

「諸星か。今事務所に来れるか?」

と聞き、佑也は、

「はい、すぐに伺います」

と答え、足早に事務所へ向かった。事務所では涌井が中央の机の前で待ち構えており、

「そこに座れ」

と佑也に涌井の前に座るように命じると、改まった口調で、

「諸星、俺の所に来て半年以上が経ったがどうだ？」

と聞いた。どうもこうもなく、毎日、相変わらず藪沼のパワハラを受けて苦しんでいるが、それは口にせず、

「はい、大分慣れてきました」

と答え、涌井は、

「そうか、実はお前に七月一杯までギフトセンターで勤務してもらう。明後日からだ。藪沼には言っておく。頑張って活躍をしてこい」

と佑也を後押しした。ギフトセンター勤務を命じられた者は、売場にいなくても影響がない人物であると判断された場合が多いが、それでも佑也は二ヶ月以上、藪沼と仕事をしなくて済む事が何よりも嬉しくて、救われた気持ちが心の中を支配していた。

売場に戻り早速、藪沼に、

「今、フロア長からギフトセンター勤務を命じられました」

と報告をすると、藪沼は、

「何だ、ギフトセンターかよ。ちゃらちゃら遊んでくるつもりか？ギフトセンターでいく

ら頑張っても俺は評価しないからな」

と脅かした。佑也は神妙な表情をしながらも、評価をされないのは困るが、それよりも、薮沼と二ヶ月以上仕事をしなくて済む事の喜びが大きく残念そうなふりをしていたが、内心は嬉しくて仕方がなかった。

ところが、そう簡単に佑也の思惑通りにはいかない事態が待ち受けていた。催事場の一角に設営されたギフトセンター教習室には各フロアから人選された社員が集合し、男性社員は二名、他は女性社員といった人員構成であった。責任者はお買物センター担当係長の上村であり、ギフトセンター勤務に当たっての心得を話し、ギフト承り用のパソコン操作の説明に入った。

一通りの説明が終わったところで休憩に入り、佑也が女性社員と談笑していると突然扉が開き、薮沼が顔を覗かせた。佑也と目が合うと赤く濁った目を光らせ、口元を、

「馬鹿野郎」

と動かし、佑也は何だかバツが悪い気分になった。

昼食の時間となり、佑也が社員食堂へ行くと、ばったり薮沼と遭い、薮沼は、

「女とちゃらちゃら楽しそうじゃんかよ。糞忙しい時によ」

とえげつない言い方をした。佑也が少し顔を赤らめると、

「おめえはいいなあ、楽できてよ」

と嫌味を言い、

「おめえ、七五三の準備はどうすんだよ」

と責め立てた。確かに、そろそろ七五三の準備の時期であるが、すでに佑也はギフトセンターの準備で売場を離れており、七五三の準備と言われても困惑するばかりであった。佑也が困惑の表情を浮かべると、薮沼は、

「そんな顔をしても駄目だ。おめえは七五三をほったらかしにするつもりかよ」

と嵩にかかって責めた。何故、そんな無理難題を吹っかけてくるのか佑也には全く理解できなかったが、仕方がなく、

「何とかしてみます」

と返事をし、上村に相談をするしかないと悟った。


翌日、佑也は本格的にギフト承りの練習に入った。社員はアルバイトに教習をしなければならず、パソコンでの承り方法や商品説明など、ギフト承りに必要な事を教習の日までに覚えなければならなかった。

佑也はパソコンの操作方法について復習をし、疑問点を上村に質問をして相談のきっかけを作り、本題を話し始めた。

「上村係長、実は相談があるのですが、売場に人が足りなくて、薮沼係長から売場も見るように言われまして、必要な時は売場に戻らなくてはなりません。その時は事前にお話をしますので、何とかお願いできないでしょうか?」

と哀願したが、上村は、

「諸星、売場には人事を通して応援を要請したんだよ。だから今、君はお買物センター所属なんだ。ギフトセンターに専念してもらわなくては困るよ。人が足りないのはどの売場も一緒だ」

と佑也の相談を一蹴した。佑也は落胆し、薮沼に何て報告をしたらいいか悩んでしまった。

ギフトセンターの教習が終わると、佑也はすぐにきもの売場へ戻り、薮沼に上村に相談をした時の様子を報告すると、薮沼は、

「馬鹿野郎、上村なんかに相談したって駄目に決まっているじゃんかよ、要領良くやれよ。ギフトセンターから抜けられないんだったら、ギフトセンターが終わってからこっちに戻って仕事をしろよ。皆、そうやって頑張っているんだよ。そんな事自分で考えろよ」

と突き放すように言った。とにかく、これから毎日、ギフトセンター勤務の合間を見て、売場に戻るというよりは、薮沼に顔を見せなければならない。中元の二ヶ月は薮沼と離れて仕事ができるどころか、逆に地獄の二ヶ月になりそうであり、佑也は断腸の思いで腹を括る覚悟をした。

ギフトセンターではアルバイト教習の準備に追われ、ギフトセンター勤務後は売場へ戻り、七五三の準備でサービス（残業代の付かない）残業をする、そんな過酷な勤務が続き、いよいよ、アルバイト教習の日を迎えた。教習の準備だけに専念できなかったため、自信

満々ではなかったが、佑也は早速、アルバイトの前でギフトカタログに沿って商品説明を始めたが、流暢に説明が進んでいかなかった。佑也の横では上村が腕を組んで佑也の様子をじっと監視をしており、上村の姿を横目で見ると益々焦り、どもりがちになり、肉などの冷蔵商品のページを飛ばして説明を続けようとすると、上村は、

「ちょっと待て、勝手にページを飛ばすな」

と叱り、佑也の代わりに説明を始めた。再び佑也が説明を始めると、上村は再度ストップをかけて、代わりに説明をするといった行為を繰り返し、商品説明は終了した。

アルバイトが休憩のため席を立つと、上村は教壇の前で呆然と立ち尽くしている佑也に向かって怒りの形相で、

「お前の説明は要領を得ないし、ページは勝手に飛ばすし、ちゃんと予習をしてきたのか？今まで一体何をやっていたんだ」

と厳しく叱り、踵を返した。

佑也は教習の準備だけに専念できず、自信を持って教習ができなかった事を悔しく思い、上村から厳しく叱られ惨めな気持ちになった。しかし、上村から叱られたのは当然の事であり、教習の準備だけに専念できなかった事など言い訳にならない。佑也はこの汚点をギフトセンター本番で必ず取り返そうと、落ち込んだ気持ちを奮い立たせた。

中元ギフトセンター初日を迎え、上村が長身の体を少し反らせて朝礼を行ない、ギフト

センターの運営方針や売上予算などを話し、挨拶用語の唱和をすると、程よく開店の音楽が鳴り響いた。

佑也はまず慣れるために、お客さんの承りを繰り返し行った。教習で勉強したような複雑な承りは極めて少なく、想像したよりスムーズに承りが進み何人ものお客さんを承ると、すっかり要領を掴みこれからもいけるという自信が芽生え、アルバイトの質問に答えたり、承りを手伝う余裕も出てきた。

ギフトセンターのバックヤードには二本の電話が用意されており、担当がお客さんからの問い合わせを受けていた。初日から一週間が経った頃、佑也が問い合わせの電話を受けると、クレームであり、

「あれほど七月に入ってから届けてくれとお願いしたのに、もうお礼の電話が来たじゃないか。一体どういう事なんだ。私は恥を掻いた」

と怒り心頭であった。佑也は中元のクレームを受けるのは初めての事で、

「申し訳ありません」

とひたすら謝るしかなかった。

すぐに調査をすると、同僚の男性社員が承り時に「7月お届け」の入力をし忘れた事が判明したので、本人に話すと、それほど動揺した様子もなく、早速、お客さんに電話をして解決をし、さほど怒られた様子もなかった。たまたま電話を受けた佑也が怒られ、ミスをした本人は怒られずに涼しい顔をしており、佑也は不条理に思い悔しかったがむしろ発

奮材料となり、益々フル回転をしていくきっかけとなった。

最盛期になると、ギフトセンターの仕事がすっかり板に付き、周りからも頼られるほどの活躍ぶりで、上村の目を盗んで時間を見つけては売場に戻り、七五三の準備も進めていた。

最盛期を越え、ギフトセンターも終盤を迎えていたある日、佑也が売場に顔を出すと、薮沼は、

「いつまでギフトセンターに行ってるんだよ。いい加減に戻れよ」

と怒った。七月中はギフトセンター勤務と決まっており、戻れと言われても困惑するばかりで、佑也が困った表情をすると、薮沼は、

「おめえ、前も言っただろう。いくらギフトセンターで頑張っても評価されないんだよ」

と揺さぶりをかけた。本来、部下が応援先で活躍をした場合はプラスの評価をするのが普通であるが、薮沼はあくまでも佑也の活躍を評価する気はなかった。さらに、

「おい、それから明日、暑気払いをするから絶対に来い。八時から魚八だ」

と押し付けるように命令をし、佑也は、

「はい、かしこまりました」

と返事をし、憂鬱な気分のまま、七五三関係の書類の整理を始めた。

翌日、佑也はギフトセンター勤務後、駆け足で居酒屋魚八へ向かい入店すると人いきれがするほど満員で、店員に声を掛けられないくらい慌ただしい雰囲気であった。仕方がな

く、自分できもの売場の連中を探したが見つからず、何とか店員を捕まえて、

「薮沼で予約は入っていませんか？」

と尋ねたが、店員は、

「いや、入っていませんね」

と素っ気なく返事をし、再び慌ただしく働き始めた。

佑也は場所を間違えたのかと思ったが、まだ携帯電話が普及していない時代であり、連絡の取り様がないので帰ることにした。薮沼の怒る姿が頭に浮かんだが、とにかく明日、理由を話して謝ろうと考えながら帰途に就いた。


翌日、佑也はギフトセンターのバックヤードでお客さんの電話を受けながら、昨日、暑気払いに参加しなかったのはさすがにまずかったと薮沼の事が気になっていた。

お客さんからの問い合わせ事項をメモしていると、突然、扉が開き、怒りで真っ赤な顔をした薮沼が物凄い勢いで、

「この野郎」

と叫びながら、両手で佑也の首を絞めて揺さぶった。佑也の体は薮沼のなすがままに揺れ、顔面は恐怖で蒼白になり、女性社員達は、

「きゃー」

と叫びながら逃げ散った。薮沼は両手を佑也の首から放すと、

「貴様、昨日何で来なかったんだ」

と鬼の形相で怒り、佑也は声を震わせながら、

「申し訳ありません。探して店員にも聞いたのですが、いないと言うものですから」

と答えると、薮沼は、

「馬鹿野郎、一番奥の座敷にいたんだよ」

と再び怒り、もはや、この世の者とは思えないほどの形相になり、

「てめえは仕事ができないし、飲み会もすっぽかしやがって、どこまで馬鹿なんだ」

と罵声を浴びせた。佑也が恐怖のあまり、思わず引きつった笑いを浮かべると、

「ちっ、笑うとは上等じゃねえか。ギフトセンターが終わったら覚えていろ。覚悟しておけ」

と吐き捨てて荒々しく去って行った。佑也はまだ体を震わせ、薮沼の事が益々恐ろしくなり、もうすぐギフトセンター勤務が終了するため、売場に戻りたくないという気持ちが頭の中を支配し、次第に意識が朦朧となり医務室へ駆け込んだ。

ギフトセンター勤務が終了し、売場に戻った佑也が七五三のきものを陳列していると、薮沼から、

「諸星、ちょっと裏に来い」

と呼び出され、バックヤードのストック場を指差しながら、

「てめえ、このストック場は何だ。全然整理してねえな」

と言いながら佑也を睨み付けた。佑也は、

「すみません、整理したつもりですが」

と答えると、未だに、飲み会の件を根に持っている薮沼は、

「てめえ、また俺に楯突くのか？飲み会をすっぽかしやがったくせに。てめえを制裁してやる」

と凄みながら尺差しを手にした。ストック場はある程度整理されていたが、小物類などの付属品だけが綺麗に分類されていないだけであり、ほとんど言い掛かりであった。

薮沼の激高ぶりはさらに激しくなり、尺差しを思い切り机に叩き付け、

「諸星、おめえの考えを聞かせてもらおうか」

と言いながら、赤く濁った目をぎらりと光らせながら殺気立った。

薮沼が佑也に考えを求めてくるのは初めてであったため驚いたが、佑也は震えながら、

「少しずつでも進歩できるように、自分なりに努力をしているつもりです」

と重い口を開いた。薮沼は、

「少しずつだと、てめえは仕事を舐めているのか」

と大声で怒鳴り、いきなり佑也に向かって椅子を投げ付けた。椅子は佑也には直接当たらなかったが、佑也を震撼させるのに十分な暴力行為であった。佑也の顔は蒼ざめ、体全体が硬直し、薮沼は完全に自制が利かなくなり、

「この野郎、俺が主催する飲み会をすっぽかしやがって、俺を舐めやがって、畜生、畜生

……」

と叫びながら、再び尺差しを机に叩き続け真っ二つに折った。

不意に、たまたま近くで見ていた新入社員の女性がさすがに見兼ねて、

「係長、お願いです。もう止めて下さい」

と泣き声で必死に制止すると、藪沼は、打って変わって優しい声で、

「諸星君を教育しているんだよ」

と弁解をした。

佑也は自分では立ち向かえず、新入社員の女性に救われた形になり情けなく思い、藪沼のあまりの狂乱ぶりに恐怖でただ呆然と立ち尽くすのみであった。

十月初旬、和小物売場がきもの売場に吸収された。両売場とも売上が落ち込んでいるためであり、担当係長は藪沼一人になり、藪沼の力が益々強まる結果となった。

和小物売場には、中尾という佑也より二年後輩の男性社員がおり、入社以来、和小物売場担当で要領が良く、如才がなかった。これからは佑也と同じ売場の後輩となるが、佑也にとっては不幸な事であった。藪沼は佑也に、

「俺は和小物の面倒も見なければならないんだ。忙しくなるから、おめえはこれ以上、俺の足を引っ張るなよ」

嫌味を言いながら鼻息を荒くして、得意満面な表情をした。中尾は早速、藪沼に、

「薮沼係長、一緒に仕事ができますね、楽しみです。宜しくお願いします」

と大きな声で調子良く挨拶をすると、薮沼は、

「おう、中尾、宜しく頼むな」

と笑顔で答え、二人はがっちりと握手を交わし、早くも信頼関係を築きつつあった。そんな様子を佑也は苦々しい気分で見ていた。

早くも、薮沼の中尾と佑也の差別が現れ始め、佑也が挨拶をしても相変わらず無視をし、中尾に対しては自分から駆け寄り、嬉しそうに談笑をした。薮沼からの情報は全て中尾に伝わり、佑也には一切伝わらず、結果、中尾は薮沼の考えている事が全て分かるため仕事がしやすくなり、佑也は後れを取るばかりであった。

薮沼、佑也、中尾で飲みに行くと、薮沼は酒の勢いに任せて中尾を褒めるのが常であり、同席した取引先に、

「中尾は何も指示をしなくてもできるから、何の心配もいらないよ」

と嬉しそうに話すが、佑也の事になると、

「俺は部下を育てる事は、社内で誰にも負けないんだが、こいつはさすがにどうにもならなくてねえ、本当に困っているんだよ。前任の若いのは良くやる奴だったから販売力が落ちちゃったよ」

と嘆き、佑也を中尾とだけではなく、前任者との比較までしてみせた。佑也は立場を失い、苦い酒を飲み悪酔いをしてしまうが、中尾は気を良くして、

「薮沼係長のお陰で私は思いっ切り仕事ができますよ。少々無茶をしても、係長がちゃんとフォローをしてくれますからね」

と薮沼を持ち上げ、すかさず薮沼が好きな老酒を注ぎ、薮沼はご満悦な表情になった。中尾の胡麻擦りが薮沼の心に心地良く響き、可愛くて仕方がなく、薮沼と中尾の信頼関係は益々深まり、心の中で中尾はできる部下、佑也は駄目な部下という色分けが益々濃くなっていった。

佑也は不快な気持ちになりながらタバコを吸っていると、取引先の男がたまたま社長であり、薮沼は、

「おい諸星、社長の前でタバコなんて吸っているんじゃねえ。貴様は江戸時代だったら、獄門、打ち首だぞ」

と酔って赤くなった顔をどす黒くさせて佑也を怒鳴り付けた。佑也は慌ててタバコの火を消しながら、こんな不愉快な酒はもう沢山だと思った。

十月下旬になり、お買物センターでは歳暮の準備に入り、新規顧客開拓のために、各売場に立川店商圏に千冊ずつカタログを配布するようノルマを課した。きもの売場に男性平社員は佑也と中尾しかいないため、この二人でカタログを配布しなければならないが、薮沼は佑也に、

「おい諸星、中尾はおめえの何倍も仕事を抱えていて、カタログなんか配っている暇はねえんだ。おめえが全部やれよ」

と命令をした。佑也も仕事を抱えていて、勤務中にカタログを配る時間はないので、考えた末、休日を返上してカタログを配る決心をした。

休み当日、佑也はレンタカーを借り、店駐車場でカタログを積み配布を始めた。二十ヶ所のマンションを回らなければならず、一ヶ所五十冊配る計算となり、のんびりしている時間はなかった。

地図を睨みながらマンション付近に駐車をして、カタログをポストに投函をする作業を繰り返し、六ヶ所を回った時点で早くも昼過ぎになり、汗びっしょりであったが、まだ十四ヶ所残っており、昼食を取っている時間もなかった。

車で移動しているとはいえ、地図で探しながら回っているためか、残り十ヶ所を切ったあたりから疲れが出始め、苦痛が伴ってきたが、

「畜生、薮沼と中尾に負けてたまるか」

と呟きながら、力を振り絞って配り続けた。六時頃、ようやく配り終わり、佑也はほっとため息を吐き、達成感に浸った。

売場へ向かうと薮沼と中尾が待機をしており、配り終えた事を報告すると、すかさず中尾は、

「さすがは諸星さん、素晴らしい」

と大袈裟に労い、薮沼は、

「おめえでも役に立つ事があるとはな」

と妙な言い方をした。佑也は二人の言葉に、むしろ不快感を覚えたが、ここまで一人でやった姿を二人に見せる事ができたという満足感があった。

翌日、係長会議で、薮沼は涌井から、

「カタログは配り終えたのか？」

と聞かれ、佑也一人に押し付けた事はおくびにも出さず、

「我々は昨日配り終わりました。任せて下さいよ」

と平然と答えた。

三

十一月第一週の日曜日、店長朝礼で新店長の就任挨拶が行われた。新店長は、かつて、佑也を食料品フロアから追い出した人物である近山和雄であった。近山は緊張のためか、少し声が上ずっていたが、表情は店長に就任をした喜びに溢れ、お客様第一を考えた売場作りを目指す方針を発表した。

近山は早速、長期在庫調査のため各売場を巡回し、「拝島グループ」と呼ばれる近山の側近が大名行列のように後ろに付いて歩を進めた。佑也が待機をしているきもの売場に近山達の姿が見え、佑也は直立不動で迎え、深々と頭を下げた。まだ佑也がきもの売場に配

属される前から、一部入金がされただけで全額は支払われず、取置きのままになっている反物数本や訪問着など三百万相当の長期在庫があった。十年近く何の施策も打っておらず、本来、係長の藪沼が説明をしなければならないが所用があり、佑也が代わりに説明をした。

一見朴訥とした近山の目がきらりと光り、

「必ず結末をすると言うが、どう結末をするつもりなんだ？」

と佑也を鋭く追及をした。佑也が答えに詰まり、

「はあ、やはり……」

と言いかけたところ、近山は、

「やはりじゃないよ。会社の資産を何だと思っているんだ」

と厳しく責め、踵を返して行列と共に立ち去って行った。

数日後、立川店会議室では近山を囲み、若手男性社員が集合していた。近山の提案で若手男性社員が抱えている問題や悩みを聞いて、近山がコメントを出してゆくといったものであり、佑也も参加していたが、二十名も集合している中で店長に本音を話せるはずもなく、あまり意味のない提案と思われた。案の定、若手達が話す内容は差し障りのない事ばかりで、婦人小物の若手は、今度の売り出しの仕掛けをどうするべきか、といった問題を話し、家庭用品の若手は、売場の再構築の必要性を訴える等、とても心の中の深い悩みには思えなかった。

佑也の悩みは、当然、藪沼のパワハラに悩んでいる事に他ならなかったが、そんな事を

話せるはずもなく、仕方がないので、最近売上が落ち込み、回復をさせるためにどんな施策を打つべきか考え中である事を話した。近山のコメントは、

「せめて、前年比七〇%は維持してほしい」

というものであり、きもの売場に多くを期待していないと考えており、佑也にとっては何のメリットもない話し合いに終わった。

他の若手達は佑也とは発想が違い、店長の前で自分をアピールする絶好のチャンスと捉えていた。婦人服の若手は沢山の資料を揃え、派遣販売員が作成した顧客カードを基にして、商品別、年齢別の売上をグラフにした模造紙を掲げて説明を始めた。そのうえで、売上の悪い年齢層の分析結果を発表し、どう品揃えに反映させるべきかを近山に提案をした。近山に勉強の成果をアピールしようという意図がありありとうかがえ、時間を割いて準備をした様子であった。

近山は満足そうに頷き、

「君はよく勉強しているね。是非、問題点を解決して品揃えに反映させたいね。私も全面的に協力するよ」

と嬉しそうに微笑んだ。そんな一連の様子を見ながら、佑也はきもの売場で悪戦苦闘をしている現状に、益々焦りを感じていた。

近山の店長就任と歩調を合わせるかのように、山中が係長に昇格をした。佑也の同期では係長昇進第一号であり、二十九歳と最短の若さでの昇進に他の同期達も呆気に取られて

いた。

早速、山中は紳士服フロア事務所で机に積まれた書類に目を通しながら、次々と認印を押していた。係長印を押していると、忙しい思いをしながらも、昇進をした喜びがじわりと湧いてきた。紳士服売場に六年間勤務をし、同期で係長にトップで昇進をし、この六年間の自分自身の仕事ぶりに間違いはなかった事を確信すると共に、同期でトップという言葉の響きに自然と頬が緩んだ。係長は販売、発注、納品、陳列、単品管理などの基本的な業務は全て部下に任せれば良く、売場のマネジメント、販売計画や売り出し計画の策定、予算組み、取引先との付き合いなどが主な業務で、事務所で仕事をしている事が多く、肉体的には平社員の時よりかなり楽であった。

給与も大幅にアップをし、生活の糧となるものが十分に保障され、山中の喉元を満たしていた。まだ二十九歳であり、悪くても三十五歳までにはフロア長に昇進できると青写真を描き、同期達の面々を思い浮かべ、手強いライバルは二、三人だけで他の連中はもはや眼中になく、これからもトップを走っていけると計算をした。

山中はおもむろに、札束の詰まった財布を見ながら、たまには部下達を飲みに連れて行って散財でもしようか―と考え、脚を組みながら売場に電話をし、若い女性社員に、

「ああ、麻実ちゃんか。飲みに行くから何人か連れて来てくれ」

と威勢良く誘った。若い女性社員は、

「ご馳走してくれるんですか？ありがとうございます」

と元気良く答え、山中は電話を切ると、

「たまには飲ませて、部下を掌握しないとな」

と呟きながら、精悍な表情を作って事務所を出た。


今まで佑也は、薮沼のパワハラについてフロア長の涌井に相談をしてきたが、この男も信頼できない人物である事が分かってきた。

佑也がようやく連休を取っていたところ、突然、涌井から電話があり、

「おい、諸星、明日出勤しろ」

と頭ごなしに命令をしたので、佑也は、

「はあ？私は連休中ですが、何かあったのですか？」

と聞くと、

「明日、きもの売場に男性社員が誰もいないんだ。出てこい」

と重ねて命令をした。佑也は、

「薮沼係長も中尾も明日、出勤ではないのですか？」

と疑問を呈すると、涌井は、

「薮沼は急遽、結婚式が入ったんだ。中尾はメーカー回りだ。お前しかいない」

と出勤するのが当然だと言わんばかりであった。通常、結婚式は急遽、招待されるものではないし、中尾もそんな日にメーカー回りなど止めるべきであり、仮にこの二人が売場

にいないのであれば、涌井が売場を守るべきであり、連休中の佑也を強制的に出勤させるのは明らかに労働協約違反であった。それにもかかわらず、涌井は、

「こういう時に出勤してこそ男というものだ」

と妙な理屈で佑也を説き伏せ、仕方がなく、佑也は、

「分かりました。とにかく明日、出勤します」

と返事をした。

翌日、出勤すると、朝礼で中尾が、

「今日、薮沼係長は結婚式で、私はメーカー回りのため終日売場にいません。代わりに諸星さんが出勤して下さいました」

と調子良く話し、涌井はしっかりと休みを取っていた。どう考えても、この三人の都合で連休中の佑也を出勤させるなんて明らかにおかしい。お陰で佑也は連休中の一日を台無しにしてしまい、特に間違った判断をして、自分自身は休んでいる涌井に対して激しい怒りを覚えた。

お買物センター指名により、佑也は歳暮ギフトセンター勤務に入っていたが、今回は涌井が横槍を入れ、佑也を大いに困らせた。

ギフトセンターで十二月の最盛期に入っていた最中、涌井は佑也にきもの・家具フロア全品番一月分の日別、時間帯別の予算比と前年比一覧表を作成するよう命令をした。ギフトセンター最盛期は毎日十一時近くまで残業をするため、とてもこの仕事をこなす時間は

なかった。仕方がなく、佑也は提出日の前日、ギフトセンター勤務後にビジネスホテルに自腹で泊まり、一覧表の作成に取りかかった。本来、数日かけて作成をする仕事のため徹夜で必死に進めたものの、あっという間に夜が明けて、作成途中で出勤時間となり完成には至らなかった。ばつの悪い思いでギフトセンターに入ると、早速、涌井が現れ、

「おい、諸星、一覧表は出来たのか？」

と手を伸ばし、佑也は顔面を歪めながら、

「もう少しで出来上がりますので、あと一日待っていただけませんか？」

と苦しそうに返事をした。涌井は俄に表情を変え、

「ちっ」

と舌打ちをしながら、

「おい、冗談じゃないぞ。俺との約束を守れないのか？」

と怒りで唇を震わせた。佑也は下を向いてしまい、涌井は、

「そういうお前のだらしなさが駄目なんだ。だから、いつも薮沼に怒られるんだよ」

と駄目を押し、薮沼のパワハラを正当化するような言い方をした。

約束は守るべきものとはいえ、佑也に無理な要求をしながら単純に佑也に非があるように責め立て、佑也は一気に涌井を信頼する気持ちが失せてしまった。

涌井の横槍に苦しめられていた佑也であるが、今回のギフトセンターには鮎川杏奈が応

援に来ており、佑也の心を熱くした。

佑也は駐車場時代、杏奈のお客さんの荷物を車まで運ぶのを手伝った時の事を思い出していた。誰もが惹かれるような美しさと可愛らしさに驚き、眩しい笑顔に一目惚れをしたのであった。その時以来、杏奈と同じフロアの青木から尻を押されてきたが、想いを告白する事はなく今日を迎えていた。

今回、佑也はギフトセンターのリーダーとして勤務をしているため、後輩やアルバイトを指導する立場にあり、杏奈も佑也に、

「ご指導宜しくお願いします」

と挨拶をした。美しさや可愛らしさは相変わらずで、やや長身でグラマラスな肢体を前にして、佑也の方が緊張しながら、

「こちらこそ、宜しくお願いします」

と挨拶を返した。突然、杏奈はほのかに顔を赤く染めながら、

「諸星さん、婦人靴下売場と二百に行ってきていいですか？ストッキングが伝線しちゃって……」

と舌を出しながら、太股から膝にかけて伝線した部分を見せた。天真爛漫な杏奈らしい仕草であったが、佑也はドキッとして太股に目が釘付けになってしまい、杏奈は、

「いやーん、あまりじっと見ないで下さい。恥ずかしいです」

とはにかみながら、一礼をしてギフトセンターから離れた。佑也は刺激的な色気を感じ、

頭がぼうっとして額にうっすらと汗を滲ませ、しばらくその場から動けなかった。

杏奈の親切、丁寧な接客ぶりは評判が良く、若い男性客の中には名刺を渡して口説こうとする者も現れ、店長以下、部長クラスまで杏奈の接客ぶりを見に来る始末であった。佑也もさすがに呆れてしまったが、杏奈なら当然だと納得せざるを得なかった。

杏奈の魅力はビジュアルだけではなく、レジ操作が上手くいかなくて困っているレジ係を助けたり、お客さんから怒られて落ち込んでいるアルバイトをそっと慰めたり、優しさ溢れる女性であった。

閉店後、佑也がデータ入力の作業で残業をしていると、杏奈は、

「諸星さん、大変そうですね。私も手伝います」

と隣に座って佑也以上に熱心に入力の作業を行なった。杏奈は作業をしながら、

「諸星さんて、私が新入社員の時、一緒にお客様の荷物を車まで運んでくれましたよね。荷物が重かったから本当に助かりました」

と感謝をし、佑也は驚き、

「覚えていたのですか。僕も鮎川さんが大変そうだったから、思わず手伝った事を覚えています」

と感激をしながら振り返った。

「それから三月頃、励ましていただいてありがとうございました」

とお礼を言うと、杏奈は、

「諸星さんがあまりにも落ち込んでいらっしゃったので思わず……、生意気な事を言ってごめんなさい」

と謝った。佑也は恐縮し、

「生意気だなんてとんでもない」

と言いながら、こんな女性がパートナーだったらどんなに―、と思い、杏奈をそっと見つめ束の間の幸せを胸一杯に感じていた。

年が明け、「新春きもの大市」は前年比八三%と大きく負け、決算棚卸は一分六厘の減損率であり、一月のきもの売場の売上は前年比六二%と全く振るわなかった。いよいよ、きもの売場消滅の噂が現実味を帯びてきた感があり、店長朝礼では近山がベスト五品番を発表した後、何と、ワースト五品番も発表し、きもの売場はワースト二であった。

立場を失った藪沼は、佑也に八つ当たりをしたが、藪沼に怒鳴られるのが日常茶飯事となっていた佑也は比較的冷静で、それより、これだけ売上が落ち込んでしまい、藪沼に係長としてどんな施策を打つつもりなのか聞いてみたかった。

涌井が藪沼を事務所に呼び、問い質したところ、藪沼は、

「これ以上、私に何をしろとおっしゃるつもりなのですか？」

と開き直る始末であり、涌井は呆れた挙句、もう、きもの売場は成行きに任せればいいといった態度を取るようになった。和小物は前年比九〇%台を維持しており、藪沼はきも

の本体をほったらかしにして、和小物ばかりに傾注するようになった。確かに景気は冷え込み、特に若い女性のきもの離れが急速に進んでいるが、そんな中でも、未だに、きものの売場が健在の百貨店が存在する事も事実であり、やり方次第では山手屋もきもの売場を存続させる事は可能なはずであった。

佑也はきもの売場存続のために、持てる力を発揮したかったが、そのためには、責任者の藪沼に施策を提案しなくてならない。相変わらず藪沼と連携が取れていない状態であったが、もはやそんな事を気にしている場合ではなかった。佑也が考えた施策は、畳敷きの空間を作り、もっとゆっくりお客さんに商品を見てもらおうというものであった。早速、勇気を奮って藪沼に提案をしたが、藪沼は、

「そんなの駄目だ。畳敷きなんて専門店がすでにやっているよ。そんなスペースを作る余裕なんてあるか」

と佑也の提案を一蹴した。販売企画に交渉をすれば、さほど難しい話ではなかったが、藪沼の頭の中には新しい事を取り入れようといった発想は全くなく、藪沼の剣幕に一旦、提案を引っ込めるしかなかった。

四

山手屋にとって憂慮すべき事態が起きた。ついに、三百年の歴史を誇る銀座店が三月中をもって閉店する事になったのである。銀座店の前身は名門呉服屋の赤石屋で、多くの江戸っ子が集う店であったが、近年の売上不振により採算の取れない店に変貌してしまい、閉店を余儀なくされたのであった。売上不振でも、年間三百億の売上を誇る銀座店を閉店に追い込んだ経営陣の責任は大きく、創業者の赤石弥三郎が草葉の陰で泣いているに違いなかった。

皮肉な事に、三月一日から開始をした閉店セールは予想を上回る大盛況ぶりで、各フロアは歩く事もままならないほどの混雑ぶりであり、一日の売上は平均十億にも及んだ。一ヶ月で一年分の売上となる計算となり、こんな事なら来月も再来月も閉店セールをやればいいのに―、といった冗談口も聞かれた。

最終日、閉店すると、一階特設ステージで閉店イベントが行なわれ、店長が挨拶を行なった。千秋楽にちなみ、大相撲の関取と立行司が出演し、この様子を各テレビ局がこぞって報道をした。すっかり舞い上がってしまった店長は、何を勘違いしたのか、

「かくも賑々しく閉店を迎え、誠に嬉しく存じます」

とまるで閉店を祝うかのような挨拶をしてしまい、世間の失笑を買ってしまった。

各売場では、入社以来銀座店勤務の社員などがそっと涙を拭き、長年のお客さんが感慨深げに閉店の様子を見守っていた。閉店イベントが終了後、お客さんが帰宅をし、シャッターが下りた瞬間、銀座店三百年の歴史に幕を閉じた。

四十歳以上の社員を対象に早期希望退職者を募り、割り増しの退職金は、閉店セールで得た利益で賄うことになった。結果、約百名の希望退職者が集まり、経営陣の思惑通りとなった。

また、四月の株主総会では、銀座店店長のみが取締役から退き、社長以下、他の役員は全員留任で、誰も銀座店閉店の責任を取らなかった。初めて早期希望退職を募った事は社員達に動揺を与え、山手屋にとって今後に暗い影を残す事になった。

例年のごとく、四月は人事考課の季節であり、立川店きもの売場でも考課の内示が行なわれていた。佑也は薮沼からバックヤードに呼ばれ、メモ紙を渡されたが、昨年同様、ランクは四の四であり、二年連続で昇給なしであった。

佑也の顔は強張り落胆の色は隠せず、他の同期は全員五ランクに昇格して六ランクを狙う位置におり、係長昇進も近かった。薮沼は、

「おい、おめえはこのままじゃいくら頑張っても上がらないぞ。もう辞めるか?」

と退職を勧め、佑也はがっくりと肩を落とし声も出なかった。

「おめえが四十歳以上だったら、間違いなくリストラの対象だ。おめえみたいのがいるから銀座店は潰れたんだ」

と、銀座店閉店の責任が佑也にあるとこじ付け、佑也はさすがに怒りで体を震わせた。人事考課の内示は、もし成績が上がっていなかったら、部下がどうしたら成績が上がるかを導く事が大切であるが、薮沼には佑也に対しそんな気持ちは微塵もなかった。薮沼は、

「中尾はとてつもないレベルだぞ。それに比べておめえの仕事のレベルは最低だ」

と中尾を引き合いに出したが、佑也には中尾の何がとてつもないレベルなのかが分からず、戸惑うばかりであった。最後に、

「俺はおめえがどうなっても知らんからな。おめえは百貨店に向いていないよ。辞めたかったら辞めろよ」

と佑也を見捨てるかのような言い方をして内示を終えた。

次に、中尾がバックヤードに呼ばれ、しばらくすると、表情を緩ませながら戻ってきた。五ランクに昇格をし、佑也とランクが逆転したのであった。佑也は悔しさのあまり心から薮沼を憎み、中尾に羨望の眼差しを向けた。

五

五月の第一週、催事場では紳士服大バーゲンが開催された。企画の段階から責任者を任された山中は、夏物のスーツを中心とした豊富な品揃えを展開し、なかなかの盛況ぶりを

見せていた。

経験豊富な販売員を配置し、予算比一二〇％の売上を目論み、目玉商品として、夏服上下三万円セットを用意して大きくチラシに掲載をさせた。山中が直接、取引先と交渉をしたものであり、取引先も山中が係長だからこそ快く提供をしたのであった。夏服上下三万円セットは初日に早々と売り切れ、山中の思惑通りとなった。

結果、「紳士服大バーゲン」は順調に売上を伸ばし、予算比一二八％に達した。部下の働きぶりや派遣販売員の力も大きな要因であったが、直接的には山中の実績となった。係長になって初めての大きな売り出しは成功し、山中にとって大きなステップとなり、早速、近山に報告をすると、

「なかなかやるね。ご苦労さん」

と笑みを浮かべて山中を労った。

一ヶ月後、山中はフロア長に呼ばれ、人事異動の内示を受けた。異動先は本社の経営推進室で、会社を背負うトップエリートが集う部署であり、近山が本社人事に強く推薦をした結果の大抜擢であった。山手屋の頭脳と言える部署だけに、山中は喜びと共に身が引き締まる思いであった。フロア長は、

「山中君、あそこは私の出身大学の先輩である剣持取締役が室長だ。よくお願いしておくから、君は安心をして腕を揮いなさい」

と約束をし、山中は満面の笑みを浮かべながら、

「ありがとうございます。精一杯頑張ります」

と力強く返事をした。これで他の同期にさらに差を付け、特に佑也との差は歴然としたものになった。

山中は紳士服フロアの夕礼での挨拶で、

「立川店紳士服出身、山中彰二ここにありを存分にアピールをして参ります」

と宣言し、大きな拍手を浴びた。夜の立川店のネオンを眺めながら感慨深い気持ちになり、美しいネオンがまるで自分自身の栄達を祝福しているかのように映った。

数日後に行なわれた送別会では、紳士服フロアの連中がアーチを作って山中を見送り、女性社員達は山中との別れを惜しみ、

「山中係長、おめでとうございます。頑張って下さいね」

「山中係長、もっと一緒に仕事がしたかったです。また飲みに連れて行って下さいね」

と声を掛けた。そんな女性達の声が、山中の耳に心地良く響き両手で握手をした。フロア長の音頭で、

「山中彰二、万歳」

と万歳三唱をすると、山中は感激の余り涙を浮かべ、最大の登竜門である経営推進室で見事に成功を収めようという意欲が改めて湧いてきた。

きもの売場は催事場で、五月第二週は「大処分市」、第四週は「江戸まつり」に参加を

し、この二つの売り出しの準備のために、佑也は休日も出勤をしたため、立川店社員の休日未取得のワーストとして人事から注意を受ける破目になった。薮沼は休日も出勤をした佑也を労うどころか、逆に怒る始末で、

「お前が勝手に出勤をした」

という理由で、別の日に休日を取得させる指示をせず、挙句の果てには、

「おめえは仕事ができないから、休日まで出勤をして無駄に仕事をする破目になるんだよ」

と佑也を無能呼ばわりをした。ところが、中尾が同じ事をしても怒らないどころか逆に、

「中尾、負担ばかりかけて悪いなあ。あまり無理をするなよ。もし、人事が文句を言ってきたら俺がやっつけてやるからな」

と労うのであった。

休日や残業の未取得は、きもの売場に配属をされて以来、日常茶飯事になっており、佑也自身も取得を諦めている節があるため、痛みを感じなくなっていたが、薮沼は部下の残業が多いと係長が無能であると思われる事が頭にあり、わざと残業を付けさせようとはしなかった。自分自身の保身のために部下に残業を付けさせないという姿勢は本来、社会問題にも繋がり兼ねない話であり、監督職失格と言われても仕方がなかった。

「大処分市」では、相変わらず目玉商品のレンタル済ドレスが人気であり、ある女装趣味のお客さんが毎回五、六着買うが、薮沼や中尾は見て見ぬ振りをして接客を避け、いつも、佑也が接客をした。

この男性客はフィッティングルームでドレスを試着して似合う物を選び、その間、佑也は外でドレスを持って待つのであった。今回は気に入ったドレスが多かったのか、九着も買上げをし、女装趣味とはいえ佑也は有難い気持ちになった。㈱渡辺の営業の男性が、
「諸星さん、ご苦労さん」
と労い佑也に手を差し伸べて、がっちりと握手を交わした。いつも、薮沼からパワハラを受けて下を向いてばかりの佑也も、こんな時はデパートマンとしての喜びを嚙み締めるのであった。

六月より、きもの売場ではゆかたをメインとして展開をしており、中尾が担当をしていた。特に、近年は花火大会が若者のデートスポットとして人気が上昇し、全国規模で開催地が急増していることで、ゆかたが若者の間で見直され、需要が急激に増えていた。きもの売場がない百貨店でもゆかただけは展開しており、ブームは年々大きくなる一方であった。

薮沼もゆかたの売上で、売場全体の売上を回復させようと目論み、予算は前年比一二〇%を組み、お気に入りの中尾を担当に据えることにより彼の手柄にして、さらにランクアップさせようとしていた。中尾は大いに意気に感じてマネキン五体を用意し、ゆかたを着せてゆかたコンテストを行なうなど新しい企画を考え、薮沼も実力のある販売員を手配し、中尾の実績を上げるために強力な後押しをした。

ゆかたの売上は順調に推移して、六月は予算を達成し、七月も前年比一二五%の売上を上げていた。ゆかたは全国的にブームであり、誰が担当をしても好調な売上を上げるのは

当然であったが、薮沼は朝礼で、

「ゆかたは中尾君の頑張りで売上は好調である。これだけ努力をしている者がいるのだから、皆も見習ってレベルアップをしてもらいたい」

と中尾を褒め称えた。

一方、佑也はきもの全体の売上のジリ貧に苦しみ、薮沼から、

「中尾がせっかく頑張っているのに、てめえのせいできもの本体が全然売れねえよ。品揃えは悪いし接客も下手くそだ。今月は振袖なんか一枚も売れてねえじゃないか。いつまでも甘ったれているんじゃねえ」

と怒鳴りながら佑也が手にしている書類を叩き落とし、思いっ切り踏み付けてその場を去った。佑也は惨めな気持ちになり、汚れてしまった書類を拾い上げた。

薮沼から強力な後押しを受け、実績を上げて胸を張る中尾、相変わらず薮沼から罵倒され続ける佑也、薮沼による二人に対する差別待遇は益々酷くなり、悲しいほどのコントラストを描いていた。

六月上旬、佑也は例年のごとく七五三の準備をしていた。早めにメーカーに出向き、お見分けをしないと良い商品を確保できないので、勤務中はなかなか時間の確保が難しいため、休日の時間を割いてメーカー廻りをすることにした。それを聞き付けた涌井は、

「おい諸星、お前は手ぶらでメーカーに行くつもりか？資料は用意しているんだろうな」

と絡むように言った。通常、フロア長が平社員のメーカー回りの資料の事にいちいち口出しをする事などあり得なかったが、涌井はわざと口出しをした。涌井は婦人服畑の男で、きものの品揃えを無理やり婦人服に当てはめようとして佑也を困惑させたが、仕方なく、それを頭に入れて資料作りをし、前年に売れた商品をグラフにして涌井に見せると、

「商品の分類は色、柄、サイズ別にしないと意味がない。こんな資料をメーカーに見せようなんて呆れた奴だ。やっつけ仕事なんかしやがって」

と馬鹿にしたような表情で吐き捨てた。

佑也は色系統別にグラフ化をしたものの、きものは色、柄は一点一点違い、決められたサイズはなく、これ以上の分類は困難であり、それをやっつけ仕事と決め付けるのは見当違いであった。その他、書類にわざと認印を捺さなかったり、佑也に対する嫌がらせは日に日に陰湿になっていった。

ある日、薮沼が休みのため、代わりに佑也が朝礼を行なっていると、案の定、涌井は監視に来て、佑也の朝礼を値踏みするように聞いており、佑也は話し辛くて仕方がなかった。連絡事項を話し終えると、涌井は佑也に、

「お前は下がっていろ」

と手で払うような仕草をし代わりに朝礼を始め、怒ったような表情で、

「まず、朝礼をやっている奴の声に元気がない。こんな朝礼を聞かされては皆がやる気をなくす。社長はしっかりと朝礼を励行するようにとおっしゃっている。諸星は朝礼をやる

資格がない」

と決め付け、佑也を売場員達の面前で恥を掻かせるような仕打ちをした。

朝礼が終わると、涌井は、

「おい諸星、お前の朝礼は全然意味がない。予算と連絡事項を流すだけで済むと思っているのか？」

と激怒をし、佑也は屈辱に耐えながら立礼を行なった。

数日後、立川店では拝島グループの主催で「近山店長を囲むゆうべ」と称した懇親会を行ない、正社員は強制的に全員出席をさせられ、取引先も招いて大盛況の会となったが、きもの売場の取引先はきもの売場消滅寸前の立川店に用はなく、ほとんどの取引先が欠席であった。これに激怒をした涌井は、怒りを藪沼や中尾ではなく佑也にぶつけ、

「おい諸星、お前はちゃんと取引先に声を掛けたのか？俺は恥を掻いたぞ。こんなに近山店長に失礼な話はない。どうしてくれるんだ」

と因縁を付けた。佑也は中尾と手分けをして取引先に電話やファックスで連絡を取ったのであるが、涌井は、

「お前の案内の仕方が悪いから皆欠席したんだ。それと、お前が取引先から舐められているからこうなったんだぞ。すぐに取引先に謝りに来させろ。部長以上じゃないと駄目だ」

と佑也に濡れ衣を着せて厳命をした。

佑也に対するパワハラは、完全に藪沼に涌井が加わる形となって、佑也は益々身の置き

場がなくなったような気分になり、気が狂いそうであった。このままでは益々昇格は望めず、一日も早く涌井、薮沼から離れなければ、いつまで経っても地獄から抜け出せない状況に陥っていた。

六

店長に就任をして、すっかり独裁を揮うようになっていた近山は、プロジェクトチームの立ち上げを発表した。チーム名は「たちかわ若女将組」であり、若くて優秀な女性社員を集め、若い女性の感性を商売に反映させる事をコンセプトに挙げた。見方によっては、近山の私的な目的のために立ち上げたチームにも見え、不純な匂いを指摘する陰口も聞こえていた。

杏奈や同期のエレベーター担当で、美人で評判の森田沙代子もメンバーであり、能力というよりは容姿でメンバーを決めた感は拭えなかった。杏奈は何故、自分がメンバーに選ばれたのか分からず、戸惑いは隠せなかった。

早速、店長室にメンバーが招集され、近山はメンバーの面々を眺めながら、満足そうな笑みを浮かべた。戸惑いがちな女性社員達の沈黙を破るように、近山は、

「皆、忙しい中、集まってくれてありがとう。是非、若い君達の感性を品揃えに反映をさ

せて、新しいお客さんを増やしていきたいと思っています。僕はオープンな性格だからね。意見は自由に述べて構わない。わきあいあいとやろうよ」

とメンバーの心を解きほぐすように言った。

近山は思い付いたように、

「そうだ、ケーキでも食べながら話し合おうか」

と指を鳴らしながら声を弾ませ、早速、菓子売場に電話をしてケーキを持ってくるように命令をした。メンバーは若い女性らしく歓声を上げ、沙代子は、

「店長、私、コーヒーを入れますね」

と近山のご機嫌を取るような態度で準備に取りかかると、近山は嬉しそうに、

「森田さん、気が利くね」

と褒めたが、杏奈は近山のご機嫌取りをする沙代子に対し、言い様のない嫌悪感を抱いた。

閉店後、杏奈は再び近山に呼ばれ店長室に入ると、近山は、

「おお、鮎川さん、まあ座りなさい」

とソファに座るよう勧めた。杏奈が遠慮がちにソファに座ると、近山はおもむろに杏奈の隣に座り、

「閉店後に悪いね。実はお願いしたい事があってね」

とやや上ずった声で言ったが、杏奈は何をお願いされるのか見当がつかなかった。近山は笑顔になり、

「鮎川さんに是非、若女将組のリーダーをやってほしいんだよ」

と頼んだ。杏奈は俄に驚き、

「えっ？私がですか？何故、私がリーダーを？」

と首を傾げると、近山は、

「うん、実は君の上司の芦田君がね、鮎川さんは接客が上手いし、性格はいいし、皆のお手本だと褒めていたよ。仕事ぶりから見ても、君が一番リーダーに相応しい」

と持ち上げると、杏奈は緊張の色を浮かべた。

近山の目がきらりと光り、

「緊張しなくても大丈夫だよ。君がやりやすいように全面的にフォローするよ」

と優しい声でささやき、不意に杏奈の肩を抱いた。徐々に馴れ馴れしくなっていく近山に、杏奈は、

「店長、どうなさったのですか？私どうしよう」

と困惑をすると、近山はさらに体を密着させ、

「鮎川さん、可愛いね。色々教えてあげるから、今夜は二人で君のリーダー就任祝いをしよう」

と誘惑し、怖くなった杏奈は慌てて近山を払い除け、店長室を飛び出した。

帰途に就いた杏奈は、近山のセクハラにショックを受け、下を向きながら歩いていた。

近くの公園でブランコに乗りながら、もう一度、近山のいやらしい態度を思い出すと、堪

えていたものが一気に吹き出るかのように涙が溢れ出た。立川店の店長からのセクハラであることが余計に悲しみと絶望感に拍車をかけ、誰かにすがりたい気分に陥り、涙でぼやけた瞳に一瞬、佑也の顔が浮かんだ。嘆かわしいことに、立川店ではパワハラだけではなく、若い女性社員に対するセクハラも日常茶飯事となっていたのであった。

翌日、杏奈は上司の芦田係長に昨日の件を話し、若女将組のメンバーから外れたい旨を申し出た。早速、芦田が近山に杏奈の意思を伝えると、近山はしぶしぶ了承をしたが、

「その代わりに、昨日の事は鮎川さんにはくれぐれも誤解をしないようにと伝えてほしい」

と、芦田に半ば強引に釘を刺すよう命令をした。さすがに芦田も違和感があったが、立川店の独裁者、近山の命令とあっては従わざるを得なかった。

結果、代わりに沙代子がリーダーとなり、事態は収拾をした。沙代子は大いに張り切り、リーダーシップを発揮してメンバーを牽引していった。

ゆかたは好調な売上を上げたものの、七五三は前年を大きく下回り、きもの売場全体の売上は益々落ちる一方であった。

ついに朝礼にて、涌井はきもの・家具フロアの解散を発表した。きもの売場は婦人服フロアに吸収され、フロア長の涌井は本社庶務部の専任課長へと退くことになった。佑也にとって、涌井と離れることは不幸中の幸いであったが、依然、薮沼が上司であることは変わらず、地獄から抜け出せた訳ではなかった。

婦人服のフロア長の杉田は人事出身の出世頭で、部長昇格も近く、立川店主流派、拝島グループの一員であり近山の子飼いであった。部下の係長達も杉田と親密な関係で結ばれており派閥を形成し、薮沼は完全に外様的存在となり発言権は無きに等しくなった。薮沼はすっかりやる気を失い不貞腐れ、日に日に居場所を失くしていった。

佑也はどこのフロアに所属しようとも、あくまでも真摯に仕事をしようという姿勢を崩さず、中尾は婦人服の連中とのパイプを太くしようと躍起になり、連中に近づいてはご機嫌を伺う毎日であった。

係長会議では婦人服の係長が幅を利かせ、薮沼は発言できず、様々な決定事項が婦人服主導で進行していった。そんな中できもの売場の縮小が決定し、部下達は肩身が狭くなり、商品のアイテムも激減したため、売上は前年の半分まで落ち込んでしまった。この惨状に佑也も売上回復への執念がすっかり殺がれてしまったが、きものを買い求めるお客さんがいる限りは、という気持ちは絶対に捨てたくはなかった。

薮沼は毎日、渋い表情で勤務をし部下達を辟易とさせ、ある日、佑也と中尾を呼び、

「もう、きもの売場のために仕事をするな。自分自身のために仕事をしろ」

と諭し、佑也と中尾は頷くしかなかった。薮沼はすっかり諦めの境地に達し、部下達まで巻き添えにしたら自分の責任になると思ったのであった。

一方、山中は本社新館の経営推進室で充実した毎日を過ごしていた。本社新館は三ヶ月前に新築されたばかりであり、外装、内装共に美しく、特に経営推進室は東側に位置し、

日中は爽やかな陽射しで明るい雰囲気を醸し出していた。デラックスな会議室、ラウンジ、客用並みのトイレ等が整い、会社の精鋭人が集う新館らしく、全てが別格であった。

山中は肘当て付き革張りの椅子に深々と座り、パソコンで新しい経営プロジェクトの資料を作成していた。早速、紳士服のバイヤーに電話をし、

「今度の経営プロジェクト会議では、紳士服の新しい展開のプレゼンテーションをするから、トレンドなスーツの資料を至急集めてほしい」

と指示をすると、バイヤーは敬意を込めて、

「かしこまりました。早急に集めてお持ちいたします」

と返事をした。経営推進室に対してはバイヤーも卑屈なほど腰が低く、山中は優越感に浸りながら電話を切った。

しばらくすると、剣持取締役兼室長が姿を現し、部下達は全員起立をして、

「室長、お疲れ様です」

と部屋中に声を響かせた。剣持は銀縁のメガネの奥の鋭い目を光らせながら、まず次長に、

「今度のプロジェクトは順調に進んでいるかね？」

と声を掛け、次長が、

「はい、万事順調に整いつつあります」

と直立不動の姿勢で答えると、剣持は満足そうに、

「今度のプロジェクトは社長も大変注目しているから、宜しく頼むよ」

と念押しをした。次に山中に声を掛け、

「山中君、君はプレゼンテーションをやるそうだね」

と言いながら、机にある資料に目を通し、

「ほう、なかなか良くできているじゃないか。楽しみだね」

と褒めた。俄に山中は目を輝かせ、

「ありがとうございます」

と頭を下げると、剣持は、

「君の事は近山店長も期待をしていたよ。頑張ってくれよ」

と笑顔で山中の肩をポンと叩き、山中は最敬礼をしながら、喜びを隠せず、思わず頬を緩ませた。

　経営プロジェクト会議当日、山中はプレゼンテーションをそつなくこなし、会議後は社長を囲んでのゴルフコンペが行なわれた。早速、山中は剣持と共にコンペに参加をし、大いに顔を売っていた。

七

年が明け、決算後、二月十一日付の人事異動が行なわれ、佑也は婦人服フロア事務所にて杉田から異動の内示を受けた。異動先は検品所であり、昇進、昇格には不利な異動であるのにもかかわらず、ついに薮沼から解放されることになり、ようやく、約二年半の恐怖と屈辱の日々に終止符が打たれ、言葉では言い表せない安堵感が全身を支配した。

きもの売場の消滅は時間の問題であり、佑也はもはや、婦人服フロアに必要ない人物としてピックアップされたのであるが、杉田は、

「諸星君はきもののお誂えができる、数少ない人物だからいてほしかったんだが。何しろ、人事が決めた事なのでね」

と建前を話した。しかし、佑也にとってはどんな理由であろうとも、薮沼の恐怖と狂気に満ちたパワハラから解放されるだけで十分であり、万感の思いに浸っていた、

佑也は事務所を出ると、二百に入って二年半を振り返り、何故、あれ程まで酷いパワハラを連日受けなければならなかったのか、未だに分からなかったが、様々の場面が頭の中で甦り、声を押し殺して泣いた。涙の一粒に言葉では言い尽くせない、二年半の血を吐くような思いと感慨が全て凝縮されていた。

佑也が二百を出て売場に戻ると、薮沼が待ち構え、

「おめえ、検品所に異動か。よくも、部下の育成ナンバーワンの俺に恥を掻かせてくれたな」

と因縁を付け、佑也の胸倉を摑もうとしたが、佑也はその手を振り払い、この男は正気か？——と心の中で笑った。もう上司ではないと思い、薮沼の言葉をさらりと聞き流した。

薮沼から受け続けたパワハラによる心の傷は深く、今後、大きなトラウマになる可能性をはらんでおり、二年半の間に受けた痛手はあまりにも大きく、他の同期に大きな差を付けられ、取り返しがつかない事になりそうであった。

きもの売場勤務最終日、佑也はフロア長の杉田に挨拶をし、まるで悪魔の棲家であったきもの売場全体を見回し、ほっと安堵のため息を吐きながら足早に去って行った。

一ヶ月後、薮沼から電話で呼ばれ、きもの売場最後の考課の内示を受け、今年も四ランク中四であり、全く評価は上がっていなかった。

通常、佑也の年齢で四ランクの時点で、三年連続も足止めを食うことはあり得ず、何か悪意のある意図的な力が働かない限り起こり得ない現象であった。考課者が薮沼のため、もはや佑也は諦めの境地に達していたが、同期達とまたもや大きな差が付いてしまった。

薮沼は、

「おめえ分かっているだろうな。他の同期にはもう追い付けねえからな。自業自得だから俺は知らねえ」

と非情な言い方をしたが、佑也はもう薮沼に用はないのでさっさと席を立った。

翌月、佑也は中尾からの電話で、薮沼が退職することを知らされた。佑也に対して罵詈雑言の限りを尽くした薮沼も、婦人服フロアでは肩身が狭くなり、立場を無くしていったのであろう。佑也には何の感慨もないどころか、もっと早く辞めてくれればと思った。

居酒屋魚八で薮沼の送別会が行なわれ、中尾の強い要請で佑也も出席をした。強面だった薮沼だけに、代々の部下や多くの取引先も出席をし盛況の会となった。薮沼は泣きじゃくりながら、

「私は入社以来、ずっときもの売場で勤務をしてきましたので、きものしか知りません。だから、退職を決意しました」

と挨拶をした。きもの売場が消滅したら居場所はないという意味に他ならなかったが、薮沼は、

「私の後継者は中尾です。中尾がいれば、きもの売場は大丈夫です」

とあくまでもきもの売場にこだわった。横に座っていた中尾は神妙な面持ちで聞いており、可愛がられていた女性社員はそっと涙を拭いていたが、泣き叫ぶ薮沼の姿は、所詮、負け犬そのものであった。

送別会終了後、全員で立川駅のプラットホームで薮沼を見送った。中尾は子供のように泣きわめき、

「何で辞めるんだよ。辞めないでくれよ、馬鹿野郎」

と絶叫し、電車の姿が小さくなると、中尾はそのままホームから飛び込みそうな勢いで

あったので、佑也は慌てて取り押さえた。

七月の上期終了をもって、きもの売場は消滅することとなった。最後まで所属していた中尾が清算業務を行ない、立川店からきものの灯が消えてしまった。


山手屋の有利子負債がなかなか減少していかない中、小規模な人事異動が行なわれた。四十歳以上の正社員を対象とした人事異動で、子会社への出向であり、男性社員には朝六時からの商品受渡し業務、女性社員にはトイレなどの清掃業務を命じた。明らかに退職をさせるための人事異動であり、検品所の正社員も二名の男性社員が対象となった。

これほど、あからさまなリストラは初めての事で、社内に少なからず衝撃が走り、異動を命じられた正社員は会社の思惑通り全員が退職を選択し、都合四十名の正社員が犠牲となった。佑也が先輩達の退職後の様子を聞いたところ、一名はパチンコ屋の店員になり、もう一名は実家の家業を手伝っているとのことであった。

かつて、終身雇用を謳っていた山手屋が行った行為に対し、労働監督基準署に訴えた者もおり、社会問題にまで繋がり兼ねない事態にまで発展した。

佑也はまだ三十一歳であり、今回のリストラの対象にはならなかったものの、いつか自分もリストラされるのではないか?と不安が頭によぎったが、まさか自分が、という気持ちも消えていなかった。

社内の噂では、今回のリストラは前触れに過ぎず、近い内に、第二弾、第三弾が行なわれるであろうという見方が圧倒的であった。

店長朝礼で近山が、来年の三月に立川店がリモデルオープンをすることを発表し、婦人服フロアに新しいブランドのショップを入店させることが目玉であると発表をした。近山は
「リモデルの流れに付いて行けない者は去ってもらいたい」

と宣言をし、リモデル前に大幅な人事異動を行ない、立川店に必要のない者を転出させる腹であった。「黒い手配師」の異名を持つ近山らしい宣言であり、翌年の二月には人事異動で多くの社員が立川店から転出をした。

佑也も課長から小杉配送センターへの異動の内示を受け、立川店から転出することとなり、近山に対する怒りが湧いてきた。課長が、

「小杉だって評価されている人間がいるのだから心配するな」

と慰めたものの、小杉配送センターで評価されているのは生え抜きの人間だけで、転入者で昇進をした例はほとんどなく、明らかな島流しであった。

佑也ががっくりと肩を落として店通を歩いていると、ばったり杏奈と逢った。すでに店内に人事異動の情報が知れ渡っており、杏奈は、

「本当に小杉に異動なのですか?何で諸星さんが……」

と首を傾げ、

「酷いですね。もしかして、辞めるのですか?」

と心配をすると、佑也は辞めたら近山の思う壺であり、意地でも辞める気はなく、

「大丈夫、辞めないです。明日から小杉へ行ってきます」

と平静を装ったものの、内心は泣きたい気分であった。もう杏奈と会う事もないのであろうか？佑也は、

「鮎川さん、時々、ハンカチ売場に顔を出します」

と約束をして杏奈も頷き、二人は見つめ合った。

佑也は立川店での勤務が終わり、立川店のネオンを見つめながら、

「この店は鬼門だったな」

と呟き、九年間の苦しい思い出を振り返った。きもの売場では薮沼や涌井から散々なパワハラに遭い、店長の近山に嫌われ、挙句の果てには小杉配送センターへ島流しである。酷い仕打ちの連続にため息を吐き、立川店から去っていった。

八

小杉配送センター勤務の初日、佑也は担当課長の上条と面談をしていた。上条は、

「君は立川店に九年いたのか。それにしても人事考課が良くないなあ」

と言いながら渋い表情をし、佑也は下を向いて、

「はあ、そうですね」

と小さな声で返事をした。

上条は仕事内容の話に切り替え、

「我々は東和急便とタイアップをして仕事をしているんだ。配送、仕分業務などは全て東和急便に委託をしている。我々の仕事はお客さんからの問い合わせ、クレーム対応、配送業務の企画、事務処理などだ。結構、忙しいよ。配送センターは楽だなんて考えないように」

と注意を促し、

「君には主に、クレーム対応をやってもらいたい」

と命令をした。佑也は、

「かしこまりました」

と返事をし、配送品の仕分や積み込みをやると想像していたので意外に思い、少し気分が落ち着いた。

早速、佑也は館内の巡回を始め、一階はトラックのプラットホームと仕分用のコンベアがあり、東和急便の従業員が店から来た配送品の仕分をしていた。エアコンが十分には効いていなく、まだ二月であるため、外からの外気で肌が切れそうなくらいに寒く、吐く息は白かった。そのうえ、トラックの排気ガスで喉を痛めそうであり、館内のコンクリートの壁は所々ひびが入り、老朽化が酷い状態であった。店とは違って殺伐としており、食堂も医務室もなく、離れ小島らしく劣悪で寂しい環境であった。

佑也は三階のコールセンターへ入り、早速、電話を取ると、

「配達員の態度が悪い」「約束の時間に来ない」「商品が壊れている」など、様々なクレームがあり驚くと同時に、大手宅配便業者の東和急便でもこんなにデタラメな仕事をしているのか―、と認識をするのに時間は掛からなかった。

クレームはあくまでも、配送承りの窓口である山手屋が受ける仕組みとなっており、佑也はこの仕事を舐めてかかったらとんでもない事になる―、と気を引き締め、必死にクレーム対応に没頭した。

本社新館の会議室では、経営推進室の会議が行なわれ、立川店のリモデルの事が議題に上がっていた。剣持は、

「立川店のリモデルの進捗状況は、オープンに向けて順調であると近山店長から報告を受けているが、何か問題点があれば、忌憚のない意見を聞かせてもらいたい」

とタバコをくゆらせながら口を切った。山中は、

「リモデルに必要のない社員を整理したのは成功だったと思いますが、リモデル後の売上を上げるための有能な社員が十分に確保されているか、もう一度、確認をする必要があると思います」

と提案をし、異動させた社員を軽く扱うかのような言い方をした。

立川店のリモデルに伴う人事異動は近山、剣持、山中といったラインが中心となった行なわれたものであり、店内からの転出者の人選を近山が、店外からの転入者の人選を剣持、

山中が担当をした。次長が、

「確かに、山中君が言う通り、リモデルはスタートが肝心で、優秀な人材が確保されていないと失敗に終わってしまう。近山店長と剣持室長が奔走したお陰で、ようやくオープンに漕ぎ着ける所まで来ましたからね」

と近山と剣持を持ち上げて見せると、剣持は、

「そうだね。山中君には是非、もう一度人事と話し合って人材の確保をしてほしい」

と命令をした。山中は、

「かしこまりました。より優秀な人材を確保しましょう」

と調子良く答えたが、係長に過ぎない者がリモデルの人事に首を突っ込むとは、大変な増長ぶりであった。

会議が終わると、山中は屋上に行き、タバコをくゆらせていた。

立川店のリモデルでは近山と剣持の手足となって動き、無事、オープンを迎える事ができそうであった。経営推進室に異動してから三年が経ち、最先端の仕事をこなし、着実にステップアップしている自信があった。人事考課も最短で昇格をし続け、立川店がリモデルオープンをすれば、課長代理昇進は確定的であった。

新宿の高層ビル街を眺めながら自身の栄達ぶりを思い、自然と笑みがこぼれ、さらに、課長、次長、室長、取締役と昇進をする青写真を描きながら傲然と笑った。

昨年のリストラから一年も経たぬ内に、リストラ第二弾が行なわれ、今回の対象者も四十歳以上の正社員であった。

「支援センター」という部署を新設し、この部署に異動させる事が表向きの命令であったが実体のない部署で、業務内容は日々、売場の様々な応援に出向くという曖昧なもので、拠点となる事務所もなかった。つまり、第一弾と同じく、退職をさせるための人事異動であり、全社で七十名の社員が犠牲となり、小杉センターの社員も四名が対象となった。

佑也は対象となった先輩から飲みに誘われ、酒癖の悪い先輩であり暗い酒になる事は目に見えていたが、仕方がなく、渋谷のガード下の居酒屋に付き合った。

先輩は人事異動の内示を受けてから、ずっと酒浸りの日々で飲む前から酔って目が赤く濁っており、

「何で俺がリストラなんだ。あと二年で定年だったのに……」

と愚痴をこぼした。佑也が、

「何故なんでしょうか?運が悪いんですよ」

と慰めると、先輩は、

「部長の仕業に違いない。あの野郎」

と、小杉センター部長を激しく恨み、

「よし、あいつに電話をしてやる。あの野郎」

と叫びながら、席を立とうとした。今回のリストラも会社の方針で、部長に抗議の電話

をしても覆るはずもなく、佑也が慌てて制止をすると、先輩は辛うじて踏み止まり、

「俺は今まで、この会社のために稼いで何人もの奴を食わしてきたんだ。なのに何で俺が……」

と恨み言が止まらなくなり、次第に聞くに堪えない繰言と化していった。

先輩はさらに、日本酒を呷りながら、

「諸星、はっきり言って、お前も崖っぷちだ。気を付けろ。俺みたいになるなよ」

と佑也を射抜くような視線で説教をした。佑也は、

「はい、分かりました。気を付けます」

と返事をしながら、まさか俺が、俺はまだ三十二歳だぞ—、と強気になりながらも厳しい現実を考えると、何だか先輩のリストラが他人事に思えなくなってきた。

四月になり、人事考課で佑也はやっと五ランクに昇格をした。これは、佑也の昇格が著しく遅れていることを心配した課長の上条の努力のお陰であり、佑也が上条に、

「お陰様で五ランクに昇格できました。ありがとうございました」

とお礼を言うと、上条は、

「君は真面目に良くやってくれているからね。部長と相談をして人事にプッシュをしておいたよ。良かったな。でも、これからが勝負だぞ。同期に追い付けよ」

と笑顔で祝福、激励をした。しかし、遅すぎた五ランク昇格であり、他の大卒同期のほ

とんどが六ランク、係長昇進をしており、山中に至っては七ランク、課長代理昇進を果たしていた。もはや、連中に追い付くには、よほどの努力と運の良さが重ならない限り不可能であった。株主総会では立川店リモデルの成功により、近山が取締役に選出された。

数日後、本社別館の教習室で五ランク昇格者の研修が行なわれた。佑也がメンバーを見渡すと、同期の存在は皆無で、三、四年後輩の者が中心のため、見たことのない面々ばかりであり、佑也は恥ずかしく思ったが、平静を装って講義に耳を傾けた。

昼食を取り、午後の講義の資料が配られると、佑也は思わず、

「あっ」

と声を上げた。講義者の名前が山中課長代理となっていたからであった。まさか、同期の講義を下位ランク者として聴かなければならないとは、俄に情けない気持ちとなり心から恥ずかしくなり、逃げ出したくなった。

定時になり、山中が悠然と大股で入室をし教壇に立つと、前の方に座っている佑也に一瞬顔を向け微かに笑い、すぐに正面を向いた。山中は、

「皆さん、五ランク昇格おめでとうございます」

と他人行儀な挨拶をし、佑也は両手で耳を塞ぎたくなった。佑也は居たたまれない気持ちとなって下を向き、山中の講義は全く耳に入らなかった。

山中は講義を中断し、「当社の強みは何か?」を考えるよう五分間時間を与え、時間になると、山中はわざと佑也に、

「では諸星さん、当社の強みは何だと思いますか？」

と質問をした。上の空で、何も考えていなかった佑也は、はっと我に返ったが口を開く事ができず、山中は呆れた表情で、

「当社に強みなんかないという事ですかねえ」

と嫌味を言った。俄に周囲から失笑が漏れ、佑也は恥を掻かされ、机の下で拳が震え、恥辱の余り顔面に汗が滝のように流れた。

翌日、佑也は昨日の山中の態度が悔しくてたまらなかったが、何とか冷静さを取り戻して電話応対をしていた。

しばらくすると、東和急便の社員が苦い表情で佑也に、

「大変です。実は、現地宅配便センターで配送品を届けず、一ヶ月も放置をしていた事が発覚しまして……」

と報告をし、佑也は驚きのあまり呆然とした。状況を詳しく調べると、現地宅配便センターのドライバーが積み忘れ、持ち出しをせず、所定の棚に保管がされていなかったとの事であった。

佑也は東和急便のあまりにもでたらめな仕事ぶりに怒りを覚えたが、怒るよりも、お客さんへの対応を急がなければならなかった。正直に事実を話して丁重にお詫びをするしかないと思い、早速、お客さんに電話をすると、比較的若い女性客であった。一ヶ月放置の

事実を話し丁重にお詫びをすると、お客さんは俄に声色を変え、

「えっ、嘘でしょう？一体どうしてくれるんですか？」

と驚き、怒りを露わにした。佑也は原因を話し、至急、代品を用意して先方にお詫びをして届ける旨を話しても、お客さんは、

「代品を届ければ済む話ではありません。上司への結婚の内祝ですから、もう届けるタイミングを逸しています。上司から何のお礼もないのでおかしいと思ったら……、ショックです」

と、益々怒りを露わにして承知しなかった。お客さんが怒るのは当然の事であり、佑也は言葉に詰まったが、上司と相談をして対応する旨の約束をし、一旦電話を切った。

すぐに上条に相談をすると、上条は、

「一ヶ月放置は酷すぎる。小杉センター最高責任者である吉見部長に話を持っていかないと駄目だろう」

と判断をし吉見に相談をしたが、外出を理由にろくに対応しようとはせず、東和急便センター長の猪又に至っては全く無関心を装い、なかなか解決に向かわなかった。

ある日、東和急便が明日午前中指定のワインを輸送途中で割ってしまったため、佑也が代品を急いで手配をし、東和急便のアルバイトに指定通り届けるよう頼んだが発送をし忘れてしまった。佑也はアルバイトに注意をしたが、反省の色が全くなく平気な顔で、

「私知りません。昨日の事だからもういいでしょう」

と言い放ち、さすがに佑也は怒り、

「馬鹿野郎、冗談じゃないよ」

と思わず口を衝いてしまった。アルバイトは、

「諸星さんに馬鹿野郎と言われて傷付きました」

と逆に佑也を猪又に訴え、猪又はお客さんとの約束を守らず、反省をしないアルバイトの事は棚に上げ、佑也に、

「馬鹿野郎とは東和急便に対する侮辱だ。詫び状を持ってこい」

と逆ねじを食らわせたのであった。これを受け吉見は、

「諸星、どんな理由があろうと、馬鹿野郎は駄目だ。猪又センター長の指示通り詫び状を書け」

と佑也に命令をし、一方的に悪者にしてしまった。

配送を委託しているのは山手屋の方であり、本来、東和急便のお客さんのはずであるが、委託先の東和急便の企業規模が山手屋より圧倒的に大きく力関係も上であるため、文句を言えないのが現実であった。

二年前に、東和急便に配送委託を開始した時から癒着が始まっており、当初、配送委託先の候補は郵政と東和急便であったが、一件当たりの料金を試算したところ、郵政の方が割安であり圧倒的に有利であったのにもかかわらず、社長の鶴の一声で形勢が逆転し、東和急便に決定をしたという経緯があった。何故、社長は東和急便にこだわったのか、口を

開かず謎であったが、黒い噂まで流れる始末であった。

吉見と猪又は、クレームの事などそっちのけで一緒にゴルフコンペに参加をし、吉見は東和急便の社長と一緒の組でラウンドを回り、大いにもてなした。コンペの景品は山手屋が提供し、優勝者などには多額の商品券が贈呈された。

佑也は山手屋の配送を健全なものにしようと東和急便の各エリアを回り、資料を作って協力をお願いしたものの、クレームは一向に減らず改善されなかった。

年が明けると、本社人事と面談をする機会に恵まれたので、佑也は小杉センターの状況や立川店きもの売場での昇格足止めの事などを話し、勤務部署の希望を聞かれたので、外商部で活躍をしたい旨を訴えた。人事課長は概ね理解を示し、

「嫌な事は忘れてしまえ」

とアドバイスをした。

九

八月初旬、佑也は上条から呼ばれ、渋谷店外商部への異動の内示を受けた。こんなに嬉しい人事異動の内示を受けるのは初めての事で、佑也は喜びで溢れんばかりとなり奇跡のように感じた。佑也の希望と、若い戦力を補充したいという渋谷店外商部の要請が幸運に

も合致したのであった。

　上お得意様を接客して商売をする喜びを感じる事ができ、売上を上げて実績を作れば評価される世界であるため、同期に追い付く最後のチャンスであった。離れ小島から一気に檜舞台に出て、新たなスタートラインに立ち、これまでの劣勢を挽回しようと意気込んだ。

　渋谷店外商部の連中とはほとんど面識がなかったが、富裕層の口座を多く持ち、外商のプロと言うべき外商員が揃っていると聞いており、先輩達に追い付き追い越すんだと心に誓った。

　数日後、佑也が渋谷店外商部の事務所に足を踏み入れると、人いきれがするほどの多くの外商員が忙しそうに仕事に没頭ししのぎを削っており、一目で圧倒されてしまったが、今までにない、いい意味の緊張感が湧いてきて益々意気が上がった。

　佑也は部長の長岡の指示で第三グループに所属することになり、指定された机は前任者の書類が山積みのままで、早速、前任者は片付けながら佑也に引継ぎを始めた。前任者は重要度の高いお客さんを次々とピックアップし、お買上げ状況、職業、趣味などを話した。

　引継ぎもそこそこに担当者交代の挨拶のため、前任者が運転をする外商車に佑也と長岡が乗り込み、成城学園へ向かった。成城学園のお客さんは、年間一千万円以上の買上げをするＶＩＰランクであり、外商客には年間の買上げ金額に応じて、Ａ、Ｂ、Ｃ、Ｄにランク付けがされ、Ａランクの中でも買上げ金額の高いお客さんにはＶＩＰ、ＳＳ、Ｓのランクが付いていた。

新任者はまず、ＶＩＰのお客さんへ挨拶に伺うのが慣例となっており、佑也は初めての挨拶回りのため緊張の面持ちであったが、緊張を解すために長岡は、

「諸星はまだタイトル（役職）が付いていないな。よし、外商でタイトル獲得だな」

と話し掛け笑みを浮かべた。外商で真面目に働けば、係長に上げてやると言っている事に他ならず、佑也の表情は緩み、

「是非、宜しくお願いします」

と元気良く返事をした。

いつの間にか成城学園のお客さん宅に到着をし、佑也は二人にならって挨拶をした。初老の奥様が三人を応接間に通し、まず長年顔馴染みの長岡が、

「佐田さん、突然ですが、田中が人事異動で転出しましてねえ、こちらが新任の諸星です」

と佑也を紹介すると、佑也は意気込みながら、

「諸星と申します。宜しくお願いします。何でもやらせていただきます」

とやや上ずった声で挨拶をした。長岡はシティボーイ風、田中はＫ大学出身の坊ちゃん風で、佑也は二人に比べると地味なタイプであったが、長岡は、

「諸星はハキハキしていますし、これから外商に新風を巻き起こしますよ」

と大袈裟に後押しをすると、佐田夫人は、

「あらそう、まだ若いし、頑張って欲しいわね」

と笑みを浮かべた。

新任の挨拶はまずまず成功に終わり、佐田夫人が佑也にノートを一冊持ってくるように頼むと、早速、佑也はメモを取り、

「早急にお持ちします」

と約束をした。ＶＩＰの上お得意様であるがゆえに、ノート一冊でも確実に約束を守る事が、次の大きな商売につながると目論んだ。

佑也はＡランクのお客さんへの挨拶回りをしている中、早速、大きな商売をする機会に恵まれた。お客さんは有名作家の奥様で、高級な応接セットを五百万円ほどで購入したいとの事であった。五百万円もの商売をするのは初めての事で、商品知識は全くなかったが、すぐに売場に連絡を取り商品の確保をした。

数日後には、早くもホテル催事で商売をする機会に恵まれ、恵比寿のノーザンホテルにて、お客さんに有名歌手のディナーショーを楽しんでもらい、その後、ジュエリーショーで宝飾品を買ってもらうというものであった。

宝石売場の販売員が商品説明をし、外商員がもてなすのが役どころであり、お客さんはやや小太りの奥様と華やかなワンピースを着たスタイルの良いお嬢様であった。佑也は俄に緊張しながらも、大いにおもてなしをし、結果、奥様は百五十万円の真珠のネックレスを、お嬢様は百万円のルビーの指輪を買い上げた。この程度の金額の買物は外商客であれば、ごく普通であったが、佑也は着任をして数日で、こんなに早くこれほどの高額な商品

が売れるものなのかと驚き、華やかな世界に足を踏み入れた気分を存分に味わっていた。

翌日、佑也は長岡に呼ばれ、長岡は、

「諸星、デビュー戦で二百五十万円か、大したものだ。どうやって売ったんだ?直感か?」

と褒めながら、にやりと笑った。佑也が、

「いいえ、販売員の力です」

と謙遜をすると、長岡は、

「外商員を気に入らなければ、こんな高額な買物はしないよ。商品知識が豊富だから売れるとは限らないんだ」

と再び褒めた。佑也は恐縮をしながらも、部長から直々に褒められた事は大きな自信になった。

宝飾品を売ると外商員に五%相当の褒賞金が与えられ、百万円の売上なら五万円の報奨金が外商員の懐に入る計算となり、佑也にとっては大きな励みとなった。

十

九月の晴天の下、品川の高輪グランドホテルでは山中彰二の結婚披露宴が行なわれていた。

上席には社長の小山、取締役室長の剣持、取締役店長の近山などが顔を揃え、さらに、婦人服、紳士服、食料品などの取引先の上役も臨席をし、同期の連中も呼ばれていた。

　高砂には神妙な面持ちの山中と、純白のドレス姿が美しい花嫁がスピーチに耳を傾けており、花嫁は杏奈と同期の旧姓森田沙代子であった。剣持は、

「山中君は同期で課長代理にトップで昇進をした出世頭で、当社切っての若い逸材です。美しい伴侶を得て、当社の将来を担う人物として、益々充実した力量を発揮してもらいたい」

　と最大級の賛辞を贈った。近山は、

「山中君は立川店のホープでしたが、優秀がゆえに経営推進室に転属をしてさらに立派になった。立川店のリモデルにも大きく貢献をして頼もしい限りです。今後は奥さんのご協力を得て、当社のトップリーダーに成長してほしい」

　と大きな期待を寄せた。結婚を機に、取締役の連中との信頼関係がさらに強固なものとなり、山中は天にも昇る気分であった。山中だけではなく、他の同期も次々と結婚をして人生の充実を図っていた。

　そんな中、佑也も外商部での仕事が軌道に乗ったら結婚したいと夢想していた。立川店にお客さんを案内した足で杏奈を訪ね、久しぶりに会えた事を喜び合い、杏奈はひまわりのような笑顔で佑也が外商部に転属した事を祝福した。

　意気投合をした二人は立川のバーで話し込み、すっかり話が盛り上がると、杏奈は佑也の腕にそっと摑まり、

「私、諸星さんと一緒に歩きたいです」

と囁きながら頰を染めたが、佑也は勘違いをし、

「じゃあ、近くの公園で散歩しましょうか?」

と返事をすると、杏奈は、

「違うの、私、諸星さんの喜びや悲しみを自分の事のように感じて、だから……」

と言葉を途切らせ、恥ずかしそうにうつむいた。佑也は杏奈の気持ちを察して驚き、

「鮎川さん、ありがとう。ずっと貴女が好きだったのに、気持ちを伝えることができませんでした。貴女と付き合いたい。宜しくお願いします」

と酒の力も手伝って、一気に杏奈への想いを伝える事ができた。杏奈も、

「諸星さん、宜しくお願いします」

と言葉少なに佑也の気持ちを受け止め、目を瞑って佑也の胸に顔を埋めた。佑也は夢心地で、頭をぼうっとさせながら杏奈を見つめた。

佑也はまさか、夢にまで見た杏奈と交際できるとは思っていなかったので、外商部転属と合わせてダブルの奇跡が起きたと思った。もちろん、佑也が結婚したいと夢想している女性は杏奈に他ならなかった。


十月に入り、渋谷店では「世界の時計フェア」が開催された。高級時計を一堂に集め、有名百貨店なら毎年開催をする大型フェアであった。売上の主力は当然外商客で、外商員

なら必ず売上を上げる事を義務付けられていた。

佑也は専門誌を買い込んで勉強をし、Aランクのお客さんに案内をして、何とか二名のお客さんから買ってもらう確約を取り、結果、八十万円のロレックスと五十万円のセイコーの時計を売ることができた。この程度の売上は外商員としてはひよっ子であり、腕のいい外商員は一千万円のV社や七百万円のO社などの超高級時計を売り、他の外商員を驚かせていた。佑也ももっとノウハウを身に付けて、必ずこのような外商員に追い付きたいと誓うと共に、凄い世界であることを再認識した。

このように、売場から毎週のように、宝飾品、絵画などの高額品の販売会の案内がなされ、お客さんへの案内で忙しい毎日であったが、案内を続けているうちに、徐々にお客さんの需要や趣向が摑め、案内ぶりも要領を得てきて会話ぶりも向上しつつあった。

翌月には、半年に一回の大型ホテル催事である「秀麗会」が渋谷のエクセレントタワーホテルで開催され、当然、外商員は先頭に立って動員を図らなければならず、佑也はVIP顧客の佐田夫人など数名を招待した。お客さんにはまず、高級ディナーを楽しんでもらい、その後、会場で買物を楽しんでもらうというものであり、宝飾品を始め、高級ブランドの婦人服や靴、鞄なども取り揃えていた。

佐田夫人は佑也が他のお客さんを接客している間、ゴルフのドライバーの感触を楽しんでおり、レッスンプロが接客を行なった。佐田夫人はレッスンプロのお陰で、ドライバーとパターを買上げ、次に時計を探し始めた。佑也を気にかけた長岡も接客に加わって和や

かなムードになり、佑也がS社の時計を勧めると、機嫌を良くしていた佐田夫人は、

「これいいわね、買うわ」

と言いながら手に取った。S社の時計は百五十万円と高級なもので、佑也は有難い気持ちとなり最敬礼をした。

レッスンプロと長岡との連携が大きな後押しとなり、「秀麗会」での商売の成功は佑也にとって益々大きな自信につながった。


秋晴れの休日、佑也と杏奈は原宿、表参道を歩いていた。杏奈は華やかなピンクの短めのワンピースで脚線美がひと際目立ち、お洒落な街を歩くのに相応しい装いで、やや外見が地味な佑也とマッチしているとは言い難かったが、輝くような笑顔で佑也の腕に摑まっていた。佑也は緊張と興奮で胸の鼓動を抑えられず、現実に杏奈とデートをしているのにもかかわらず、未だに、杏奈と交際している事が信じられない気持ちであった。

カフェに入り、向かい合わせて座ると佑也は余計緊張をし、おもむろにタバコを吸い始め、ふと視線を落とすと、杏奈の綺麗な脚が見え、胸の鼓動は益々高まり息苦しくなった。

佑也の様子を少し不思議に思った杏奈は、

「諸星さん、どうしたの？」

と聞くと、佑也は、

「ごめんなさい。ちょっと緊張してしまって……」

と答え、杏奈は佑也の実直さを感じ、

「ごめんなさいね、緊張させてしまって。でも、あまり緊張しないでね」

と眩しい笑顔で囁き、佑也は、何て優しい女性なのだろう―、と感激し自然と笑顔になった。

佑也は俄に落ち着いたふりをして、外商のお客さんに高額な宝飾品を売った事など充実した仕事ぶりを話し、杏奈は佑也の輝いた表情に魅せられ、

「外商に行って、本当に良かったですね」

と微笑みながら温かい気持ちになり、楽しそうに語る佑也を少し羨ましく思った。

話は弾み、話題が同期達の結婚の事に及ぶと、杏奈は、

「私ね、お嫁さんになったら、仕事を辞めて主婦に専念したいです。お料理をしたり、子供を育てたりして……」

と楽しそうに話し、佑也は意外に感じた。杏奈は美しさや可愛らしさが際立ち、一見、華やかな女性に見えるため、何となく、専業主婦として家庭に納まるタイプには見えないからであった。佑也は杏奈がごく平凡な家庭を望んでいる事を初めて知った。

夕暮れの表参道にはイルミネーションが灯り、二人がイルミネーションに照らされながら歩いていると、杏奈は立ち止まり、

「綺麗ね」

と呟きながら、不意に佑也の背中に抱き付いた。二人の胸の鼓動は高まり、佑也は杏奈

の髪や香水の芳しい匂いで頭がぼうっとなり、二人の間は、まるで時が止まったように、しんと静まり返った。

しばらくすると、杏奈は、

「ねえ、諸星さん、今度、私のマンションに来て下さい。お料理を作ります」

と招待をした。佑也は夢のような話に喜び、杏奈の正面に向いて、

「本当ですか？ありがとう。宜しくお願いします」

と声を弾ませ、杏奈の両肩を抱いた。二人の距離は益々縮まり、さらに急接近をしていた。

十一

十二月の外商部はお歳暮の承りで忙しく、外商員は慌ただしく動き回り、ぴりぴりとした空気が流れていた。佑也もお歳暮承りのため、法人客の会社に出向いたり、外商サロンで接客をしたり、忙しい毎日を送っていた。

そんな最中、赤坂のホテルニューグランドで「クリスマスジュエリーフェア」が開催され、佑也が招待をした南野夫妻は、主人が内科医院の院長であり、夫人はいかにも外商客らしい華やかな雰囲気を持っていた。歌手のディナーショーが行なわれ、その後、佑也はジュエリーショーの案内をした。会話の中で夫人は、P社の宝石類が好みである事が分か

り、販売員と共に夫人に似合うP社の指輪を探し提示すると、八十万円と手頃な価格である事に夫婦で納得をし、買上げをした。

主人は誠実な人柄で、夫人は気さくで優しく、外商員が思わず引き込まれてしまうような雰囲気を持っており、佑也と相性がぴったりと合った。夫人は佑也を「諸星君」と呼び、友達であると錯覚をしてしまうほどで、これほど話しやすく気さくなお客さんは佑也の百貨店人生の中で初めてであった。そして、この商売が後の大きな商売につながっていくきっかけとなった。

夫人の旧姓は中本で、目黒の一等地に両親を筆頭に、南野夫妻を含めた三姉妹の夫婦がそれぞれ居を構えており、両親は幼稚園を経営し、中本一族と呼ばれるロイヤルファミリーであった。

南野夫妻は笑顔でエスカレーターに乗り、主人は黒いコートを、夫人は白い豪華な羽毛のコートを着て優雅に手を振り、その姿はまさにセレブ夫妻と呼ぶのに相応しかった。佑也は爽やかな気分で玄関に佇むと、正面の中庭に色とりどりの美しいイルミネーションが輝いて、クリスマスに相応しく、南野夫妻との出会いを祝福しているかのようであった。

十二月は最も売上予算の高い月であったが、佑也は予算を大幅に上回る売上を上げて、気分良く正月を迎えることができた。

杏奈のマンションを訪ねる約束の日を迎え、まだ約束の時間まで余裕があるのにもかかわらず、佑也は早く杏奈に会いたくて、国立駅から駆け足でマンションへ向かった。

呼び鈴を鳴らすと、杏奈は、

「諸星さん、いらっしゃいませ」

と眩しい笑顔で佑也を迎えた。杏奈はエプロン姿でカレーを作っている最中で、後ろ姿を見るとタイトなミニスカートであり、若奥様風の可愛らしさと色気に溢れ、佑也は思わず後ろから抱きしめたい衝動に駆られたが、料理の邪魔になると思い、辛うじて衝動を抑えた。

カレーライスは佑也の好物であったが、杏奈は、

「そんな簡単なものでいいの？」

と物足りなさそうな顔をしながらも、自信満々で、

「楽しみにして下さい」

と答えたのであった。

佑也はソファに座り、しばらくすると杏奈から、

「どうぞ召し上がって下さい」

と呼ばれ、食欲を誘発するような匂いが漂った。

「作りすぎちゃったから沢山食べて下さい」

と勧め、佑也は感激をし嬉しそうに、

「いただきます」

と言いながら両手を合わせ、口に運ぶと抜群の味に驚き、

「杏奈さん、こんなに美味しいカレーは初めてです」

と大いに喜んだ。新宿や赤坂の某有名店にも負けない味であり、杏奈の料理の腕前はかなりのものであることを認識した。佑也にとって杏奈の手料理は神からの贈り物のように思え、杏奈は手放しで喜ぶ佑也の姿が嬉しくて、

「そんなに喜んでくれるなんて、本当に良かったです」

と目を輝かせた。

すっかり奥様気分の杏奈は佑也の手を引いてソファに座り、新しいワインを開けて乾杯をし、お互いに幸せな気分に酔っていた。部屋には芳しいアロマの匂いが漂い、窓辺には紅いバラが飾られ、紅いバラが好きな佑也の目に鮮やかに映った。

二人の言葉が止まり、静けさが漂うと、佑也は杏奈のしなやかな肢体をソファに倒して抱き締め、杏奈の花びらのような唇を吸うと、逆に佑也の唇に吸盤のように吸い付いた。柔らかくて温かい唇の感触に佑也はすっかり熱くなり、杏奈の艶かしい太股に触れると、杏奈の瞳から一筋の涙がこぼれ、驚いた佑也は杏奈の体から手を放した。佑也は涙を流す意味は何かを考え込み、口紅が剝がれ落ちてしまった杏奈は、涙を拭きながら、

「えへへっ」

と恥ずかしそうに笑い、三面鏡の前で化粧を直した。

若いエネルギーを使った二人は気だるさを感じ、ソファで肩を寄せ合いながら眠りに就

いた。仲良く眠っている二人の姿はまるで新婚夫婦そのものであった。

十二

二月初旬、赤坂山王ホテルにてジュエリーショーが開催された。

十二月に引き続き、佑也は南野夫妻を招待し大歓迎で迎えた。主人が、

「景気はどうだい？」

と尋ねたので、佑也は、

「南野様のお陰で潤っています」

と答えると、主人は、

「何を言っているんだい、こんな貧乏人」

と笑った。実際に、南野夫婦の買上げが佑也の売上に大きく貢献をし、主力になりつつあるのは事実で、ＶＩＰ顧客の佐田と並ぶ最重要顧客となっていた。

夫人はＰ社のピアスとネックレスを探しており、佑也があらかじめ用意をしたピアスを耳に当てると、佑也はすかさず鏡をかざし、夫人は鏡を眺めながら満足そうな表情で買上げを決めた。

次に、ネックレスを手に取り、少し迷っている様子であったので、佑也はピアスとマッ

チしたハート型のものを勧めると、佑也が熱心に選んだ事に感激し買上げをした。佑也は夫人が喜んでいる姿に感激し、

「いつも本当にありがとうございます」

とお礼をして頭を下げると、夫人は、

「いいえ、諸星君がいつも一生懸命だからね」

と微笑んで佑也の肩を抱いた。お客さんからのスキンシップは初めてであるため佑也は照れて下を向いてしまったが、まるで弟のように接してくれる夫人の優しさが心底嬉しかった。

夫人は白い羽毛のコートを着て帰り支度をしながら、

「諸星君、このコート少しくたびれてきているのよ。何かいいのを探してくれないかしら？」

と頼んだ。佑也は婦人コートの商品知識に乏しかったが、夫人が着ているコートは恐らく百万円単位のものであり、大きな商売につながるチャンスであった。早速、売場の連携を取る事を考え、

「かしこまりました。すぐに、奥様に満足していただけそうなものを探しましょう」

と答え、手荷物を代わりに持って玄関まで見送った。今回の商売で、南野夫妻とのつながりが益々強固なものとなった事を確信し、満足感で一杯であった。

事務所に戻ると一枚のファックスが届いており、Dランク顧客の溝口からであった。各百貨店の外商カードの割引率が記されており、山手屋の外商カードの割引率との比較を求

めていた。もし、山手屋のカードの割引率が良ければ、今後、山手屋で買物をする可能性は大きかった。D顧客ということもあり、溝口と顔を合わせたことがなく買上げ額も皆無に等しかったが、他の百貨店の口座をいくつか持っており、他の百貨店では買物をしているに違いがなかった。

佑也は早速、溝口に電話をして挨拶をし、山手屋のカードの割引率を話したところ、他の百貨店とほとんど差がない事が分かった。もし今後、溝口が多くの買物をしてランクアップをした場合、他の百貨店より割引率が高くなる事を伝え、手頃な商材を持って溝口宅を訪ねる約束をした。

Aランク以上のお客さんばかりに目を向けるのではなく、ランクが低くても、潜在的な可能性を秘めたお客さんを上位顧客に上げていく事も外商員の実績を上げるための大切な仕事であった。

十三

本社新館の会議室では、経営推進室の緊急の会議が行なわれ、室長の剣持が深刻な表情で口を切り、

「実は昨日の取締役会で社長が緊急事態を発表した。当社の経常利益がなかなか上がらず

有利子負債が減少していかないので、銀行はこのままではお金を貸さないという事である。そこで、経営推進室に緊急事態打破のための施策をまとめてもらいたいとの事だ。是非、皆の忌憚のない意見を求めたい」

と厳しい口調で言った。

事の深刻さにしばらく重い空気が流れたが、次長の今西が重い空気を打ち破るかのように、

「当社は同業他社に比べて益率が悪く、なかなか利益が上がらない体質があります。取引先に協力を求めて、大々的に益率改善を図らなければならないと思います」

と山手屋の益率の悪さを指摘した。それに対し、課長代理の山中は、

「今西次長のおっしゃる通り、益率改善は非常に大事な問題であり、是非、取り組まなければならないと思います。しかし、銀行がお金を貸さないという緊急事態ですから、まずは人件費の思い切った削減が必要であると考えます」

と大胆な意見を述べた。課長の深山は山中の意見に同調するように、

「やはり、思い切った人件費の削減をしない限り、銀行が納得しないでしょう。大体、外商部なんてあんなに人が必要なんですかねえ。実際に稼動している口座に特化すれば、外商員は今の半分で済みますよ」

と外商部を槍玉に挙げた。山手屋の頭脳である経営推進室の連中は、自分達が人員削減の対象になる事がまずないゆえに、平気で他部署の人員削減を口にできるのであった。

じっと腕を組んで聞き入っていた剣持は、

「私もまずは、人員削減を緊急にやらざるを得ないと思う。人事部とタイアップをして、人件費削減の施策を至急まとめてもらいたい。まとまったら取締役会に諮る事にする」

と固く決意をするように命令をした。

人員削減とはリストラ策に他ならず、かなり大規模なものとなる事が予想され、特に正社員に黒い影が忍び寄っていた。


二月下旬、佑也は南野夫人の誘いで南野内科医院の夫人専用のプライベートルームに招かれた。部屋には高級家具やパソコンが置かれ、キッチンやシャワーも完備されており高級感に溢れていた。プライベートルームであるため、ごく親しい者しか入れず、夫人の佑也に対する信頼感が益々大きくなっている事を示していた。

佑也は約束のコートのサンプルを持参し、早速、夫人に試着をしてもらった。二百八十万円の狐皮のコートで、夫人好みの豪華で白い毛仕立てであり、佑也が、

「まるで、ハリウッドの女優さんみたいですね」

と褒めると、夫人は、

「あら、そうかしら？」

と言いながらも満足そうな表情であり、

「じゃあ、取置きをお願いするわ」

と頼み、成約間近となった。

佑也は何気なく、

「今度、松濤に大きなマンションができるそうですよ。山手不動産からお客様を紹介してほしいと言われまして……」

と半分、世間話のつもりで話すと、夫人は目を輝かせて、

「えっ、それ本当なの？いいマンションがないか探していたところなのよ」

と声を弾ませた。佑也はパンフレットを見せながら、

「仮称は松濤ハイツ、４ＤＫとかなりデラックスで、価格は一億四千万円です」

と夫人以上に声を弾ませながら説明をすると、夫人は、

「松濤で一億四千万円は安いんじゃないかしら？」

とさらに興味を示し、佑也は、

「そうですね。渋谷一等地の松濤なら、最低二億円くらいが相場ではないでしょうか？」

と夫人に呼応するように言った。夫人は、

「このマンション、ベランダも広いわ。バーベキューができるかもね」

と益々興味を膨らませた。佑也は、

「来月にはモデルルームが出来上がります。よろしかったらご覧になってみてはいかがでしょうか？私も同行します」

と内覧会の案内をすると、夫人は、

「そうね、主人と相談してみるわ」

と返事を留保したものの、佑也の観察では、夫人の買物を主人が反対するのを見たことがなく、人生の中で一番大きな買物とはいえ、夫人を何よりも大切にする主人なら、夫人の意思を尊重するに違いなかった。佑也は南野夫妻の経済力なら、一億四千万円のマンションでもそれほど高い買物ではないと踏んだ。

もし、順調に商売が進み成約まで達したら、外商員にとってこれ以上はないほどの大きな手柄となり、全幅の信頼を寄せてくれる夫人に対して感謝の気持ちで一杯になった。

十四

三月に入り、社内に衝撃が走った。渋谷店外商部事務所では、本社人事部長の速水が深刻な表情で緊急の発表を行ない、

「昨日、全社の部長会議で専務取締役から大胆な事をやるという発言がありました。当社の有利子負債が減少せず、このままではメインバンクからの融資がストップしてしまうので、六月二十日付で早期希望退職者を五百名規模で募集をするとの事です」

と告げた。

「本社人事部の判断で、正社員の賃金テーブルを職群ごとに分けます。なお、職群の中に支援職を設けますが、この職群の者を年収二百万円に固定する事が大きなポイントです。

早期希望退職を勧めたい者には、近々に渋谷店の人事部長が面談を行なうので承知してもらいたい。対象となる可能性がある者は、三十歳以上の五、六、七ランクです」

と発表をした。

支援職を命じられた者は年収二百万円に固定するという話には誰もが震撼し、年収二百万円でどうやって家族を養っていけというのか？家のローンは払えるのか？など、皆それぞれの不安が頭の中を駆け巡った。支援職を命じられた者には辞めてほしいという事に他ならず、課長代理、係長、上級平社員を辞めさせる事が狙いで、管理職以上は対象とはならず、典型的な弱い者いじめであり、これでは罪のない他人にツケを押し付けるような話であった。

賃金テーブルを職群ごとに分けるというが、一体、何を基準として職群に分けるのかさっぱり分からず、仮に人事が現場の仕事ぶりを見ずに、パソコンなど机上で職群に分けてしまうとしたら、こんなに無機質で恐ろしい話はなく、まるで、士農工商に分け、さらに、穢多・非人を設けた江戸時代の差別的な身分制度と同じであった。

五、六、七ランクの者は自分が支援職を命じられ、退職勧告を受けて辞めざるを得なくなるのではと怯え、佑也も対象となる可能性があるため、もし支援職を命じられたら一体どうすればいいのか？全く分からなかった。

早速、各自に退職をした場合の割り増しの退職金が記された通知書が配布され、佑也の通知書には四百八十万円と記されており、普通に生活をして二年位で消費してしまう金額であった。この退職金に釣られて退職をする訳にはいかず、ただひたすら支援職を命じられない事を祈るしかなかった。


翌日、外商部事務所にて佑也に電話が入り、電話に出ると、

「諸星さんですか？人事の村尾です。七階の応接室へ来て下さい」

と呼び出され、渋谷店人事部長の村尾の事務的な口調が不吉な予感をさせた。

佑也が応接室に入ると、村尾は脚を組みながらソファを指差して、

「まあ、座って下さい」

と勧め、妙に白々しく、

「商売の調子はどうかな？」

と尋ねた。佑也は松濤ハイツ購入の話が順調に進んでいる事もあり、胸を張って、

「いい調子です」

と答えると、村尾は、

「そうですか。それは良かったですねえ。ところで、早期希望退職の話なんだが……」

と切り出し、佑也は耳を塞ぎたくなった。村尾は資料を見ながら、

「諸星さんの評価は非常に悪く、特に四ランクから上がらなかった期間が異常に長い。当社の方針としては貴方に退職を勧めたい意向です」

と平然と勧告をし、佑也はハンマーで頭を殴られたような衝撃を受け、みるみるうちに

顔色が変わり、明らかな退職勧告に激しい怒りで体を震わせた。村尾は、

「退職をするのかどうか、最終的に判断をするのは本人だが、仮に当社に残っても、貴方はもう外商部にはいられないよ」

と追い討ちの脅しをかけた。

佑也は顔面蒼白となり、まさか、外商部にいられなくなるとは考えていなかったため、ショックのあまり言葉が出ず、両手両足をもがれたような気分に陥った。村尾は、

「まあ、すぐに返事をしなくてもいい。一週間後にまた呼び出しますから、それまでによく考えておくように」

と静かな口調でありながらも、刃を突き付けるように鋭く迫った。

佑也はショックで気が遠くなり、そのまま倒れそうになりながらも辛うじて自分を支えながら店通を歩いた。佑也を一人前に扱い、仕事をする充実感と誇りを感じた唯一の部署である外商部から外され、挙句の果てに退職を勧告される……、絶望感のあまり、このまま消えてしまいたい衝動に駆られた。

朦朧としながら、四ランクで足止めを食らった立川店きもの売場時代を思い出し、上司であった薮沼を改めて恨んだがもう遅い。散々なパワハラを受け続けたとはいえ、何とか跳ね返す事はできなかったのであろうかと自分を責めた。

ふと、息子の栄達を願っている故郷の両親や恋人の杏奈に、こんな惨状は情けなくてとても話せないという気持ちが頭の中を駆け巡り、自分の席に着くなり、どうしたらいいの

か分からず頭を抱えて両肘を突きながら悩み、周りでは先輩外商員も次々と呼び出しを食らっていた。

佑也は帰途に就くと、夜の渋谷の街を放心状態で当てもなく、ただふらふらと歩き、そのまま野垂れ死んでしまいたいような気分に陥っていた。街は深々と冷え込んでいたが構わず徘徊し続け、いつの間にか渋谷界隈から遠く離れて、真っ暗な闇の中へと吸い込まれて行った。

三日後の朝、佑也は退職勧告の日から食欲が全くなく何も喉に通らなかったが、ようやく、トーストとジュースを口にし、少し体に元気が出ていた。

気を取り直し、お客さん宅へ「持ち回り」に出かける準備をし、売場員と待ち合わせをした。「持ち回り」とは売場が特に外商員に勧めた商品をお客さんに売って回る仕事の事であるが、嫌がる外商員もいる中で、佑也はこの仕事も積極的に買って出ていた。

佑也は高級ブランドのカーディガンを用意して売場員と外商車で出かけたが、「持ち回り」はお客さんにアポイントを取らずに売るのが原則であり、誰を訪ねたら良いか迷ったが、南野夫人の母親である中本夫人が頭に思い浮かんだ。

中本夫人が園長である幼稚園に到着するとお遊戯の最中で、中本夫人の姿が見えた。佑也が近づくと、中本夫人はお遊戯の輪の中から素早く離れ、

「諸星さん、いつも娘がお世話になっております」

と逆に最敬礼をし、佑也は恐縮した。佑也は中本一族からすっかり認められている事に驚き、普段から南野夫人が母親に佑也の事を話している様子が窺え、有難く思った。

　中本夫人はカーディガンを好んでいるイメージがあり、佑也が、

「本日はカーディガンを持って参りました。奥様に似合いそうなものを用意いたしましたので、ご試着なさってみてはいかがでしょうか?」

　と勧めると、中本夫人は二つ返事で了解をし、販売員が提示したサンプルを何着か試着をすると満足げな表情をし、五着で三十万円の買上げをした。佑也が、

「突然お邪魔をしたのに、沢山のお買上げ、ありがとうございます」

　とお礼を言うと、中本夫人は、

「いいえ、たったこれだけの買物で……」

　と謙遜をし、佑也が、

「こちらはサンプルですので、後日、改めてお品物を持って参ります。ご一族様にはお世話になってばかりで本当に恐縮です」

　と改めてお礼を言うと、中本夫人は、

「これからも宜しくお願いします」

　と頭を下げ、佑也も、

「こちらこそ、宜しくお願いします」

　と一礼をしながら外商車に乗り込んだ。

佑也は非常に爽やかな気分で運転をしていたが、ふと三日前の退職勧告を思い出し、ひたすらお客さんのために頑張り確実に成果を挙げているのに、何故、辞めなければならないのか？と大きな矛盾と怒りを感じ、絶対に辞めたくない、こんなのおかしい―、と何度も頭の中で反芻をした。

退職勧告から一週間後、再び佑也は村尾から呼び出され応接室へ向かった。

この一週間、父親と大学時代の恩師に相談をしたが、二人のアドバイスは共通しており、

「辞めるな。今、収入が落ちても経営者が変われば状況が変わって挽回できる日が来るだろう。辞めて転職をしても将来、年金や退職金の面で不利になる。第一、山手屋より条件の揃った会社に再就職できる当てはあるのか？」

というものであった。佑也は極限まで悩み抜き、現に外商部で成果を挙げ、マンションの成約も間近な状況で、何故辞めなくてはならないのかという気持ちがどうしても捨て切れず、辞める地獄よりも残る地獄を選択した方が良いという意志が僅かに上回った。絶対に退きたくないという意地が日に日に湧いてきたのであった。

佑也が応接室に入ると、村尾は身を乗り出すようにして口を切り、

「どうですか？辞める決意はしましたか？」

と再び退職を促すような言い方をした。佑也は、

「退職はいたしません。当社にまだまだ貢献をしたいし、やるべき事は沢山あります」

と毅然として答えると、村尾は呆れたような表情で、

「君、勘違いをしてもらっては困るよ。会社は君に貢献をしてほしいなんて思っていないんだよ」

と諭すと、佑也は、

「私は山手屋に愛着があります。これからも頑張ります」

とあくまでも引き下がらなかった。

村尾は、

「一週間前は柔らかく話したが、はっきり言うと君は支援職なんだよ。年収は二百万円のまま永久に上がらないよ。それで生活していけるのかい？」

と執拗に圧力を掛けた。佑也は微動だにせず、

「それでも構いません。これからも当社で働きます」

と態度を変えなかった。村尾は、

「君の仕事は恐らく清掃業になるだろう。それでもいいのかね？」

と脅しをかけた。実にしつこい限りであり、村尾は社長から支援職の者は必ず希望退職をさせるようにノルマを課せられているため、簡単には引き下がる訳にはいかず、保身のために必死であった。佑也は、

「清掃業でも一生懸命頑張ります」

と自分の意志を変えようとはせず　根比べの様相を呈してきた。

村尾はもはやこれまでと判断をし、渋い表情で、

「分かりました。もし考えが変わったら、人事に退職願いを用意していますから、六月十日までに提出をして下さい。それから、支援会社の説明会がありますから、是非、出席をして下さい」

と促し、佑也は席を立った。

六月二十日までは外商の仕事を思う存分頑張り、後は野となれ山となれといった気持ちであった。

翌朝、渋谷店の休憩室では外商部の連中が集まり、早期希望退職の話に熱中していた。どうやら、支援職を命じられた者は退職をする決意を固め、

「もうこんな会社に未練はないよ。愛着がなくなった」

とため息を吐くと、他の者が、

「組合幹部は全然抵抗しないしな。一体、何を考えているのか？」

と怒りを通り越して呆れていた。支援職を命じられなかった者も、

「外売職といっても年収は下がるしな。どうしようかな？」

と思案をし、皆がそれぞれの思いを語っていた。

職群はマネジャー職、内売専門職、内売職、外売専門職、外売職、事務総合職、事務職、支援職に分けられており、支援職は賃金のテーブルすらなく、年収は二百万円に固定され、

昇給の可能性が全くない仕組みとなっていた。

話題は今朝の某全国紙の記事にも及んだ。記事は山手屋の早期希望退職はあまりにも理不尽であるというものであり、原因となっている有利子負債は元々バブル景気の時代に経営陣が判断を誤って海外に何店舗も進出をし、バブルの崩壊によって軒並みに閉店をして作った負債である。それにもかかわらず、経営陣は全く責任を取らずに、何の罪もない中堅社員を退職させて人件費を削減し負債を相殺しようとは、犠牲となる中堅社員があまりにも不憫である―、と山手屋経営陣の無能ぶりを厳しく糾弾をしていた。一人が、

「今朝の○○新聞の記事を見たか?あんな事を書かれるようじゃこの会社の未来はないな」

とぼやくと、もう一人が、

「△△百貨店の人から言われたよ。いくら何でも君達は可哀想だねと」

と言いながら悲痛な表情をした。

開店時刻を過ぎても話が止む様子はなく、仕事どころではなくなっていた。傍で聞いていた佑也は当事者としてあまりにも苦しい思いであったが、いつまでも話に加わっていてはまるで負け犬の遠吠えだと思い居たたまれず席を立った。

車を走らせると外はすっかり春めいており、気持ちを切り替えて代沢の野口宅を目指した。野口未亡人は大変な資産家であり、絵画に造詣が深く、佑也が様々な絵画を案内したところ、故藤山画伯の肖像画五十万円と新鋭の太田画伯の風景画百八十万円を買上げ、額

縁が出来上がったので搬入に伺うところであった。

　代沢の閑静な住宅街のまるでお城のような建物が野口未亡人宅であり、売場員が壁に太田画伯の風景画を取り付けている間、佑也は野口未亡人と応接間で談笑をしていた。佑也が、

「素晴らしい絵画のお買上げありがとうございました」

とお礼を言うと、未亡人は、

「本当に素晴らしい絵ね。お陰様で太田さんと知り合いになれたわ」

と喜んだ。

　藤山画伯の肖像画は応接間の綺麗な白壁に飾られ、貴婦人の肖像画が見事にマッチングをしていた。未亡人は満足げに眺めながら、

「藤山さんは肖像画の大家ですからね。藤山さんの上品なタッチでなければ白壁に映えないでしょう」

と解説をした。

　太田画伯の風景画は実に繊細なタッチと美しい色使いのため、写真と見間違うほどであり、未亡人も見たことがない新しいジャンルの絵画であった。未亡人は、

「こんなタッチの絵画を見たことがないわ。諸星さん、よく見つけてきましたね」

　と驚きを隠せず、佑也は、

「私も太田画伯の絵を見て驚きました。最初は写真ではないかと錯覚をしました」

と応えながら、元々、絵画にそれほど興味がなかったので、未亡人と出会わなければこんな会話はできなかったであろうと思った。教養の高いお客さんとの触れ合いは自分自身を高める事に繋がり、外商員でなければなかなか経験できない事であった。佑也はこんな時間をいつまでも大切にしたかったが、退職勧告を受けている現状がそれを許してくれそうもなかった。

帰りの車中、佑也は代沢の美しい住宅街を後にして気分よく運転をしていたが、風景が変わると体に異変を感じた。気のせいかと思ったが体が寒く、顔だけが異常に熱くて頭がぼうっとして運転に集中できなかった。気にすると気分が落ち込んで憂鬱になり、一体どうなっているのか首を傾げた。

山手屋での長年の苦しい勤務の毎日が、知らぬ間に佑也の体にダメージを与えていたのであった。

本社別館の会議室では退職勧告を受けた社員が集合し、支援会社の説明に耳を傾けていた。集合した顔ぶれは売場のプロと言うべきベテランがずらりと揃い、お互いに顔を見合わせて驚いていた。明らかに会社への貢献度の高い連中であり、人事が現場を見ずに机上でパソコンによる仕分けをしたために起きた弊害であった。

支援会社の説明が佳境に入り、社員達が鋭い視線を向けると、支援会社の者は笑顔で、「皆さんは長年百貨店に勤務をされ、様々な部署で活躍をされました。そこで身に付けた能力や知識、これこそが企業が求めているスキルなのです。再就職ではこのスキルが最大の武器になります。ですから、皆さんは様々な企業に再就職ができる可能性を大いに秘めています。まさに今こそが再就職のチャンスなのです」

と言葉巧みに説明し、元気を失っていた社員達の目が輝き始めた。

「私達は皆さんのスキルを十分に汲み取ったうえで、お望みの企業を紹介します。後はパソコンの操作や論文、履歴書の書き方などを私達が責任を持って指導をします。これで皆さんは間違いなく再就職ができるようになります。どうか安心して我々支援会社を活用して下さい」

と結んだ。

社員達の心に明るい希望の光が灯り、退職をするのが正解だと確信をし、すっきりとした表情になった。退職をするかどうか迷っていた者も支援会社の説明をすっかり信じ込み、雪崩を打ったように退職を決意した。

説明会が終わって事務所へ戻って来た外商員達は感激した様子でお互いに退職を確認し合い、残る決意をしたはずの先輩が佑也に、

「俺はやっぱり辞めるよ。支援会社の話は信用できる。諸星、お前なんかまだ若いんだから俺達よりももっといい所に再就職できる。辞めた方がいいぞ」

と促した。佑也は一瞬考え込んだが、新卒でも簡単には就職できない時代なのに、そんなにうまく再就職ができるのであろうか？――と疑問に感じ、残る決意は揺るがなかった。

十五

佑也は杏奈と会うために久しぶりに立川店を訪ねた。きっと立川店も早期希望退職の話で騒然としているであろう。杏奈にも退職勧告を受けた事を話さなければならない。

ハンカチ売場を訪ねると、杏奈は品出しをしている最中で、振り向くと佑也に気付き、いつもの笑顔で、

「諸星さん、久しぶり」

と手を振った。佑也も、

「杏奈さん、元気だった?」

と笑顔を見せた。佑也は、

「今大丈夫?ちょっとお茶を飲みに行こう」

と杏奈を誘い出し、立川店前の喫茶店で顔を向かい合わせた。

なかなか話を切り出せない佑也に杏奈は、

「暖かくなってきたね。お花見でもしたいわ」

と微笑み、佑也は益々本題を話し辛くなった。佑也が躊躇いながら、

「あのう、実は……」

と切り出すと、杏奈は、

「どうしたの？」

と小首を傾げた。佑也は思い切って、

「僕は支援職を命じられ、辞めて欲しいと言われて……」

とがっくりうな垂れ、杏奈の反応が怖くて下を向いたままであった。

杏奈は、

「えっ、そうなの？」

と少し驚いたような表情をしてみせたが、実はすでに噂で佑也が退職勧告を受けた事を知っており、佑也が傷付かないように敢えて触れないようにしていたのであった。佑也は、

「ごめん、こんな話で」

と申し訳なさそうに謝り、結婚は当分無理であることを告げようとしたが、口を開くことができない。黙っている佑也に杏奈は、

「辞めるの？残るの？」

と聞くと、佑也は、

「残るつもりです。でも、外商部には残れないです」

と悲しげに言ったが、杏奈は笑顔で、

「じゃあ、外商部以外で頑張ればいいじゃない」

と励ました。

杏奈自身は退職勧告を受けていないが、本当は佑也の事が心配で、今後、二人はどう

なってしまうのか内心不安であった。しかし、そんな事を口にするより、追い詰められた佑也を支えたい気持ちが強く、佑也よりずっと前向きで大人であった。

落ち込んでいる佑也に、

「ねえ諸星さん、今度、諸星さんのアパートに遊びに行ってもいい？ゆっくり話しましょう」

と甘えるようなふりをして佑也を和ませた。佑也は笑顔を取り戻して、

「是非、来て下さい。宜しくお願いします」

と元気良く答えた。

杏奈は売場に戻る時間になったので席を立ち喫茶店を出ようとすると、佑也は杏奈と永遠に会えないような錯覚を起こし、突然、

「杏奈さん、行くな」

と叫びながら後ろから抱き締めた。杏奈は驚き、

「どうしたの？諸星さん。売場に戻るだけだよ」

と戸惑ったが、佑也は離そうとしない。佑也らしい優しさが感じられず、強引に抱き締められた杏奈は、そのまま倒されそうになった。杏奈は、

「諸星さん、痛いよ。お願い離して」

と泣き声になり、我に返った佑也は慌てて離し、杏奈は逃げるように売場へ戻った。杏奈の背中が震えているようで佑也は罪の意識に苛まれ、俺は一体何をしに来たのだろう

か？結局は杏奈を傷付けてしまった―、と落ち込んでしまい、肩を落としながら駐車場へ向かった。

佑也は松濤ハイツのモデルルームで南野夫妻と売場員を交えて商談をしていた。夫人は部屋の間取りに満足をしながらも、より満足がいくようリフォームを要求していた。注文事項を話している最中、渋谷一等地の豪華なマンションを新居とするため、さすがに楽しそうな表情で溢れていた。

アコーディオンカーテンを付けたり、コンセントを増やすなどの注文があるため、リフォーム担当の売場員も同席していたのであった。佑也は家具類の注文を承り、懸命にメモを取っていた。

夫人は佑也がメモを取っている様子を見ながら、

「諸星君、顔色が悪いわ。どうしたの？」

と心配そうに顔を覗きこむと、院長の主人も、

「そうだね、顔面が異常の紅潮している。具合でも悪いのかい？」

と佑也を気遣った。佑也が、

「ご心配をおかけして申し訳ありません。体調はいいです」

と答えると、主人は、

「いや、ちょっと変だな。僕が診てあげよう」

と言い、佑也と夫妻は車で南野医院へ向かった。

佑也と主人は診察室へ入り、早速、主人は佑也の体に聴診器を当て触診すると、

「内臓に異常はなさそうだね」

と診断しながら眼球を診ると、

「目が赤いね。睡眠は取れているのかな?」

と質問をした。佑也は、

「はい、睡眠は取れています。実は山手屋では早期希望退職の募集がありまして、私も人事部長に呼び出されて退職を勧められました。悩んだ結果、残る決意をしましたが」

とお客さんには話さないようにしていた早期希望退職の話をすると、主人は、

「うーん、そうだったのか。厳しいね」

と同情をし、

「どうも自律神経が乱れているようだね。漢方薬を出すから、しばらく飲んで様子を見ましょう」

と指示をした。

「希望退職の事は大変でしょうが、ご両親などとよく相談をした方がいいでしょう」

とアドバイスをした。佑也は、

「商談中であったのにもかかわらず、診察していただきありがとうございました」

と心からお礼を言った。

診察室を出ると夫人が待機をしており、佑也に、

「どうだった？大丈夫？」

と心配をした。佑也が、

「はい、内臓は大丈夫だということですが、自律神経が乱れているそうです」

と答えると、夫人は、

「可哀想に、お大事にね」

と気遣った。佑也が診察料を払おうとすると、夫人は、

「いいのよ。今日は診察日じゃないし、お気遣いなく」

と言い、佑也は驚き、

「えっ？そこまで甘えるわけには」

と恐縮した。夫人は、

「いいの、いいの。それより、本当に体に気を付けてね。諸星君が倒れでもしたら私達が困っちゃうわ」

と笑顔になり、主人も診察室から出て夫婦で佑也を見送った。佑也は再びお礼を言いながら、果たして一外商員のために無料で診察をしてくれる医者が他にいるだろうか？と思い、南野夫妻の余りある親切に心から感謝をし、有難くて思わず涙ぐんでしまった。

杏奈が訪ねに来る日を迎えた佑也は、数日前に杏奈を思わず強引に抱き締めて泣かせて

しまった事を気まずく思い、自室に篭って考え込んでいた。佑也はメールで、

「今日は乱暴な事をしてごめんなさい」

と謝ったところ、杏奈から、

「いいえ、気にしていないから大丈夫です」

と返信があったものの、傷付けてしまったことは間違いなく、未だに落ち込んでいた。

呼び鈴が鳴り扉を開けると、笑顔の杏奈がバラの花束を持って立っていた。ピンク色のジャケットにやや短めのスカートといった華やかな装いで紅いバラと良くマッチしており、佑也はその華やかさに一瞬見とれたが、すぐに自分を取り戻し、

「杏奈さん、よく来てくれたね、ありがとう。紅いバラどうしたの？」

と聞くと、杏奈は、

「諸星さんの好きな花でしょう？国分寺駅前の花屋さんで買ってきたのよ。飾ってあげるね」

と楽しそうに言った。佑也は、

「ありがとう。花なんか飾ったことないから助かります。どうぞ上がって下さい」

と自然と笑みがこぼれ、後ろめたさが溶けそうな気持ちになった。杏奈は足を踏み入れると、

「埃だらけね。掃除してあげるね」

と言いながらジャケットを脱いで掃除機をかけ始め、佑也はその姿に艶めかしさを感じ、

ぼうっと眺めていた。

掃除が終わり、佑也はウーロン茶を注ぎながら、

「この間は乱暴な事をして本当にごめんなさい」

と両手を突いて謝ると、杏奈は、

「諸星さん、そんなに謝らないで、顔を上げて」

と優しい声で制しながら佑也の両手を握った。

「急に押し倒されそうになったからびっくりしてしまって、歩道で押し倒されたらどうしたらいいのか……。私、犬や猫じゃないし」

と少しふくれ面をしながらも目は笑っていた。

俄に佑也の唇に軽く接吻をすると、佑也は杏奈の綺麗な髪を優しく撫で、杏奈は佑也の胸に顔を埋めた。佑也は杏奈の髪を撫でながら、本当は傷付いたのかもしれないのに、何て優しい女性なのだろう―、と胸をじんとさせた。杏奈はどんな時も物事を明るく捉える事ができ、佑也には真似できない事であった。

佑也は杏奈を抱きかかえてベッドへ連れて行き、二人は横になって手を繋ぎながらお互いの手の温もりに身も心も熱くさせた。佑也は、

「杏奈さん、このままでは貴女と一緒にはなれないかもしれない」

と悲観的な言葉を口にすると、杏奈は、

「諸星さん、私の手の温もりを感じてくれていますか？私、諸星さんの手の温もりを感じ

て身も心も熱いです。それなのに……」

と言葉を途切れさせた。佑也が、

「ごめんね、杏奈さんを幸せにする自信がなくて……」

とまたも悲観的な言葉を口にすると、杏奈は、

「何故ですか？こうしているだけでも身も心も熱いのに、それだけでもこんなに幸せなのに……。こうしていると、本当の幸せって何かが分かるような気がします」

と熱っぽく語ると、佑也は俄に心を打たれて、

「杏奈さん、貴女の言う通りだよ。退職勧告を受けて給料が下がるから杏奈さんを幸せにできないとか、この気持ちに比べれば小さな事です。杏奈さん、これからもずっと一緒にいたい。一つになりたい」

と溢れる想いを抑えることができず、杏奈の両手を握りながら杏奈の花びらのような唇に熱い接吻をし、杏奈も瞳を潤ませて、顔をほのかに紅潮させながら喜びを全身で感じていた。杏奈は、

「ありがとう。諸星さん」

と感激で声を震わせ、二人は抱き合ったままお互いの愛を確かめ合い、辛い逆風に晒されながらも愛は益々深まっていった。

外商部で勤務できるのもあと一ヶ月となり、佑也は段々と名残惜しさが募り、一ヶ月は

思いっきり仕事を楽しもうという気持ちが膨らんでいた。

竣工したばかりの六本木有名スポット内にあるホテルツインズ東京にてジュエリーショーが開催され、佑也は二名のお客さんを招待したが、初めてお買上げいただくことができなかった。それでも話題の高級ホテルの雰囲気を十分に楽しみ悔いは残らず、今度は杏奈と来たいとプライベートな事を考えるほどリラックスしていた。

雄山荘では特別招待会が開催され、佑也にとっては外商部での最後のホテル催事となった。山手屋主催ではなく、メーカー主催のため昼食は豪華仕出し弁当であった。招待したお客さんは十万円のネックレスのお買上げに終わったが、佑也は心から感謝し深々と頭を下げて見送った。

立川店の外商員も参加していたので早期退職の話をしたが、立川店も早期退職の話題で持ち切りであり、仕事どころではないとの事であった。佑也の同期の事を聞いてみると、誰も退職勧告は受けていないとのことであり、三十代の佑也が退職勧告を受けたことに驚いていた。渋谷店の同期も佑也以外は退職勧告を受けておらず、自分がいかに社内での評価が低いかを改めて思い知らされた。

後ろ髪を引かれる思いで雄山荘を後にし、外商事務所に戻ると、長岡が手招きをして、

「諸星を何とか外商部に残してやれないか人事に話したのだが、決定を覆すことはできないと言われてね。何とかお前を守りたかったのだが」

と残念そうな表情をした。佑也は覚悟を決めていたので冷静に聞いていたが、長岡には

そこまでの力がないことを悟った。佑也は、

「すみません、今までありがとうございました」

と返事をしながら、部長クラスで長岡ほど親身になってくれる人物にはもう出逢うことはないであろうと思い、そんな意味でも外商部から離れることはあまりにも無念であった。

六月に入り、五月の外商員個人成績が発表され、ついに佑也は売上トップに躍り出たのであった。予算比で一八〇%という破格の売上で佑也の努力が実を結び、先輩達を逆転し誰も佑也に及ばなくなった。特に南野夫妻のお買上げが佑也をトップに押し上げた要因であり、早速、夫人に電話で報告をすると、夫人は、

「あら、諸星君凄いじゃない、おめでとう」

と祝福をした。佑也は、

「何といっても南野様のお買上げが大きかったのです。本当にありがとうございます」

と御礼を言うと、夫人は、

「何を言っているの。私達は大して買っていないわ。でも私達で良かったらこれからも協力するね」

と謙遜をしながらも協力を約束したが、佑也にもうこれからはないのである。佑也が外商部を去ることをまだ知らない夫人は手放しで喜んだが、佑也は逆に虚しい気持ちに陥った。

杏奈にも電話をし、

「杏奈さん、五月の売上はトップだよ。杏奈さんがいつも応援してくれるお陰だよ。ありがとう」

　と、杏奈を喜ばせるように言うと、杏奈は、

「諸星さん頑張ったね。トップなんて凄い、おめでとう」

　と自分の事のように喜んだが、

「トップでもやっぱり外商部を離れなきゃいけないの？」

　と素直に疑問に思い、考え込むような声色で言った。佑也は、

「どうしてなのか、僕にも分からないです。でもトップには変わりはないからね」

　とあくまでもトップになった事実を強調したが、売上が一番いい者が外商部を離れなくてはならない事を悔しく思い、明らかに矛盾を感じた。

　周りの外商員を見ると、すでに電話でお客さんにお別れの挨拶を始めており、中には涙ぐんでいる外商員もいた。佑也もそろそろ挨拶を始めなければならないが、南野夫妻を始め、お別れをするのはあまりにも辛かった。

　やがて、支援職を命じられながら退職をしない二名、佑也ともう一人の外商員が長岡に呼ばれ人事異動の内示を受けた。異動先は渋谷店内の支援センターであった。業務内容は売場のサポート業務であるが、具体的に何をするのかはっきりとしない。清掃業務を覚悟していた佑也は売場のサポートなら最悪の事態は免れたと思い、少しだけ気分が和らいだ。

佑也の外商部勤務最終日、六月二十日を迎え、退職する者は慌ただしく身辺整理をしていた。外商部六十五名中、約半数の三十二名が退職することとなり、山手屋全体では二千四百名中、八百名近くが退職をした。当初の五百名募集を大きく上回ったため、売場の中には全員希望退職をし、誰もいなくなる事態に陥った所もあった。

佑也が外商サロンに呼び出されると、南野夫人がソファに座っており、

「諸星君とせっかく仲良くなれたのにね。がっかりだわ。私、社長さんに抗議しようかしら」

と悔しがった。佑也は、

「短いお付き合いでしたが、今まで沢山のお買上げ誠にありがとうございました。きっと後任者が立派に後を継いでくれると思います」

と心から別れを惜しんだ。夫人は、

「松濤ハイツができたら遊びに来てね。それから、お別れの杯をしましょう。美味しいお寿司屋さんへ連れて行ってあげるわ」

と誘うと、佑也は、

「えっ、本当ですか？とても嬉しいです。ありがとうございます」

と心から喜んだ。

南野夫人を感慨深く見送っていると、溝口が姿を現し、

「残念ね、せっかく呼吸が合ってきたのにね。本当にいなくなるの？」

と信じられない様子であった。溝口はDランクからAランクに上がったお客さんで、佑也の熱意のお陰で急速にお買上げ額が上がり、これからさらに大きな商売が期待できるお客さんだけに、佑也も至極残念であった。VIP顧客の佐田には部長の長岡から直々に担当者交代の挨拶を行なった。

佑也は事務所へ戻ると、顧客台帳、顧客カルテ、数々の資料などを後任者に渡し引継ぎを行なった。全て佑也が宝物のように扱ってきた物ばかりであり断腸の思いであった。去る者、残る者がお互いに別れの言葉を交わし、中には涙を流している者もいた。

佑也は電話で数々のお客さんと別れを惜しみながら、濃縮ジュースのように中身の濃い充実した日々を振り返り、全てはお客さんに恵まれたお陰であることに心から感謝をした。通常はお客さんのために十年くらいは担当の外商員を変えないものであるが、早期希望退職という不測の事態があったとはいえ、たった十ヶ月で外商員を変えるとはお客さんを馬鹿にしているとしか言い様がなく、佑也自身もこれからもっと大きな商売ができると考えていた矢先であったので、あまりにも無念であった。

外商部から去りたくない気持ちがさらにぐっと湧き上がり、身を切られるような思いに陥ったが、心の中で踏ん切りをつけて数々の素晴らしい思い出を胸に外商部から去った。

こうして早期希望退職という名のリストラの嵐は去って行ったが、しばらくは各部署の混乱は避けられそうもなかった。

十六

翌朝、佑也は重い足取りで支援センター事務所へ向かった。当初の予定では支援職の者は清掃業務を行なう予定であったが、希望退職者が募集人数より大幅に超えたため、清掃業務をやらせる訳にはいかなくなったのであった。

佑也は支援センター事務所の前に到着すると思わず息を飲んだ。事務所内は今まで倉庫代わりになっており、不要什器類や書類が山積みになっているため、まずは、事務所内を片付けることから始めなくてはならなかった。佑也達五名は什器類や書類が埃を被っているため咳き込みながら撤去作業を始めた。撤去作業が終わり、新しい机や椅子をセットすると皆、埃を顔や手に被ったため洗面所へ向かった。

事務所へ戻ると担当課長が、

「皆さんもご存知のように、売場の支援ということで支援センターが新設されました。何をするかは具体的には何も決まっていません。今月中に売場のために何をしたらいいか、皆さんの知恵をいただきたい」

と指示をして足早に事務所から去った。担当課長は商品管理や会計も兼務しているため多忙を極めていた。佑也達は当面は何もする事がなく机にじっと座っていたが、あまりにも暇なので、小説を読んだり旅行会社のパンフレットを眺めている者もいた。何もする事がない日々が続くと、佑也はさすがに苦痛を感じ始めており、する事は二百へ行く事と昼食を取る事だけであった。この苦痛は退職勧告に従わなかった者に対するペナルティなのであろうか？

佑也はこのまま時間を潰しているだけでは仕方がないと思い、山手不動産営業担当者へ挨拶の電話をした。佑也は、

「松濤ハイツの件で本当にお世話になりました。ありがとうございました」

とお礼を言うと、営業担当者は、

「諸星さん、こちらこそ素晴らしいお客様をご紹介下さりありがとうございました。お陰様で一億四千万の４ＤＫ成約ですからね、心より感謝いたします。ところで、お礼金三十万円はもう受け取りましたか？」

と聞き、佑也が、

「えっ、三十万円？何も聞いていないし受け取っていないのですが……」

と訝しがると、営業担当者は、

「何も聞いていませんか？一週間前に御社の営業部長さんにお礼金を一括して預けたので、確認してみて下さい」

と諭した。不審に思った佑也は、営業部長を訪ね、

「山手不動産の営業の方から、部長が松濤ハイツ売約のお礼金を一括して預かっていると聞いたのですが……」

と問うと、営業部長は、

「いや、そんなものは預かっていないよ。売上金ならもう会計に預けたけれどね」

と惚けるような言い方をした。佑也は、

「しかし、営業の方は外商紹介者へのお礼金とおっしゃったのですが…」

と食い下がったが、営業部長は、

「いい加減にしろ。お前はそんなに懐に金を入れたいのか?あれは我が山手屋渋谷店全体の売上金なのだ。何故、外商員個人に分配しなければならないんだ。大体、君はもう外商部の一員ではない。そんな事を言う権利などない」

と怒鳴るように一蹴をした。佑也は仕方がなく引き下がったが、少なくとも外商部の売上としては計上されておらず、まさか、営業部長が自分の懐に入れたのでは?という疑念を抱いた。南野夫妻と懇意にし成約をさせた努力がまるで水泡に帰したような気分に陥り、悔しさのあまり店通の壁に何度も拳を叩き続けた。

翌日、佑也は担当課長に呼ばれ新給与の内示を受けた。新しい給与体系が組合と妥結し決定したらしく、支援職が廃止となり、マネジャー職・内売職・外売職・事務職・後方職に分けられ、佑也は後方職を命じられた。月給は二十八万円から二十二万円と大幅にダウンをし、後方職は支援職と違い、一応、賃金テーブルはあるものの、どんなに頑張っても役職に就くことができないテーブルとなっており、所詮は支援職の変形に過ぎなかった。

二十二万円は旧三ランクの給与額であり、入社三年目の頃の給与と同じであった。しかも、調整給が三万円が組み込まれており、評価が上がっても調整給が減って、成果給が上がる仕組みになっており、三万円分は評価が上がっても＋－０で昇給しないように仕組まれていた。三万円の調整給を除くと実際の評価給は十九万円で大卒新入社員より評価が下であった。

佑也は覚悟をしていたとはいえ、あまりにも冷酷な仕打ちに自尊心を叩きつけられた思いであり、この給与では一人暮らしで食うのが精一杯で結婚どころの話ではなくなったと思い、がっくりとうな垂れた。

本社新館のラウンジでは、本社人事部主催の慰労会が開催され、各店人事の部長や課長などが集合し酒を酌み交わしていた。早期退職という名のリストラが成功に終わった慰労会が行なわれているのであった。本社人事部長の速水は、

「皆さん、本当にご苦労様でした。お陰様で早期希望退職募集は大成功で七百九十八名が退職いたしました。皆さんの努力に感謝いたします。ありがとうございました。本日は晴れ晴れと無礼講で行きましょう」

と多くの社員を退職に導いた各店人事の労を労い乾杯の音頭を取った。

何がめでたくて酒宴を開くのであろうか？多くの罪のない社員が退職を余儀なくされ、今後路頭に迷う者もいるかもしれないのに、不謹慎極まりないとしか言い様がなかった。

速水は満面の笑みで、渋谷店人事部長の村尾に近づきビールを注ぎながら、

「村尾さん、渋谷店は特に退職率が高くて成果を上げましたね」

と労うと、村尾は、

「いやあ、苦戦しましたよ。退職勧告をしてもてこでも動かない者もいましたからね。特に外商部に五、六、七ランクの者が集中していましたからね。格好のターゲットになりましたよ」

とやはり笑みを浮かべ、二人はがっちりと握手を交わした。退職率が低かった池袋店の人事部長は二人の様子を苦々しく眺めながら、

「あまり表立って喜ばない方がいいですよ。何しろ世間の非難の声はかなり凄いですからね」

と牽制するように言うと、立川店の人事部長は、

「まあ、こういう事に非難は付き物でしょう。仕方がありません。退職した者には気の毒ですが、後は知らぬが仏。彼らの行き先までは面倒見切れませんな。割増金も出してやったし、支援会社も紹介してやったしね」

と退職者を揶揄するような言い方をすると、俄に笑い声が起き、自分達の身を守った部長達の笑い声は獣にも劣る下劣なものであった。

社長の小山が姿を現すと拍手が起き、上機嫌の小山は、

「皆さん、本当にお疲れ様。お陰様で銀行側に顔が立ち何よりであります。諸君にはできる限り論功行賞という形で労に報いたいと考えております」

と宣言をすると、部長達の割れんばかりの拍手と歓声が起き、速水は早速、小山にビールを注ぎ、再度乾杯をした。

数日後、臨時の株主総会が行なわれ、社長の小山より早期希望退職の結果報告がなされた。社長以下役員は全員留任で、経営推進室長の剣持が常務取締役に、本社人事部長の速水が取締役に昇格をし、早期希望退職の陣頭指揮を執った二人が論功行賞を得る結果となった。

立川店は早期希望退職の嵐は落ち着き、ハンカチ売場では杏奈がいつものように笑顔で接客をしていた。

接客が終わると、ハンカチ売場担当係長の芦田から事務所へ来るよう呼び出された。杏奈は何故、事務所へ呼び出されたのか？見当が付かないまま足早に事務所へ向かうと、芦田が笑顔で、

「杏奈ちゃん、忙しそうね。今大丈夫？どうぞ座って」

とソファに座るよう勧めた。杏奈は、

「急に呼び出して、何かあったのですか？もしかして私、ミスしちゃったかな？」

と舌を出したが、芦田は、

「違うのよ。仕事とは直接関係ない話なんだけれど、貴女、諸星君と交際しているって本当なの？」

と探るように聞いた。杏奈は顔を赤らめながら、

「はい、付き合っていますよ」

と答えると、芦田は呆れたような顔をしながら、

「そう、杏奈ちゃんが誰と付き合おうと勝手だけれどね、諸星君は止めた方がいいわ」

と忠告をした。この女性係長は何を勘違いをしているのか、部下の交際相手の事に口出しをするという越権行為を働いた。杏奈は不愉快な気持ちになり、

「えっ、どうしてですか？」

と疑問を抱くと、芦田は、

「あのね、諸星君は退職勧告を受けた人なのよ。まだ残って渋谷店の支援センターにいるわ。まるで会社の寄生虫ね。彼と付き合ったら杏奈ちゃんの立場まで悪くなるわ」

と佑也を見下し、杏奈を揺さぶるような言い方をした。杏奈は、

「寄生虫だなんて」

と悲しそうに呟きうつむくと、芦田は畳みかけるように、

「貴女の同期の沙代子ちゃんは山中君と結婚して本当に幸せよ。山中君はもう課長になったし、将来の経営推進室の室長よ」

と山中夫妻を引き合いに出した。

杏奈は同期の森田沙代子の事を思い浮かべたが、立川店内のエレベーターガールで容姿の美しさ、可愛らしさは杏奈と双璧で、立川店の憧れの的であったが、虚栄心の塊で男性

を品定めするように見るところがあり、正反対の性格の杏奈とは気が合わない事が頭に浮かんだ。佑也と同期の山中であるが、新入社員の頃、

「君可愛いね、遊ぼうぜ、スノボー教えてやるよ」

と声を掛けられたことがあり、何だか軽い人だなという印象であった。杏奈に長年の想いを真剣に打ち明けた佑也とは正反対の性格で、杏奈が好むタイプの男性ではなく、佑也との交際を山中夫妻と比較などされたくもなかった。

芦田の忠告は止まらず、

「杏奈ちゃん、まさか諸星君と結婚なんか考えているんじゃないでしょうね。あんな男、先の見込みなんか全くないわ。貴女の人生、滅茶苦茶になるわよ」

と興奮したように言うと、さすがに我慢ができなくなった杏奈は、
芦田を睨み付け、

「自分の幸せは自分で考えます。それから諸星さんの事を悪く言うのは止めて下さい」

と怒りソファから立ち上がり、駆け足で事務所を出た。普段、全く見せたことがない杏奈の怒りの表情に驚いた芦田は一瞬、たじろいだ。


杏奈が芦田に忠告をされた夜、佑也は南野夫妻と渋谷の寿司屋で別れの盃を交わし、ほろ酔い気分で帰途に就いていた。南野夫妻は佑也を大いにもてなし、今までの労を労ってくれ感謝の気持ちで一杯であった。名残惜しかったが、握手をして別れ感慨無量の気分で

国分寺駅周辺を歩いていた。

おもむろにポケットから携帯電話を取り出すと、杏奈からのメールが入っていたことに気が付いた。

「今から諸星さんのアパートへ行きます」

と打たれており、時刻は八時三十分となっていた。もうすぐ十一時であるため、ほろ酔い気分は醒め、慌てて、

「今すぐ帰ります」

と返信をして駆け足でアパートへ帰った。

玄関の前に着くと、怖い顔をした杏奈が、

「一体何処へ行っていたのよ。返信もないし、二時間以上も待たせて愛が足りないわ」

と佑也を責めた。佑也は、

「外商時代のお客さんと食事をしていたんだよ。返信が遅れて悪かったね。二時間前から来ていたの？」

と謝ると、杏奈はむきになり、

「私とずっと一緒にいたいって言ったでしょう？いつ来たっていいじゃない」

と冷静さを全く失っていた。佑也は杏奈が怒る姿を初めて見たので驚き、服装は丈の短い黒のキャミソールワンピース姿で、まるで娼婦を思わせるような姿に、佑也はまともに視線を向けることができなかった。

　杏奈を部屋へ招き入れると、杏奈は、

「ねえ、抱いてよ」

　といきなり求め、いつもの猫のように甘える態度とは明らかに違うので、佑也は、

「杏奈さんどうしたの？何かあったの？」

　と優しい口調で聞いた。今日ばかりは佑也の優しい態度をじれったく感じ、

「貴方は彼女を抱けないの？それでも男なの？」

　と激高しながらワンピースを脱ぎ捨て、ストッキングも脱いで下着姿になり、杏奈が発散する色気や迫力に佑也は圧倒され、怖いほどであった。杏奈は、

「早く抱いてよ」

　と叫びながら、体をゴム鞠のように佑也にぶつけた。佑也は杏奈の意のままに強く抱いてベッドに杏奈を倒し、激しく唇を重ね抱き合い、お互いを激しく求め合った。

　愛し合った後、杏奈の態度は変わり、

「諸星さん、ごめんね。我がままで」

　と涙声で謝ると、佑也は、

「どうして謝るの？僕は大丈夫だよ」

　と微笑むと、杏奈は、

「諸星さん、ありがとう。お願い、私を守って」

　と涙を流し、佑也は杏奈の髪を優しく撫でながら、

「杏奈さんのこと絶対守るよ」

と約束しながらも、俺に何ができるのだろうか?杏奈の気持ちを受け止めることしかできないな—、と思った。それにしても、今日の杏奈はいつもとは明らかに違う態度で、何か自分に関わる事で辛い出来事でもあったのであろうか?

佑也は釈然としない気分のまま、

「杏奈さん、今日はもう遅いから泊まっていってね」

と言いながら欲望を使い果たした疲れを感じ眠りに入り、杏奈も安心したように眠りに入った。

翌朝、佑也が起床すると、すでに杏奈の姿はなく出勤をしていた。テーブルに目を遣ると走り書きのメモが置いてあり、昨日はふしだらな事をしてごめんなさい。サンドイッチ作ったので食べて下さい—、と書かれていた。サンドイッチやフルーツが用意されており、佑也は心から感謝、感激をし、まだ夫婦でもないのに、自分のためにきちんと朝食を用意してくれる杏奈に対し、愛おしい気持ちは募るばかりで、自分には過ぎた女性だと改めて思うのであった。

出勤すると、課長が支援センターの者全員を集め、

「先日話した課題ですが、売場のためにどんな支援をすべきか?皆さんの意見を聞かせてほしい」

と口を切ったが、全員やる気がなく、どんよりとした空気が支配し、中には寝ている者もいた。佑也自身は何とか勇を奮って腐らずにいたが、あまりの冷遇にやる気がなくなるのも責められないなと思った。昨日の杏奈の温もりがまだ体に残っており、杏奈の大胆な行動の原因は何なのか？ぼうっとしながら考え、課長の話を上の空で聞いていると、課長は、

「諸星君、売場のために何かできる事はないか考えたかな？」

と聞くと、佑也は不意を突かれ一瞬口ごもったが、急場しのぎに、

「タオルなど件数が多い、仏事の包装を請け負うのはいかがでしょうか？」

とありきたりの意見を述べると、他に意見が全くないため、課長は、

「それはいいね。売場は助かると思うよ。是非やりましょう」

と賛成をし、急場しのぎの意見があっさり通ってしまった。

課長が事務所を去り、佑也は早速、売場に配布をする依頼書の作成に取り掛かると、突然電話が鳴った。佑也が受話器を取ると、

「諸星君、お元気ですか？青木です」

と懐かしい女性の声が聞こえ、立川店、婦人小物フロアの同期、青木法子からであった。

佑也は、

「青木さん、久しぶりだね」

と嬉しそうに答えたが、青木は、

「実は、諸星君に話しておきたい事があって」

と声色を変えた。佑也は、

「突然、どうしたの？」

と訝しがると、青木は、

「昨日ね、杏奈ちゃんが貴方の事で芦田係長から忠告されていたのよ」

と少し話辛そうに言った。佑也は、

「えっ、僕の事で？」

と首を傾げると、青木は、

「そうなのよ。諸星君と付き合うと立場が悪くなるとか、沙代子を見習えとか、大きなお世話よ」

と声が怒っていた。佑也は俄に怒りが込み上げ、

「芦田係長からそんな酷いことを……、でも、私が不甲斐ないために杏奈さんがそんな目に……」

と悔しがり、昨日の杏奈の大胆な行動の理由がすぐに理解できた。芦田に忠告をされた辛さの余り、その気持ちを佑也にぶつけたのであろう。青木は、

「本当に杏奈ちゃんが可哀想。いつも笑顔の杏奈ちゃんなのに、今日は全然元気がないわ。私が芦田係長に言ってあげたいけれど、やっぱり杏奈ちゃんを守るのは貴方しかいないと思うのよ。ごめんんね、私こそ大きなお世話かもしれないけれど、諸星君には是非、話さな

きゃいけないと思って」

と申し訳なさそうに言うと、佑也は、

「いや、わざわざ教えてくれてありがとう。そんな事があったなんて全然知らなかったよ。青木さんも頑張って」

と御礼を言い電話を切った。

佑也は怒り心頭であったが、芦田に抗議をしても杏奈の立場が悪くなるだけである。これから杏奈をどう守るべきなのか深く悩み込んだ。

支援センターには包装台が設置され包装紙など用度品も揃い、早速、売場から包装の依頼が来て、皆がやっと仕事が貰えると喜んだ。

支援センターが設置されてから一ヶ月、仕事が何もない辛さから解放され、少しだけ明るい雰囲気に包まれた。

佑也達は仕事ができる喜びを噛み締めながら包装をしていると、佑也と一緒に外商部から支援センターに異動した先輩が課長に呼ばれ、人事異動の内示を受けた。何と外商部復帰であった。先輩も佑也と同じく退職勧告をされており、何故、先輩だけが外商部に戻れて佑也は戻れないのか？納得できなかった。

驚くべきことに、先輩は一ヶ月前まで佑也が担当していた顧客の口座を引き継ぐとのことであり、佑也の胸の中で怒りがマグマのように爆発した。何故、一ヶ月前まで担当し熟知している顧客の口座を佑也ではなく同じ立場に立たされているはずの先輩に新たに引き継がせるのであろうか？お客さんも一ヶ月の間に二人も担当者が変わったら戸惑うに違いなく、馬鹿にしているとしか言い様のない話であった。佑也の外商活動が芳しくなかったのならともかく、僅か十ヶ月の間に多くのお客さんに喜ばれ実績を着実に上げ、ついに売上トップに躍り出たという事実を無視して佑也を戻さず、また違う者に担当をさせる―、これは佑也を馬鹿にした人事とも言え、こんなに支離滅裂、デタラメな配属をするこの会社は、果たしてお客さんの事を真剣に考えているのか、疑問に思わざるを得なかった。

先輩は佑也に、

「また外商に戻ることになっちゃったよ。諸星が担当していた口座を引き継ぐからさ、お客さんの情報を教えてくれよ」

と頼んできたが、佑也は憮然とした表情で何も答えなかった。

佑也は早速、長岡を訪ね、何故、自分が担当していた口座を引き継がせるために自分ではなく先輩を外商部に復帰をさせるのか、問い質すと長岡は、

「俺にも分からない。人事はお前でなく彼に白羽の矢を立てたようだな。お前が担当していた口座だから彼ではなくてお前に戻ってきて欲しかったのだが。その方がお客さんのためだし、外商にとっても良かったのだけれどね」

と考え込むように言った。

佑也の悔しい気持ちは治まらなかったが、いつまでも今回の人事異動の事にこだわって

いても覆るわけでもないので、包装業務を再開した。こうなったら、支援センターの存在を社内で、なくてはならない大きなものにするよう努力をするしかないと悟った。

十七

一ヶ月前の早期希望退職後に山中は剣持室長の推薦で課長に昇進し、依然、同期でトップを走り、多くの先輩達も追い越していた。揺れ動く佑也とは違いプライベートも安定し、給与が大幅にアップをしたので注文住宅を購入し完成を待ちわび、妻の沙代子が妊娠し第一子の誕生を楽しみにしていた。

山中夫妻は喜びの連続に酔いしれ、幸せを噛み締めながらマンションのソファでワインを飲みながら語り合っていた。沙代子は、

「彰二さんが課長に昇進して本当に良かったわ。給料がアップしたから注文住宅を買えたし、赤ちゃんのためにも助かるわ」

と喜んだ。山中は、

「注文住宅を買ったのは同期では俺くらいだろう。仕事もマイホームもトップというわけだ」

と胸を張った。沙代子が、

「彰二さん、私は課長夫人じゃ満足しないわよ。まずは室長になることね。私は貴方が出世株だと思ったから結婚したのよ。もうすぐパパになるんだし、もっと頑張ってもらわないと困るわ」

と虚栄心を剥き出しにして発破をかけると、山中は、

「分かっているよ。心配するな。もう次の手は打ってある」

と答え、沙代子の肩を抱きながら、安心させるように答えた。

沙代子は笑みを浮かべながら、

「でも私は幸せ。これで杏奈に完全に勝ったわ」

と目障りに思っているライバルの名前を口にした。山中が、

「ああ、杏奈ちゃんか。あの子可愛くていい子なのに、何で諸星なんてドジな奴と付き合っているのだろう?」

と首を傾げると、沙代子は、

「あの子可愛子ぶって、のほほんとしているから諸星さんなんてリストラ男に引っ掛かるのよ」

と嘲笑した。山中は、

「諸星はどうやって杏奈ちゃんを口説いたのかな?杏奈ちゃんも物好きだね」

と呆れながら平然を装っていたが、内心は佑也に嫉妬をしていた。沙代子は、

「あんな男と一緒になったら一生幸せになれないわ。馬鹿な女よ」

と再び嘲笑し、山中は、

「どうせ諸星は杏奈ちゃんに捨てられるよ。時間の問題だな」

と吐き捨て、佑也を馬鹿にした。

いつの間にか、佑也と杏奈の悪口を言い合い、見下し罵っていたが、沙代子は、

「まあ、あんな二人どうでもいいわ。貴方、もうすぐ私の誕生日よ。誕生日にピアスでも買ってよ」

と甘えるようにねだると、山中はきらりと光る沙代子の切れ長の美しい瞳を見つめながら、

「分かった。君に似合うピアスを買ってあげるよ」

と答えると、沙代子は、

「彰二さん、嬉しいわ、約束よ」

と瞳を輝かせながら強く念押しをした。


佑也は勤務が終わると、意を決して杏奈に電話をし、

「杏奈さん、お疲れ様。今晩会えるかな」

と聞くと、杏奈は、

「いいわよ。九時頃マンションに来て」

と返事をし、佑也は緊張の面持ちで杏奈のマンションへ向かった。

扉を開けると、杏奈はいつもの眩しい笑顔で、

「諸星さん、待っていたわ」

と言いながら佑也に抱き付き、佑也も杏奈を軽く抱き締めた。杏奈は甘えるような声で、「諸星さん、この間はごめんなさい。私のことふしだらな女だと思っているでしょう？でも、私はこれからも貴方とずっと一緒にいたいから抱かれたのよ」

と取り繕うように言うと、佑也は、

「杏奈さん、謝るのは僕の方だよ。僕が不甲斐ないから杏奈さんに辛い思いをさせてしまって……」

と謝ると、杏奈は、

「えっ、何の事？」

と聞き返した。佑也が、

「青木さんから聞いたよ。芦田係長から僕の事で説教されたと」

と申し訳なさそうな顔をすると、杏奈は、

「ああ、あの事ならもう気にしていないわ」

と気丈に笑顔を作った。佑也は話し辛そうに、

「杏奈さん、僕のためにこれ以上辛い思いをさせたくない。だから、僕達はしばらく距離を置いた方がいいと思う。別れるという意味じゃない。状況が変わったら、また元に戻ればいい」

と断腸の思いで提案をした。杏奈の表情は俄に曇り、

「距離を置いてってどういう事なの？」

と疑問を呈すると、佑也は、

「その方が杏奈さんのためなんだ。それしか貴女を守る方法はないんだよ。僕だって杏奈さんとずっと一緒にいたいけれど……」

と辛そうに言った。杏奈は、

「私には分からないわ。私達これからずっと一緒にいるって約束したじゃない。何故、距離を置かなきゃいけないの？」

と震えた声で反発すると、佑也は、

「杏奈さんのために言っているんだよ。分かって欲しいんだ」

と思いやりを込めて言ったつもりであったが、杏奈は逆に怒り、

「全然私のためなんかじゃないわ。私は誰に何を言われたって、諸星さんの側にいたい、離れたくないのに何でそんなに酷い事を言うの？」

と泣き声になった。

「長い間、私をずっと好きだったって言ったじゃない。一緒にいると幸せだって言ってくれたのに、全部嘘だったの？」

と佑也の偽わらざる想いまで疑い、佑也は愕然としてその場にしゃがみ込みたくなった。

杏奈はベッドにうつ伏して肩を震わせ、佑也がいくら声を掛けても泣くばかりであった。

佑也は仕方なくがっくりと肩を落としてマンションを出て、杏奈の事を一生懸命考えて

提案をしたつもりが逆に杏奈を傷付けてしまい、提案した事を酷く後悔をした。佑也はこれからどうしたらいいのか益々悩み込んでしまい、途方に暮れてしまった。

翌日、杏奈が事務所で伝票類の作成をしていると、芦田が愛想よく声を掛け、

「あら、杏奈ちゃん頑張っているわね。ところで杏奈ちゃん、まだ諸星君と付き合っているの？」

と余計な事を聞くと、杏奈は、

「もう付き合っていません」

と投げやりな口調で答えた。芦田は、

「さすがは杏奈ちゃんね、賢いわ。私の言う事が分かってくれたのね」

と感心し喜んだ。

杏奈が無言で事務所を出て行くと、二人の様子を見ていた青木は芦田に、

「芦田係長、杏奈ちゃんのプライベートな事に口を出し過ぎではないですか？」

と疑問を呈すると、芦田は、

「あら、どうして？杏奈ちゃんは大切な部下だから心配しているのよ」

と言い返した。青木が、

「それが余計な口出しだと言うんですよ」

と応酬すると、芦田は、

「青木さん、貴女は部下がいないから分からないかもしれないけれど、上司は部下を育てる義務があるわ。杏奈ちゃんにはいずれ係長になってほしいの。変な男に足を引っ張られたら困るのよ」

　と青木を抑え込もうとした。青木は退くことなく、

「部下を育てる事とプライベートの事は別問題です。もし本当に杏奈ちゃんと諸星君が破局して杏奈ちゃんが傷付いていたら、責任を取れるのですか？」

　と堂々と言い返し、芦田は苦い表情で、

「生意気な女ね」

　と吐き捨て、事務所を出ていった。青木は高く評価され、フロア長付きのマーチャンダイジング担当で係長昇進が間近であり、係長の連中からも一目置かれる存在であったが、それにしても、ベテラン係長の芦田に正面切って意見を言うとは勇敢であった。

　青木は俄に杏奈が心配になり休憩室へ向かうと、一人でぽつんと座っている杏奈が見えた。杏奈の前に行き笑顔で、

「杏奈ちゃん、前に座っていい？」

　と聞くと、杏奈は、

「あっ、法子さん。どうぞ座って下さい」

　と明るい声で答えたが、青木は、

「杏奈ちゃん、今日も元気ないわね。諸星君と上手くいっていないの？」

と心配そうに聞いた。芦田に比べ青木には温かみがあり、杏奈は安心感を覚えて口を開き、

「昨日、諸星さんと会ったのですが、彼から酷い事を言われて……」

と言葉が途切れると、青木は、

「えっ?.諸星君が酷い事を?.差し支えがなかったら話してみて、誰にも話さないから」

と優しい口調で聞いた。杏奈の瞳は涙で一杯になり、

「私と距離を置きたいって言うんです。ずっと一緒にいようって誓い合ったのに、彼を信じているのに、何で堂々と付き合えないのか悲しくて……」

と言いうつむいて目頭を押さえた。青木は申し訳なさそうに、

「杏奈ちゃんごめんね。私、諸星君に杏奈ちゃんが芦田係長に余計な忠告をされて辛い思いをしている事を話したのよ。だから彼、深刻に受け止めてそんな事を……、私こそ余計な事をしちゃったね」

と謝ると、杏奈は、

「いいえ、法子さんのせいじゃないんです。私、芦田係長に何を言われても、諸星さんから離れるつもりはないですから。それなのに彼、あんな事を……」

と涙を溢した。青木は呆れ顔で、

「慎重で真面目過ぎる諸星君らしいけれど、ドジだな」

と嘆き、

「私が彼に考え方を改めさせるように話してみるわ。いいかな?」

と聞くと、杏奈は、

「今は彼と話せる気分じゃありません。お願いします」

と頼んだ。青木は、

「分かったわ。ただ杏奈ちゃん、彼が杏奈ちゃんを想う気持ちは貴女が想像している以上かもしれない。彼、きっと杏奈ちゃんを守りたくて考え過ぎてしまったのね。彼らしく、誠実に接してあげればそれでいいのに。彼、ずっと前から杏奈ちゃんのことが好きで仕方がなかったのよ。彼の気持ちが変わるなんてとても考えられないわ。それだけは信じてあげてね」

と微笑んだ。杏奈は一筋涙を溢しながら、

「私、彼の気持ちを疑ってしまいました。もう私達、駄目かなと……」

と佑也を疑ってしまったことを後悔した。青木は、

「杏奈ちゃん、もう駄目だなんて思わないで。そんな風に考えたら、これからも上手くいかないんじゃないかしら？」

と言い聞かせると、杏奈は、

「ありがとうございます。彼を信じています」

と力強く返事をした。

　その日の夜、佑也と青木は立川駅前の居酒屋で差し向かい、酒を酌み交わしていた。青木

は、

「諸星君と飲むのは本当に久しぶりね。何か懐かしいね」

と嬉しそうに言うと、佑也は、

「最近、同期の連中と飲むことなんてないからな。それにしても青木さん、相変わらずよく飲むね」

と笑った。青木は女性にしては酒が強く、飲みっぷりも豪快であった。

佑也は話題を変え、

「今日は杏奈さんのことで話があるんだろう？でも、俺達はもう駄目かもしれないな」

と表情を曇らせると、青木は呆れ顔で、

「何を情けない事を言っているの。貴方までそんな事を言うの？」

と叱った。佑也が、

「杏奈さんもそう言っていたのか？」

とがっくり肩を落としながら聞くと、青木は、

「心配しないでよ。杏奈ちゃんはまだ貴方を見捨てていないわ」

と佑也を安心させた。佑也は、

「そうか、良かった。杏奈さんを失うのが怖くてね」

とほっとした表情をすると、青木は、

「諸星君、昔から杏奈ちゃんが大好きだったわね。それなのに、恥ずかしがって全然話し

掛けようとしなかったね」

　と笑い、佑也は、

「杏奈さんと店通ですれ違っただけで心臓が破裂しそうだったな」

　と照れた。青木は、

「逆に山中君が毎日のように杏奈ちゃんに会いにきて大変だったわ。杏奈ちゃん、ああいう軽いタイプの男が嫌いだったから皆で追っ払うのが大変。私にクレジットカードを渡して、杏奈ちゃんに似合うパンプスを探してくれなんて頼んできたけれど突き返してやったわ。どうせ杏奈ちゃん受け取らないから返品になるよって」

　と笑い、

「私達がガードしなかったら杏奈ちゃん危なかったわ」

　と回想した。佑也は、

「そんな事全然知らなかったよ。山中はそんな事をしていたのか」

　と呆れ、二人は昔話に花を咲かせた。

　突然、青木は佑也の腕に摑まって体を寄せ、

「結局、杏奈ちゃんは諸星君のもの。あんなに可愛い子を」

　とからかい、佑也は、

「どうしたの？青木さんらしくもない」

　と驚くと、青木は、

「家の旦那、商社勤めだから海外ばかり行ってたまにしか帰ってこないの。たまに帰ってきても、もう少し家の事をやれとかうるさいのよ。私だって勤務しているのにね。だから喧嘩ばかり。私、杏奈ちゃんが羨ましいな。諸星君がぼやっとしているから、私が杏奈ちゃんから奪っちゃおうかな」

とさらに体を寄せた。佑也は、

「おい、飲みすぎだよ。何を言っているんだ。ご主人に怒られるぞ。そんな事をしたら本当に杏奈さんが離れちゃうよ。彼女は見かけと違って信じられないほど純情なんだからな」

と慌てると、青木は、

「あははっ、冗談よ。諸星君て本当に真面目ね」

と大笑いした。

青木は一転して真面目な表情になり、

「諸星君、杏奈ちゃんが純情なのを見抜いていながら、何で距離を置こうなんて言ったの？」

と追及すると、佑也は、

「杏奈さんが芦田係長から余計な口出しをされて辛い思いをしていると聞いて、何とか杏奈さんを守ろうと思って……」

と苦しげな表情をした。青木は、

「私の言葉が足りなかったのかもしれないけれど、諸星君、杏奈ちゃんを守って、と言った意味を履き違えていると思う」

と忠告をすると、佑也は黙ってしまった。

「ああいう純情な子を守る方法は、今まで以上に愛情を注ぐことしかないと思う。杏奈ちゃんは貴方の事で何を言われようと、正面から立ち向かおうとしているのに、貴方が姑息な事を考えたら杏奈ちゃんが悲しむわ」

と佑也を説得し、

「諸星君の社内での辛い立場はよく分かります。でも、杏奈ちゃんが付いているじゃない。私も応援します。だから正面から立ち向かって下さい」

と半分泣き顔になった。

青木は佑也よりずっと聡明な人物であり、酒に酔ったふりをして佑也を上手く導こうとしたのであった。佑也は自分の愚かさに気付き、力強く頷いて何かを決意したような表情になった。

杏奈は良き先輩を、佑也は唯一信頼できる同期を持っていたのであった。

十八

年が明け、青木のお陰ですっかり関係を修復していた佑也と杏奈は初詣に出掛けた。杏奈は赤とピンクの京友禅の振袖姿が艶やかで、杏奈が、

「ねえ諸星さん、振袖似合っている?」

と聞くと、佑也は初めて目にする杏奈の振袖姿があまりにも美しく可愛いので顔を赤らめた。相変わらず純情過ぎる佑也は言葉が出ず、杏奈は、

「似合ってないの？いやね」

とふくれ面をしながらも佑也の腕に摑まって笑顔一杯になった。

神社で参拝し振り返ると、ばったり山中夫妻と遭った。佑也は山中と顔を合わせようともしなかったが、沙代子は意地悪そうな笑みを浮かべ、

「杏奈、久しぶりね。派手な振袖を着て、何処のキャバ嬢が参拝しているのかと思ったわ」

と嫌味を言うと、杏奈は、

「沙代子こそミニスカートなんか穿いて、正月なのに晴れ着も着ないの?」

と言い返し、二人の間に火花が散った。気まずい雰囲気を察し、佑也が、

「杏奈さん行こう」

と言いながら杏奈の手を引くと、山中は、

「おい諸星、逃げるのか?」

と挑発をした。佑也は、

「正月早々、お前と遭うなんて縁起が悪いよ」

と言い返してさっさとその場を去り、佑也と杏奈は不快な気分で歩いていたが、杏奈は

身籠っている沙代子を少し羨ましく思った。

　佑也はふと思い付いたように、

「杏奈さん、ホテル海運でケーキを食べよう」

　と提案すると、杏奈は、

「いいわよ、行きましょう」

　とぱっと笑顔になり、佑也の手を引いた。二人は立川ホテル海運の喫茶店の窓側の席に座り庭園を眺め、佑也が何気なく、

「去年は波乱の一年だったな」

　と呟くと、杏奈は、

「諸星さんは仕事で大変な目に遭ったのに、私に気を使ってくれて、それなのに、貴方を疑ってしまって……」

　と悲しげな表情をすると、佑也は、

「いいえ、誤解をされるような事を言ってしまった僕が悪いんです。杏奈さんの気持ちを理解せずに酷い事を言ってごめんなさい」

　と心から詫びるように謝った。杏奈は、

「私、却って諸星さんの辛い立場を理解できて逆に良かったと思っています。諸星さんの辛い立場をちゃんと理解できていなかったんです」

　と振り返りしんみりとしたが、佑也は、

「青木さんに救われたよ。杏奈さんの気持ちをちゃんと理解できて本当に良かったよ」

と爽やかな表情になり、杏奈も頷いた。

「今年はきっといい年になります。諸星さんと一緒にいるだけでとても幸せです」

と言いながら佑也を見つめ、佑也も温かい表情で杏奈を見つめた。

佑也は庭園を見ながら、

「杏奈さん、一緒に歩きましょう」

と誘い手を伸ばすと、杏奈はそっと手を握り庭園に向かった。杏奈が綺麗に澄んだ池を眺めていると、佑也は鞄からデジカメを取り出してレンズを杏奈に向けた。杏奈は可愛らしいポーズを取り、佑也は艶めかしい振袖姿にすっかり魅了され、色々な角度から何度もシャッターを押すと、杏奈は、

「もう、諸星さん撮り過ぎよ。まるでパパラッチみたい。危ない人だわ」

とからかった。通りすがりの男性が、

「お二人を撮ってあげましょうか?」

と親切に声を掛けたので、二人は、

「すみません、お願いします」

とお礼を言いながら池の前に立ち、杏奈は佑也の腕に摑まり、カメラに納まった二人の表情は幸せそのものであった。

しばらくすると、庭園に通じる出口から新郎新婦が姿を見せた。正月早々に披露宴が行

なわれているらしい。杏奈は羨ましそうに見つめ、自分自身の結婚を夢想して瞳が潤むと、佑也は、

「杏奈さん……」

と言葉が途切れ、振袖が着崩れしないようにそっと杏奈を抱き寄せた。杏奈が目を瞑ると佑也は優しく唇を重ね、二人は息が止まるまで唇を離そうとしなかった。佑也はあまりにも杏奈が愛おしくて、もう一度唇を重ね、杏奈は佑也を見上げて美しい瞳を再び潤ませた。

束の間であったが、二人はお互いの愛情を体一杯に感じていた。

昨年の早期希望退職の悪夢を吹き飛ばすべく、佑也は売場から依頼された包装作業に没頭していたが、課長から新たな仕事を命じられた。用度・什器類購入の予算の作成や備品類の購入と支払いの業務をやってほしいとのことであり、もっとレベルの高い仕事が増え、佑也の意気は一層上がった。支援センターの業務が本格化しつつあるのは喜ばしい事であり、佑也は用度品や什器類と睨めっこをしつつ、過去の実績や今後の需要を考慮しながら予算の組み立てを行なった。店内で今後必要な備品をリストアップし、メーカーの展示会へ出向き売場を始めとする各部署との折衝を行ない、俄に忙しくなり、益々やり甲斐を感じるようになった。

支援センターの連中との連帯感も生まれつつあり、支援センターはゼロからのスタートから必要な部署へと成長していた。これは、佑也を始めとするメンバーが腐らずに、支援

センターの業務を前向きに捉えていた成果であり、佑也は外商に未練がない訳ではなかったが、支援センターの仕事がすっかり板に付き、さらに業務内容の充実を図ろうと張り切っていた。

ところが、一月下旬に佑也の良き理解者であった課長が他の部署へ転出してしまい、新しい課長の曽木が転入してから様子が一変した。佑也は支援センターの中心となって業務を充実させ、メンバーを牽引して努力を重ねていたのにもかかわらず、曽木から同じフロア内である会計への異動を命じられた。せっかく支援センターを充実した部署に作り上げたのに、何故、会計に異動させられるのか?全く納得できなかった。

情報収集したところ、会計内のいざこざが原因であるらしく、ある男性社員は女性社員達と険悪な関係になり、その男性社員が会計から転出させてほしいと曽木に訴えたのであった。曽木とその男性社員がM大学出身の先輩・後輩の仲であるがゆえに、その男性社員を守る事を最優先した曽木は、佑也と入れ替える事を思い付いたのであった。佑也にとっては全くいい迷惑であり、典型的な情実人事に対し腹が立って仕方がなかった。何よりも、せっかく腐ることなく立派な部署に育て上げた支援センターの仕事を手放すのはあまりにも残念な事であったが、曽木の命令で佑也の業務をそっくりそのままその男性社員へ引き継いだ。

本来、会計へ異動する事は平行異動であったが、渋谷店会計の評判はかなり悪く陰気で暗い雰囲気であり、意地の悪い女性社員が集まっている事など、ろくな噂を聞いたことがなかった。佑也は俄に不安な気持ちになり、新たな地獄の始まりの予感がした。

十九

会計出勤初日、佑也は定時三十分前に会計事務所に到着すると、一人の女性社員が佑也を待ち構えたように出勤しており、施錠されているドアをガチャガチャと音を立てながら開け、佑也に暗証番号を教えた。慌ただしく動きながら、

「諸星さん、金庫のお金を全部数えて下さい」

と大きな金庫を指差し、むきになったように大声でいきなり命令をした。前日に金庫に入っていた金額と一致するかチェックをしろという意味であり、佑也は教わった通りの番号に左右数回回し金庫を開けると、札束や硬貨が億単位納まっており泡を食ってしまった。これほど膨大な数の札束や硬貨を数えるのは当然初めてであり、自分なりに頭を使って数えたものの、台帳に記入されている金額となかなか一致せず、冷汗を掻きながら再び数え直した。数え方には要領があり、それを教えずにいきなり金庫の金を数えろと命令した女性社員はかなり意地が悪かった。

ようやく金額が一致しほっとすると、担当係長の元橋が遅番で出勤をし、佑也に向かって、

「おい、諸星、ビシビシしごくからな。覚悟しておけ」

といきなり恫喝をした。元橋の赤ら顔はあの藪沼に似ており、佑也は俄に暗い気分に陥り、立川店きもの時代のトラウマが甦ってきた。

次に前日、売場のレジから回収された現金のカウントの仕事を命じられた。前日、各売場レジ担当者が会計事務所のポストに投函した現金入れのバッグに収められている現金が、パソコンに表示される金額と一致するかどうか専用機でカウントをする仕事であった。男性と女性がペアを組んで、約八十台分のレジのバッグから男性が現金を取り出し、女性がカウントしやすいように札束と硬貨を分けて渡し、女性が機械を使ってカウントをするといった手順であった。佑也は早速、女性社員とペアを組みカウントの仕事が始まったが、女性社員は挨拶もせずに重い雰囲気のままカウントを始めた。噂通り陰気で暗い雰囲気の中、佑也が現金を渡すタイミングが一歩遅れると、女性社員は佑也を睨み付け、

「ちょっと、早くしてよ」

と叱り付け、佑也は焦り、慌てて現金を渡した。

現金カウントの仕事が終わるとすでに正午を回り、昼食を挟んで新たな仕事を命じられた。各レジで承ったクレジットなどの伝票類のチェックであり、慣れていないため時間がかかり、なかなかレジで記入した一覧表と枚数が一致しなかった。すかさず、元橋は血相を変えて、

「早くしろ」

と叫び、

「お前にゆっくり教えている暇はねえんだ。早く覚えろ」

と叱り付けた。三時を回ると、両替機の現金の補充や現金輸送車への現金引渡しの仕事が続き、最後に、食料品事務所に設置されている両替機の回収をして初日を終え、慣れない仕事の連続のうえ、現金を扱っているといった緊張感が伴い、佑也はぐったりと疲れてしまった。

懸命にメモを取ったものの、駆け足での仕事の連続のため走り書きで、見返してもよく分からない状態であった。まだ覚えなければならない仕事が沢山あり、係長は厳しく、女性社員は意地悪で、陰気臭い雰囲気の職場であり、佑也は先が思いやられた。

会計に転属して一週間が経過し、佑也は女性社員と係長の元橋の異常性をはっきりと認識することとなった。

この日、佑也は商品券など各レジの回収券のチェックを行なっていたが、パソコンに表示された金額と一致しないレジ分があり、佑也が思わず、

「畜生」

と独り言を漏らすと、女性社員は顔色を変え、

「畜生とは何ですか?下品な事を言うのは止めて」

と叫び頭を抱えた。「畜生」の言葉にこれ程の異常な反応を示す事に驚いた佑也は、こ

の女性社員は完全に病気だと感じ怖くなった。回収券のチェックを終えた佑也は席を立つと、別の女性社員が顔面をピクピクと痙攣させて佑也を睨み付け、佑也が消し忘れた蛍光灯を荒々しく消したのであった。これも異常な反応に感じ、この女性も病気かと背筋が寒くなった。常に施錠された牢獄のような職場で勤務していると精神に異常を来すのであろうか？

極め付けが担当係長、元橋の言動であり、気に入らない事があるとすぐに佑也を怒鳴り付け、あの薮沼と性格がよく似ており、佑也の心の中にはトラウマが甦っていた。朝、佑也が各レジの伝票類のチェック票を所定の棚から取り出したが、二つのレジ分のチェック票が足りないのでもう一度見直していると、元橋は、

「諸星、棚の奥に引っ掛かっているんだ。てめえ、よく見ろ」

と怒鳴り付けた。佑也はチェック票を一通り確認してから棚を見ようとすると、顔を真っ赤に上気させさらに怒り、

「この頑固野郎。棚をすぐ見ろ。棚にあったらただじゃあおかねえ」

と恫喝し、棚の奥から二枚のチェック票を取り出して、

「この野郎。真面目にやれ」

と怒鳴り、佑也に投げ付けた。佑也は驚きと恐怖のあまり体を震わせ、些細な事で異常な反応を示す様は女性社員達と同じであった。

佑也が回収券の金額をチェックしていると、金額が合わないレジ分があり、思わず首を

傾げると、元橋は、

「てめえはいつも金額が合わねえじゃないか。やる気があるのか？お前みたいに覚えない奴は初めてだ。お前は駄目だ。一週間何をやっていたんだ。ふざけんじゃねえ」

と益々怒りがエスカレートし怒鳴り付けた。あまりにも凄まじい怒りを浴びた佑也は、顔面が異常に火照り、口の中は渇き、胃が痛くなった。

食料品事務所の両替機の回収へ向かうと、故障していて両替ができず売場員が困っていたので復旧作業をしたがなかなか作動せず、時間が経過し退勤時刻が迫っていたので、会計事務所へ電話をすると、間もなく元橋が血相を変えて駆け付け、

「てめえ、いつまで時間を掛けているんだ、どけ」

と佑也を怒鳴り付け、手早く復旧させた。

「こんなのに時間掛けやがってよ」

と再び怒鳴り、両替機を回収し紙幣と硬貨の勘定が終わると、定時を三十分過ぎていた。元橋は、

「てめえは何もできないじゃねえか。やる気あるのかよ。てめえのせいで帰るのが遅くなったぞ」

と佑也を罵倒すると、佑也はがっくりと下を向いた。チェック票の件は些細な事で、両替機の故障は初めての経験であり、これほどまで罵倒するのは異常に思え、佑也が不満な気持ちを充満させると、元橋は、

「てめえ、俺の言う事が不満なら辞めるか異動願いを出せ」

と吐き捨て、肩を怒らせながら退勤した。

佑也は元橋の背中を見ながら怒りが込み上げ、

「ふざけるなよ。本社人事に訴えてやる」

と呟いた。あの薮沼から受けたパワハラのトラウマが完全に甦り、すぐに行動を起こさないと、あの時代の二の舞になると思った。

翌日、佑也は本社人事の応接間で人事係長の坂上と膝を突き合わせて話し合っていた。坂上は佑也より二年後輩で若く張り切っており、懸命にメモを取っていた。佑也は立川店時代、薮沼のパワハラを店人事に訴えても、なだめられただけで終わってしまい救ってもらえなかった苦い経験があり、渋谷店人事ではなく本社人事に元橋のパワハラを訴えた方が効果があるのではないかと考えたのである。立川店時代と違い、世間ではパワハラという言葉が定着しつつあり、まだ相談の窓口は設けられていなかったが、坂上は立川店の人事係長より熱心に佑也の話に耳を傾けていた。

佑也は、

「元橋係長から酷いパワハラを受けて悩んでいます」

と訴えると、坂上は、

「具体的にどんな事をされたのですか？」

と問い掛けた。佑也は怒りで震えながら、

「現金や回収券の勘定の仕事がまだ慣れず至らなくて、金額が合わない度に、てめえふざけるな、やる気があるのか、と怒鳴られています。昨日なんか棚からチェック票を取り損ねたら怒り狂い、食料品の両替機が故障して復旧に時間がかかると、てめえ早くしろ、てめえのせいで帰るのが遅くなった、と罵倒されました。挙句の果てに、お前なんか辞めろ異動願いを出せ、とか酷過ぎます。私は完全なパワハラと受け止めています」

と切実に訴え、坂上は頷きながら、

「半年経って仕事を覚えないのなら怒るのも分かりますが、たった一週間でそんなに酷い態度を……」

と信じられない表情で絶句をした。佑也は、

「会計全体の雰囲気も悪くて、女性社員の態度も酷く、何かと怖ろしい表情で睨み付けられ、仕事について聞いても何も教えようとしません。とにかく、元橋係長と一緒に仕事はできませんので、早急な人事異動をお願いします」

と入社以来、初めて異動願いを口にし、坂上は、

「分かりました。早急に対応しましょう」

と佑也を異動させる事を約束した。佑也が予想した通り、坂上の態度から見て、店人事より本社人事の方が大きな権力を持っている事がうかがえ、本社人事への直訴は成功したと思い、少し晴れた気分で退席をした。

新宿の映画館へ向かい、気分転換に人気女優主演のポルノ映画を鑑賞したが、ストーリーが散漫であまり面白くなく気分転換にならなかったので、杏奈と会うために立川店へ向かった。ハンカチ売場に到着すると、杏奈は、

「あれ?諸星さん、今日は休みでしょう?スーツ姿でどうしたの?顔色が悪いわ」

と心配し、

「これから休憩だから休憩室へ行きましょう」

と促しながら佑也の手を引いた。二人は休憩室で顔を向かい合わせ、佑也が渋谷店会計での出来事を正直に話すと、杏奈は驚き、

「えっ?まるであの薮沼さんみたいな人だわ」

と目を丸くした。佑也も、

「あまりの酷さにさすがに参ったよ。こういう事って巡って来るものなのかな?」

と悲しそうな表情をすると、杏奈は、

「諸星さん、そんな顔しないで。きっと本社人事の人が救ってくれるわ。でも、なんで諸星さんばかりそんな目に遭うのかな?」

と考え込んだ。

俄に杏奈は笑顔に戻り、

「諸星さん、辛い事は何でも私に話してね。貴方の話ならどんなに辛い事でも平気よ。二人で頑張りましょう」

と佑也を励まし、佑也は杏奈の手を握り締め、

「ありがとう、杏奈さん」

と感激し、それ以上言葉にならなかった。杏奈は、男性の苦しみを救ってこそ本当の愛情、それもできなければ女性として価値なんかない——、と自分に言い聞かせた。


その後、元橋も女性社員達も相変わらずの態度であったが、本社人事に異動願いを出し、杏奈から励まされたことで何とか耐えることができ、杏奈には誓い合った通り逐一、会計での出来事は全て話していた。

元橋の佑也に対する罵倒ぶりは留まることを知らず、ある日、商品券売場の女性が商品券の払い出しを受けに来た時、佑也が対応したが要領が分からないため時間がかかり、女性社員達に聞いても皆知らん顔をして教えようとしなかった。結果、売場の女性社員を待たせてしまったところ、元橋は、

「諸星、いい加減にしろ。売場を待たせやがってこの野郎、売場に謝れ」

と耳がつんざくほどの大声で怒鳴り、佑也はがっくりとうな垂れて売場女性社員に、

「お待たせしてしまい、申し訳ありませんでした」

と謝ると、売場の女性社員も元橋の怒鳴り声に怯えながら、

「いいえ」

と顔面蒼白になりながら返事をした。

女性社員達の意地悪振りも酷さを増し、現金カウントの時、注意をしないとバッグの底から一円硬貨を一、二枚取り損なうことがあり、佑也を眼光鋭く睨み付け、それを二回繰り返そうものなら、

「はい、これで二回目」

と嫌味を言い放った。一度教えた事は、どんなに困っていようと二度と教えようとはせず、聞いても、

「一昨日教えました」

「昨日、○○さんが教えました」

と素っ気なく返事をするだけでソッポを向いてしまう有様であった。

一度教えた事を間違えると、

「昨日教えましたよね、いい加減にして」

と怒号を上げ、佑也を射抜くような怖ろしい目付きで怒り狂った。

現金や金券類を扱う仕事であるだけに、曖昧なまま仕事をしたら大きなトラブルに繋がる恐れもあり、繰り返し聞くなという態度は正気の沙汰ではなかった。また、徒弟制度のような「見て習え」式のやり方は、藪沼率いるかつての立川店きもの売場とよく似ていた。

佑也はすでに異動願いを出しており、近いうちに他部署へ異動することが頭にあり、もう教えて貰わなくても構わないと腹を括った。

元橋と女性社員達のみならず、課長の曽木も佑也へのパワハラに加担しており、元橋に

対し、

「諸星を地獄へ突き落としても構わない」

と怖ろしい指令を出していた。渋谷ビューティータワーホテルでの催事にて、佑也はレジを設置し、開催中はレジの管理をしていたが、何とお客さんがレジに行列を作っているピーク時に突然オフライン、三十台のレジが全てストップしてしまった。レジを打っていたレジ担当女性達は蜂の巣を突っついたように騒ぎ出し、お客さんは待たされて怒号を上げる始末で、会場は暴動寸前のパニック状態に陥ってしまった。レジ担当の女性達は、

「早く直してよ」

と怒り、佑也は焦り、顔面は蒼白となり冷汗が流れ落ちた。佑也は落ち着いて考え、複雑な配線を辿りながら抜けているコンセントはないか一つ一つチェックをしたところ、一ヶ所コンセントが抜けているのを発見しコンセントを入れると、三十台のレジは次々と復旧したのであった。誰かが誤って配線を強く踏んだ拍子に抜けてしまったようであり、佑也は大ピンチを切り抜けたのであった。パニック状態であった会場が嘘のように落ち着きを取り戻したが、その様子を見ていた曽木は佑也を労うどころか大笑いをし、店に戻ると、

「諸星の奴、オフラインになって顔が蒼ざめていやがった」

と触れ回り、物笑いの種にする始末であった。パニック状態を切り抜けた佑也を労わずに物笑いの種にするとは、管理職として卑劣極まりない態度であり、佑也はこんな四面楚

歌の状態でまともに仕事に取り組めるはずがなく、一日も早い本社人事からの異動辞令が待たれるところであった。

二十

数日後、佑也が現金カウントの仕事をしている最中、突然電話が鳴り、佑也が女性社員から受話器を受け取ると声の主は青木であった。青木は焦り声で、

「青木です。忙しいところごめんね。今、杏奈ちゃんが急に倒れて救急搬送されたのよ。搬送先は立川厚生病院、私これから向かうけど、諸星君も来れるかな？」

と慌てた口調で言った。佑也は驚き、顔色を変えて、

「分かった。すぐに向かうから」

と返事をして電話を切った。いつも健康そのもので病気などしたことがない杏奈が倒れるとは尋常な事ではなく、切迫した表情で、

「元橋係長、婚約者が倒れて救急搬送されました。すぐに病院へ行かせて下さい」

と請願したが、元橋は、

「てめえ、カウントの途中だろう。駄目だ、許さない」

と突っぱねた。佑也は構わず身支度をすると、元橋は、

「おい、仕事をほったらかしにして女といちゃいちゃしに行くのかよ」

と、かつての藪沼を彷彿させるようなえげつない言い方をしたが、佑也はいちいち構ってはいられず、すぐに事務所を飛び出した。

立川厚生病院へ急いで向かい、立川駅から走り救急病棟へ入ると、杏奈は苦痛に耐えるような表情で寝ていた。佑也は顔面の汗を拭おうともせず呼吸を乱しながら、医師に、

「彼女は大丈夫なのでしょうか？一体、何が起こったのですか？」

と迫るように聞くと、医師は、

「熱があり咳や痰が酷いので、急性の肺炎を起こしていると思われます。今、注射を打ったところで落ち着いたら検査をしますが、詳しい事は検査後にお話しします」

とやや険しい表情で病状を説明した。佑也は、

「杏奈さん、心配ばかり掛けて本当にごめんね」

と涙を堪えながら謝り、先に到着をしていた青木は、

「杏奈ちゃん、私が頑張れって言い過ぎたわ。許してね」

と気丈な青木が珍しく涙を溢した。杏奈は瞼を閉じたまま少し微笑んだが、閉じた瞼が綺麗で睫毛が少し涙で光り、佑也は儚げな美しさを感じて切なさが募り、涙を堪えるのに必死であった。救急病棟のうえ肺炎であることもあり、医師は程なく二人に退出を命じた。

二人はうつむきながら廊下を歩いていると、初老の夫婦が心配そうな表情で救急病棟へ向かっていた。すれ違い様、夫婦は二人に、

「山手屋の方ですか？」

と尋ねると、佑也は、

「左様でございます。鮎川杏奈さんのご両親でいらっしゃいますか？私、諸星と申します」

と挨拶をした。母親は、

「貴女が諸星さんですか？娘から聞いております」

と答えて頭を下げ、そのまま再び病棟へ向かったが、夫婦の背中が佑也に対する怒りで震えているように映り、申し訳ない気持ちが益々膨らんできた。二人は長椅子に座り、うつむきながらしばらく考え込んでいたが、佑也が、

「僕が心配を掛け過ぎたんだ。毎日のように辛い話ばかり聞かされたら参るに決まっている。それなのに僕は……」

と口を切ったが言葉を途切れさせると、青木は泣き顔で、

「でも諸星君と杏奈ちゃんは二人で辛い事に立ち向かうって誓い合ったわ。自分をあまり責めないで」

と慰めた。佑也は、

「でも、入院するまで追い詰めてしまっては……、何て言っていいか分からないよ」

と悔やみ、青木が、

「私が余計な事をしたから杏奈ちゃんが……」

と声を震わせると、佑也は、

「余計な事だなんて、青木さんには杏奈さんも感謝しているよ」

と逆に慰め、二人は自分を責めてはお互いを慰め合った。

泣き顔が治まった青木が、

「とにかく杏奈ちゃんの無事を祈りましょう。それしかできないわ」

と言うと、佑也は、

「僕は毎日、杏奈さんをお見舞いに行きます。青木さんはあまり無理をしないで下さい」

と青木を気遣いながら、杏奈の無事を祈った。


翌日、佑也が出勤すると、会計事務所内には冷ややかな空気が漂い、早速、元橋は、

「諸星、てめえ昨日は職場放棄をしやがって迷惑千万だ。一人ずつ全員に謝れ」

と怒鳴りながら命令をした。佑也は一人一人に謝って回ったが、全員知らん顔で返事もしなかった。

佑也が仕事に入ると、女性社員達はこそこそと話し始め、

「諸星さんに婚約者がいるの？あんな男に信じられない」

「私は夫が入院しても突発（急遽休むこと）なんかしなかったわよ」

「諸星さんの婚約者ってどんな子かしら？物好きな子ね。諸星さんの奥さんになったら苦労しそう」

などと、佑也を誹謗中傷する声が絶えなかったが、佑也はこんな連中の言う事なんか関

係ないと思い、右から左へと聞き流していた。

曽木が入室すると早速、佑也に、

「諸星、昨日、職場放棄したそうだな。元橋が許可していないのに勝手に仕事を放り出すとは一体どういう事だ」

と声を荒げて説教を始め、佑也は下を向き、

「すみません。婚約者が倒れていていても立ってもいられなくて……」

と思い詰めたように謝った。曽木は突然、机を叩き、

「そういうのを職場放棄って言うんだよ。元橋、こいつのやったことは無断欠勤と一緒だ。有給休暇なんて入れるなよ。外出不帰にもするな。単なる欠勤扱いだ」

と佑也を一方的に断罪して元橋に命令をし、元橋は、

「分かりました。当然ですよ」

と同調した。女性社員達は意地悪そうな笑みを浮かべ、曽木は、

「諸星、今度また同じ事をやったら、人事に話して然るべき処分を下してもらうから、覚悟しておけ」

と冷酷な台詞を吐き退出した。佑也はがっくりとうな垂れ再び仕事に入ったが、欠勤扱いになると一日分の給与が引かれ、薄給に苦しんでいる佑也にとっては辛い話であった。

課長と係長からダブルのパワハラを受けている様は、立川店きもの売場時代と同様であり、再び我慢の限界を感じた佑也は本社人事の坂上に電話をした。佑也は、

「坂上係長、元橋係長を始めパワハラが益々エスカレートしています。お願いですから一日も早く異動させて下さい」

とすがるように訴え、詳細を話した。坂上は、

「そうですか。私も最善を尽くしていますが、なかなか引取先がなくて。申し訳ないですが、もう少し我慢してくれませんか？」

と説得すると、佑也は仕方がなく、

「分かりました。宜しくお願いします」

と返事をするしかなかった。


数日後、杏奈の検査が終わり、肺炎はそれほど悪性のものではないと診断が下され、あと十日前後で退院できるとのことであった。佑也はほっと胸を撫で下ろし、勤務後、杏奈の病室へ向かうと、救急病棟から一般病棟へ移っており、杏奈の顔は少し赤みが差していた。佑也はほっとした表情で、

「杏奈さん、一般病棟に移って良かったね。もう少しで退院できるね。具合はどう？」

と聞き微笑むと、杏奈は、

「心配掛けてごめんなさい。お陰で大分気分が良くなったわ」

と笑顔で答えた。佑也は、

「僕の方こそ心配ばかりかけてごめんね。杏奈さんを苦しめてしまって……」

と謝ると、杏奈は、

「諸星さんは悪くないわ。でも、大変な部署に行っちゃったね。よく耐えられるわ」

と感心するように言った。佑也は、

「僕なら大丈夫。杏奈さんが元気になってくれれば安心して頑張れます」

と微笑み、

「それから、看護師さんに言われてタオルとか下着を買ってきたよ」

と紙袋を掲げながら、少し本当の夫婦になったような気分になり喜びが込み上げてきた。二人はお互いに優しく労わり合い、辛い時でも幸せを感じ合って、本当の夫婦よりも愛情に溢れていた。

杏奈は佑也に対する愛しさが込み上げて、

「諸星さん、抱いて」

とせがむと、佑也は驚いて杏奈の頭を優しく撫でながら、

「駄目だよ、こんな時に。大人しく寝てなきゃ」

と制したが、杏奈は、

「じゃあキスして」

と再び甘えるようにせがむと、佑也は少し呆れ顔で、口紅が剝がれた唇にそっとキスをした。佑也が唇を離すと杏奈は少し頰を赤く染め佑也を潤んだ瞳で見詰めたが、呼吸を少し止めたため、やや激しく咳き込んだ。佑也は、

「ほら、まだキスは無理だよ」

と諭しながら人の気配を感じ振り向くと、青木が呆れ顔で立っていた。青木が、

「見てたわよ。少し元気になったからってキスなんかしちゃ駄目よ」

と笑うと、佑也は、

「あれ？青木さんいつの間に」

と照れ笑いをした。青木は、

「でも杏奈ちゃん元気になってきたわね。肺炎が軽い症状でよかったわ」

と心から喜ぶと、杏奈は、

「ありがとうございます。お陰様で大分気分が良くなりました」

と笑顔でお礼を言った。

主治医が入室し、杏奈の胸に聴診器を当てあくまでも冷静に、

「経過は順調ですが、油断すると再発しないとも限りませんから、薬をしっかり飲んで十分に休んで下さい」

と念を押すように指示をして退室をした。二人は、

「じゃあ、お医者さんの言う事をよく聞いてゆっくり休んでね」

と言って手を振って退室し、帰途に就きながら佑也は、

「重病でなくて本当に良かったよ。倒れた時はどうなってしまうのかと思ってね」

と心から安心した表情になった。青木が、

「杏奈ちゃん幸せね。諸星君にあんなに労わってもらって。何か羨ましいな」

と杏奈を羨むと、佑也は、

「いや、杏奈さんをすっかり苦しめてしまったよ。彼女が苦しんでいる姿を見ていられなくてね」

と悲しげな表情をした。青木は、

「でも、杏奈ちゃんは貴方が心配してくれる気持ちが何よりも嬉しいんじゃないかしら？女の私にはよく分かるのよ」

と心底羨んだ。佑也は、

「青木さんは係長に昇進したし、ご主人との生活を確立させている。青木さんこそ幸せでは？」

と同じように羨むと、青木は、

「係長昇進なんてそんなに幸せな事かしら？フロアの商品の権限を持たされているから、他の係長からの妬みは酷いし、会議では芦田係長と衝突してばかりだしね」

と辟易した表情で嘆いた。佑也が、

「妬まれるくらいで丁度いいのでは？人より上に行く人間ほど妬まれる。僕の山中に対する妬みは人に言えないいくらい酷いし、男性社員はまず係長になりたいと考えると思う。この会社は係長に昇進してやっと家族を養える給与が貰えるからね」

と微妙な表情をすると、青木は、

「うーん、男性が考える幸せは女性とは違うのかな?」

と考え込んだ。

青木との会話に花を咲かせながら、佑也はこれ以上、杏奈に心配を掛けないために、一日も早く会計から脱出しなければならないと改めて決意をした。

いつものように憂鬱な朝を迎えた佑也は、満員電車に揺られながら出勤中であったが、黙然と仕事の事を考えていると胃の中から突き上げるような吐き気を催した。慌ててハンカチで口元を押さえたが唾液が漏れ、ハンカチが酷く汚れてしまい必死で堪え、渋谷駅のトイレに駆け込むと耐えられず、大量の汚物を嘔吐してしまった。

口元を洗いふらふらになりながら渋谷店へ向かったが、まだ吐き気は治まらず会計事務所へ入ると、いつもの通り暗く陰湿な雰囲気で益々気分が悪くなった。明らかな体調不良を感じたが、率先して重い現金バッグが投函されたボックスを運ぼうとすると、再び激しく吐き気を催して二百へ駆け込んだ。大量の胃液を嘔吐し少し血が混ざっており、そのまま動けなくなりうずくまってしまい気が遠くなり、気が付くと医務室のベッドに横たわっていた。佑也がいつまでも戻ってこないのを変に思った同僚の若い契約社員が二百へ掛け付け、医務室へ運んだのであった。

渋谷店へ配属されてからは早期退職で散々な目に遭い、会計では酷いパワハラに遭っており、当事者ではない恋人の杏奈ですら心配をして肺炎を患ったのである。当事者の佑也が体調を崩さない方が不思議なくらいであった。

医務室の産業医から、

「嘔吐が酷いからすぐに病院へ行きなさい」

と指示されたので、佑也は会計事務所へ電話をし、

「ご迷惑をお掛けして申し訳ありません。嘔吐が酷く体調が優れませんので病院へ行きます」

と元橋に早退の許可を求めたが、元橋は、

「てめえ、また職場放棄するのかよ。チャラチャラ女と遊んでいるからそうなるんだよ。てめえの不摂生なんか庇えるか。早く事務所へ戻ってこい」

と佑也は女と遊び不摂生をしていると決め付け、病院へ行くことを許可しなかった。見兼ねた産業医は電話を代わり、

「係長さんですか? 諸星さんは本当に嘔吐が酷くて体調が優れないのです。病院へ行くことを許可してもらえませんか?」

と頼むと、元橋はさすがに産業医の言うことには逆らえず、しぶしぶ許可を出した。産業医は、

「厳しい係長さんですね」

と驚き、佑也は頷きうつむいた。

早速、渋谷店前の病院で診察を受けたところ、医師は、

「精神的な事が原因なのか？胃腸を始めとする何かの疾患が原因なのか？微妙ですから、麻布の東京中央病院を紹介しましょう。あそこは総合病院で人間ドックも頻繁に行なっていますから適切な診断をしてくれるでしょう」

と言いながら紹介状を書き、佑也は予約当日の朝、早起きをして東京中央病院へと向かった。

杏奈は自宅で療養をしており、熱や咳、痰などは治まり、少し胸に痛みがあるものの、入院していた時に比べすっかり気分が良くなり、上司の芦田からも、

「完全に治るまで、ゆっくり休みなさい」

と指示されており、安心してベッドで休んでいた。

俄に佑也が嘔吐して倒れたことを考えると心配で、いても立ってもいられない気持ちになり、佑也にメールを入れると、佑也から、

「杏奈さん、退院おめでとう。本当に良かったね」

と、まず杏奈の退院を祝福する返信があり、

「僕は大丈夫です。ちょっと吐いてしまったので明日病院で検査をします。杏奈さんが再発したら大変だし、付き添わなくても大丈夫です。ゆっくり自宅で休んで下さい。検査の結果は分かり次第伝えます」

と逆に杏奈を気遣ったのであった。佑也の気遣いは嬉しかったが、佑也を自分の事のよ

うに思う杏奈は、自分だけが寝ていてはいけないと思い佑也に電話をすると、佑也は、

「心配掛けてごめんね。今、胃カメラ飲んでね、初めてだけれど苦しくて仕方がなかったよ」

と苦笑をした。杏奈は、

「やっぱりね。私が代わってあげたいくらいだわ」

と心配し、すぐに病院に駆け付けたい気持ちになったが、佑也は、

「杏奈さん、あまり心配しなくても大丈夫だよ。まだ色々な検査があるから終わったら電話します」

と返事をした。胃カメラ検査の他に、CT、脳波、心電図の検査を終え、軽い胃炎以外は特に異常はなかった。

最後は診療内科の診察で、医師は心療内科の権威者である診療部長の長沢で銀縁の眼鏡をかけており、やや神経質そうでいかにも才気走った風貌であった。佑也から注意深く、家族構成、山手屋での経歴、職場の様子などを聞き出しカルテにペンを走らせた。佑也は現在の体調や会計でのパワハラや約一年前に執拗に退職勧告をされた事、立川店きもの売場時代でのパワハラを特に強調して話したところ、長沢は、

「貴方は間違いなく適応障害を起こしています。過去の事もかなりトラウマになっていますね、それが原因で体調を崩して嘔吐などの症状が止まらないのでしょう。ドグマチールなどを調合した薬をしばらく服用して下さい。山手屋人事宛に診断書を書きましょう。現在の部署から配置転換をする必要があります」

と診断をした。

診察が終わった佑也は早速、杏奈に電話をし、

「杏奈さん、検査終わりました。体に異常はないけれど、メンタルがやられていると言われたよ。これから貴方のマンションに行くから、また詳しい事を話します。待っていてね」

と伝え、本社人事にも電話をし検査の結果を報告すると、坂上は、

「えっ、適応障害ですか?それは早急に異動してもらわなくてはなりません。診断書をすぐにファックスして下さい」

と指示をし、尋常ではない反応を示した。佑也はすぐに本社人事にファックスをして病院を後にし、早く杏奈に会いたくて急いで地下鉄に駆け込んだ。

杏奈は佑也が来ると聞き、久しぶりに三面鏡に座って化粧をした。佑也を意識して艶のある口紅を塗り、甘い香水を付けて、パジャマを脱いで白いシャツ一枚に着替えた。佑也は穏やかな口調でメンタルがやられていると言ったが、一体どんな症状なのか心配であった。

呼び鈴が鳴り急いでドアを開けると、佑也は笑顔で、

「退院おめでとう。お祝いにケーキを買ってきたよ」

と言いながら包装された箱をかざし、杏奈は、

「ありがとう。諸星さんも大変だったね」

と言いながら佑也に抱き付いた。佑也は久しぶりに杏奈の柔らかい体の感触を確かめ肢体を眺めた。程よい肉付きの美脚や豊満な胸、艶のある唇に杏奈の性的魅力を再認識し、

「杏奈さんて本当に色っぽいね」

と思わず感嘆すると、杏奈は、

「いやね、そんなに見つめられると恥ずかしいわ」

と顔を赤らめながらも、喜びに溢れた表情をした。佑也が、

「でも、そんな格好で大丈夫?まだ退院したばかりだし」

と心配し、杏奈を抱き抱えてベッドに寝せようとすると、杏奈は佑也を制し、

「寝ているだけじゃ気が滅入るだけだわ。気分はいいし、部屋で大人しくしていれば大丈夫よ」

と眩しい笑顔を見せた。佑也は、

「じゃあ退院祝いをしよう」

と杏奈の手を引き二人はソファに座り、佑也は、

「杏奈さんが本当に辛そうで、もし重い肺炎だったら僕の肺を提供したいと思ったよ」

と振り返った。杏奈は、

「そんなに私のことを心配してくれたのね。心配掛けてごめんなさい。毎日、看病に来てくれて嬉しかったわ」

と佑也の愛情に感謝をし、改めて退院できて良かったと思った。

杏奈は不意に、

「検査の結果は良かったみたいだけれど、メンタルの病気なの？」

と一転して心配そうな表情をすると、佑也は、

「医師から適応障害と言われたよ」

とやや曇った表情で答えた。杏奈は、

「適応障害？」

と聞き返すと、佑也は、

「うん、妃殿下も患っている病名らしく、仕事とかのストレスが原因で仕事の効率が落ちて、うつになったり色々な症状を起こす病気らしい。それで吐いてしまったのだと」

と説明をした。杏奈は真剣な表情で、

「具合はどう？今も吐き気がする？」

と労るように聞くと、佑也は、

「吐き気は出勤の時だけなんだ。配置転換をして薬を飲み続ければ改善すると言われたよ。診断書を本社人事にファックスしたから、もうすぐ異動できると思う」

と自分に言い聞かせるように話した。杏奈は、

「諸星さんがそこまで苦しんでいる時に、私が入院してどうするんだろう？逆に心配掛けてごめんなさい」

と今にも泣きそうになり、手を突いて謝ると、佑也は慌てるように、

ているよ」

「杏奈さん、そんな事しないで顔を上げて下さい。倒れるほど気遣ってくれた事に感謝し

と逆に慰めた。杏奈は、

「私が至らなくてごめんなさい。諸星さんが可哀想」

と再び謝りながらぽろぽろと涙を流すと、佑也は、

「もう少しで今の状態から抜け出せる。大丈夫だよ」

と杏奈を安心させるように言い聞かせた。

杏奈が佑也の胸に顔を傾け、佑也が視線を落とすと、シャツの裾から覗いた杏奈の肉付きのいい太股が見え、杏奈を泣かせてしまい、自己嫌悪に陥った佑也の刺すような視線を感じた杏奈は、

「諸星さん、思い切り抱いて下さい」

と情念を露わにした。佑也は、

「杏奈さんはまだ体を休めていないと」

と制しながら辛うじて理性で自分を抑えたが、杏奈は気持ちの昂ぶりを抑えられず佑也の胸に顔を埋めると、佑也は激しい性衝動の波に抗えずに杏奈の太股に手を這わせ、シャツのボタンを外して豊満な胸に手を触れた。杏奈は喘ぐような表情になり、佑也は杏奈の艶のある唇を夢中で吸い、二人は愛欲の海に溺れていった。

今や二人の愛は最高潮にまで昇りつつあり、もはや止まる事を知らなかった。

元橋の佑也に対するパワハラは相変わらずで、佑也に会計業務の全てのマニュアルを作れと命令をした。佑也は上司の命令なので従うしかなかったが、業務の全てとなるとよほど業務内容を熟知していないとできる事ではなかった。元橋は三日以内に仕上げろと指示をし、佑也は何故、急に無理がある事を命令するのか理由が分からなかったが、すぐに着手をしないと間に合わなかった。

普段の業務が一段落した午後、佑也は早速パソコンの前に座り作成に取り掛かると、元橋は、

「マニュアルの作成なんか勤務中にやるな、家でやれ」

と怒った。マニュアル作成は明らかに業務の一環であり、家に帰ってから作成しろという命令は上司の権限を逸脱しており、立川店きもの売場時代の薮沼ですらそんな命令をしたことはなかった。佑也は違和感を覚えたが命令に逆らう勇気はなく、自宅に書類を持ち帰って作成に取り掛かり、食事や寝る時間を削ってまでパソコンを打ち続けた。約束の日に作成したマニュアルを元橋に提出をしたが、

元橋はマニュアルに目を通すと、俄に怒り、

「こんなの駄目だ、さっぱり分からない。誰にでも分かるマニュアルに作り直せ」

と突き返した。佑也は完璧なマニュアルを作成したつもりであったが、元橋はマニュアル作成をパワハラの材料にするつもりでは?という危惧が的中した形となり、佑也はどう

乗り切ればいいか思案しながら人事異動の内示を待っていた。

数日後、佑也は勤務終了間際に曽木から別室に呼ばれ、曽木は眉間に皺を寄せながら、

「人事異動の内示をする。異動先は小杉センターだ。お前は異動願いと診断書を本社人事に提出したそうだな。卑怯な奴だ。お前はビューティータワーホテルでオフラインを救ったり、仕事も大分覚えて会計になくてはならない存在になれたかもしれないのに馬鹿な事をしたな」

と呆れた表情で内示をした。佑也としては適応障害を治癒させることが先決であり、医師が診断書を書いてまで配置転換を指示しているため当然の措置であり、ビューティータワーの件で曽木は物笑いの種にし、元橋のパワハラには目を瞑り、自分自身の管理職としての責任を果たしていない事を棚に上げて、佑也を卑怯者呼ばわりするとは全く筋が通っていなかった。異動の事はすぐに元橋に伝わり大声で、

「ふざけているのか、このガキはよ。面白え、やるか」

と叫び喧嘩を売ってきたが、佑也はいちいち取り合わず、さっさと身辺整理をして会計事務所を出て行った。

思えば会計での虐げられた日々は立川店きもの売場時代の再現のような恐怖体験、いや、それ以上であったかもしれない。何故、あの時代は耐え抜くことができて、今回は適応障害を起こしてしまったのであろうか？年を重ねるごとに弾力が失われつつあるのであろうか？精神力が低下しているのなら心底情けなく、佑也は自分自身の弱さを思い自己嫌悪感

郵便はがき

料金受取人払郵便

新宿局承認

2523

差出有効期間
2025年3月
31日まで
(切手不要)

160-8791

141

東京都新宿区新宿1-10-1

(株)文芸社

愛読者カード係 行

ふりがな お名前		明治 大正 昭和 平成 年生 歳	
ふりがな ご住所	□□□-□□□□	性別 男・女	
お電話 番 号	(書籍ご注文の際に必要です)	ご職業	
E-mail			
ご購読雑誌(複数可)		ご購読新聞 新聞	

最近読んでおもしろかった本や今後、とりあげてほしいテーマをお教えください。

ご自分の研究成果や経験、お考え等を出版してみたいというお気持ちはありますか。

ある　ない　内容・テーマ(　　　　　　)

現在完成した作品をお持ちですか。

ある　ない　ジャンル・原稿量(　　　　　　)

書　名			
お買上 書　店	都道　　　　　市区 府県　　　　　郡	書店名	書店
		ご購入日	年　　月　　日

本書をどこでお知りになりましたか?

1.書店店頭　2.知人にすすめられて　3.インターネット(サイト名　　　　　)

4.DMハガキ　5.広告、記事を見て(新聞、雑誌名　　　　　)

上の質問に関連して、ご購入の決め手となったのは?

1.タイトル　2.著者　3.内容　4.カバーデザイン　5.帯

その他ご自由にお書きください。

(　　　　　)

本書についてのご意見、ご感想をお聞かせください。

①内容について

②カバー、タイトル、帯について

弊社Webサイトからもご意見、ご感想をお寄せいただけます。

ご協力ありがとうございました。

※お寄せいただいたご意見、ご感想は新聞広告等で匿名にて使わせていただくことがあります。

※お客様の個人情報は、小社からの連絡のみに使用します。社外に提供することは一切ありません。

■書籍のご注文は、お近くの書店または、ブックサービス(0120-29-9625)、セブンネットショッピング(http://7net.omni7.jp/)にお申し込み下さい。

が一層強まり、杏奈にまで辛い思いをさせてしまったことを悔しく思った。

四年前、立川店から小杉センターへ異動させられた時はショックで、店長の近山を激しく恨んだが、今回は恐怖から逃れられたためほっとした気持ちが心の中を支配した。佑也はかつて憧れていた渋谷店のネオンを複雑な気持ちで見上げながら、二年半前、待望の渋谷店外商部の一員となり大喜びした事を思い出していた。ところが、あっという間の天国から地獄への転落、結局は立川店と同じように渋谷店も佑也にとって鬼門と化してしまった。やはり、退職勧告を受けた者がこの百貨店で生き抜いていくのは無理なのであろうか？

佑也の脳裏に心配してくれる人々の顔が思い浮かぶと、いつまでも思い悩まずに頑張っていくしかないと心に誓い、渋谷店を去った。

二十一

小杉センター出戻りの初日、佑也は課長の小西と面談をしていた。小西は二年半前の小杉センター勤務時は直属の係長であり、気心が知れていたが、出戻ったことに少し気まずさを感じていた。小西が、

「結局出戻ったな。また配送品のクレーム対応を中心とした仕事をしてもらう。思い出せ

ばすぐに慣れるだろう。期待しているよ」

と佑也のやる気を促すと、佑也の気持ちは和らぎ、

「はい、頑張ります。宜しくお願いします」

と力強く返事をした。小西が、

「ところで急な転入だったが、何か事情があったのかい？」

と訝しげな表情で聞くと、佑也は、

「はい、実は渋谷店会計の元橋係長を中心とした連中からパワハラを受けまして、適応障害を患ってしまいました。渋谷店人事に診断書を提出した結果、異動することになりました」

と苦い表情で答えた。小西は、

「そうか、元橋という奴が癌だったというわけか。ここではパワハラはないから心配しなくていいよ」

と佑也を安心させるようにほぐしながらも、

「職群とランクを教えてもらいたい」

と一転してシビアな事を聞いた。佑也が、

「支援職で三ランクの十です」

と下を向いて小さな声で答えると、小西は、

「三ランクの十か。うーん厳しいな。せめて二ランクだったらなあ」

しい」

と考え込んだ。佑也は、

「何とか改善できないか悩んでいます」

と小西に救いを求めるように請願すると、小西は、

「できるだけのバックアップはするが、とにかく皆から信頼を得られるように努力してほしい」

とアドバイスをした。

佑也は席を立ち、館内へ挨拶回りをしたが、かつての社員の半分以上が早期希望退職で姿を消しており、代わりに契約社員が激増して雰囲気ががらりと変化していた。業務については勝手知ったる仕事なので十分にこなせる自信があったが雰囲気の変化に驚き、「なんちゃって社員」と言われるほど社会常識に欠ける人物が目立っていた。業務については正社員と同等の仕事をこなす事が求められており、それなりにはこなしているものの、先輩後輩の区別のない口の利き方をしたり、正社員を平気であだ名で呼ぶなど、社会人としての言葉遣いができておらず、全く立場をわきまえていなかった。売場に対しても横柄な口の利き方をし、売場あっての百貨店であるという認識がなく、明らかに職場全体のモラルが低下していた。しかし、三年契約を基本とし、たった一回の面接でほとんどの者が合格して入社をし、大した教育も受けず、正社員より安い給与で同じ仕事をしている事を考えると無理もない話であった。

配送委託業者の東和急便のでたらめな仕事ぶりは相変わらずであったが、過去に経験を

積んでいる佑也は様々なクレームに対応できるだけに能力を身に付けており、佑也の得意とする仕事として十分な働きぶりを発揮していた。小杉センター側は佑也の働きぶりを評価し、ランクが上がるように取り計らったところ、渋谷店会計の曽木が、

「諸星は全く評価に値しない人物。ランクを上げるのは断固反対である」

と主張し、本社人事に手を回して佑也の昇格を阻止したのであった。

曽木の作為的に陥れるやり方は全くえげつなかったが、佑也は悔しい思いをしながらも冷遇を承知でこの百貨店に残り、本社人事の取り計らいで小杉センターに引き取ってもらった以上、ここで腐ってはならないと改めて心に誓った。


佑也の小杉センターでの仕事ぶりは順調で、翌年は僅かながら評価が上がったが、調整給との相殺で昇給には至らなかった。精神的には安定しており、適応障害の状態から回復へと向かい、心身共に充実していた。徐々に自信を取り戻していた佑也は、もはや経済的な心配を忘れてしまうほど杏奈を求める気持ちがより一層高まり、杏奈と結婚したいという気持ちが日々強くなる一方であった。

久しぶりに原宿表参道のカフェに杏奈を呼び出し、胸を高鳴らせる杏奈に、

「杏奈さん、突然呼び出したのによく来てくれたね。お互いにすっかり元気になって良かったね。どうしても話したい事があってね」

と緊張の面持ちで口を開くと、杏奈は笑顔一杯で、

「どうしても話したい事って何？改まってどうしたの？電話でもメールでも話せない事って何だろうね？」

　と不思議そうな表情をしながらも大体の予想はできており、すでに瞳は潤いを帯びていた。佑也は胸の鼓動が抑えられず、

「杏奈さん、僕は貴女と付き合うことができて色々な事を教えてもらいました。女性の本物の愛情を知ることができました。杏奈さんはいつも僕の事を自分の事のように喜んで心配もしてくれて、僕は本当に幸せだと思います」

　と日頃の杏奈の愛情に心から感謝の気持ちを伝えた。杏奈ははにかみ頬を赤く染めながら、

「改まってそんな事を言われると恥ずかしいな。でも嬉しいです。ありがとうございます。私も諸星さんからいつも優しく愛されて幸せです。諸星さんといつも一緒にいたい、もっと愛されたい、そんな事ばかり考えるようになってしまいました」

　と胸の内を吐露しながら、熱いものが込み上げて来た。佑也は、

「これからも杏奈さんの愛情を感じながら人生を一緒に歩んで行きたいです。杏奈さん結婚しましょう、お願いします」

　と一生をかけた想いを懸命に伝えると、杏奈は涙声で、

「諸星さん、私も結婚したいです。宜しくお願いします」

　と佑也のプロポーズを承諾し、これ以上言葉にならなかった。杏奈の美しい瞳から涙が

溢れ、目頭を押さえても感激で涙が止まらず、

佑也の表情は喜びに溢れ、

「杏奈さん、本当にありがとう」

と杏奈に感謝の言葉を掛けたが、杏奈は全く言葉にならず佑也の胸に抱き付いて喜びの涙を濡らした。二人はこの瞬間をどれだけ待っていたことであろうか？嬉しい事も悲しい事も共有し続けたことで二人の愛はついに実を結んだのであった。

佑也は杏奈の肩をそっと抱き寄せて表参道を歩き、美しいイルミネーションの下で、杏奈の左手の薬指にダイヤの指輪をはめた。杏奈は喜びで輝いた表情をしながら、

「幸せで胸が一杯です。夢が叶いました」

と感謝をすると、佑也は、

「夢を叶えてくれたのは杏奈さんの方です。経済的に厳しくて、専業主婦になってもらえなくて申し訳ないです」

と心底申し訳なさそうに謝った。杏奈は、

「いいえ、そんな事は私のわがままだから……、諸星さんと一緒に暮らすことができれば十分幸せです」

と眩しい笑顔で一杯になり、再び佑也の胸に顔を埋め、美しいイルミネーションの下の二人の綺麗なシルエットは愛情の深さを象徴しているかのようであった。

一ヶ月後、佑也と杏奈は目黒の教会で二人だけの結婚式を挙げた。杏奈の両親が、佑也

が山手屋内で厳しい立場に置かれていることを心配し、結婚に反対をしたためであった。籍を入れることができず事実婚の状態であったが、二人は立派に結ばれたことに変わりはないと考えていた。

両肩と背中の綺麗な肌が露わになった純白のドレスが杏奈の美しさと可愛らしさを見事に引き立てており、二人を満足させた。佑也が杏奈に誓いのキスをした時に杏奈の綺麗な瞳から溢れた涙は、宝石の輝きよりも美しく尊かった。夢にまで見た杏奈と結ばれた佑也は、未だにウエディングドレスを着た杏奈が隣にいることが信じられない気持ちであり、眠ったまま夢から覚めずにいるような錯覚さえ覚えていた。教会の外では二人の愛の旅立ちを祝福するかのように白い鳩が大空へと飛び立った。

新居は二人で話し合った結果、金銭的に余裕がないので新たな住まいは探さず佑也のアパートを引き払い、杏奈のマンションを愛の巣に決め、二人の事実婚生活がスタートした。二人が初めて出逢ってから九年目の春であった。

二十二

佑也と杏奈の事実婚生活がスタートした頃、山中は経営推進室の次長に昇進していた。三十五歳で次長に昇進するのは異例の早さであり、無論、同期でトップを走っていた。剣持は常務取締役室長から専務取締役室長へ昇進し次期社長の呼び声が高く、今や山中は完全に剣持派の中心的存在であり、前途は益々洋々たるものとなった。

山中は意気揚々と帰宅すると、沙代子は笑顔で、

「貴方お帰りなさい。次長昇進おめでとう」

と夫を祝福し、山中は、

「ありがとう。ビールとつまみを用意してくれ」

と頼み、沙代子はいそいそと用意を始めた。二人はシャンデリアがきらびやかな応接間のソファで乾杯をし、山中はビールを旨そうに一気に飲み干すと、

「龍真はもう眠っているのかい？」

と聞くと、沙代子は、

「よく眠っているわ。体重が増えてまた大きくなったのよ」

と嬉しそうな表情で答えた。山中は目を細め、

「そうか、それは良かった」

と頷き、昨年誕生した龍真の成長を何よりも楽しみにしていた。沙代子は、

「貴方は次長に昇進するし、龍真はすくすくと成長して私は幸せよ」

と満足そうな表情をし、

「貴方、立川店にいた時はまだ係長だったのに、あっという間に次長。ところで剣持常務は？」

と興味津々に聞いた。山中は、

「専務になったよ。次期社長の呼び声が高いから、俺が室長になるのは時間の問題だな」

と余裕の表情で言った。沙代子も我が意を得た表情になり、

「フフフッ、これでまた杏奈に差を付けたわ。杏奈、諸星さんと事実婚の状態らしいわよ。馬鹿な女ね、止めとけばいいのに。あの子、一生貧乏暮らしの万年平社員夫人ね。人生を棒に振ったわ」

と嘲笑すると、山中は驚き、

「えっ？それは本当か？杏奈ちゃんがあんな奴と、信じられないな」

と思わず悔しそうな表情をした。沙代子の顔色が変わり山中を睨み、

「貴方、まだ杏奈に未練があるんじゃないでしょうね。昔、杏奈をしつこく口説いていたらしいけど、私は許してないからね」

と激高すると、山中は慌てて、

「何を言っているんだ。沙代子を差し置いて未練なんかあるはずがないよ」

と否定したが心の中では動揺していた。かつて杏奈に惹かれ、何度も口説いたが相手にされず、その後、沙代子からの熱烈なアプローチがあり結婚に至った事を思い出していた。今でも気が強く、虚栄心の塊である沙代子よりも天真爛漫で優しい性格の杏奈に魅力を感じており、思わず佑也に嫉妬をしてしまったのであった。俺としたことが何で諸星ごときに嫉妬しなければならないんだ―、と心の中で打ち消したものの、未だに杏奈に未練があ

る自分に愕然とした。

　夫への疑惑が消えない沙代子は、

「貴方、もし杏奈に未練があるのなら別れてもいいのよ。龍真を連れて出ていくわ。龍真を医者か弁護士に育ててみせるの。デパートマンなんか問題にならないエリートにね」

　と息子をまるで自分の見栄の道具のような物言いをし、山中は、

「沙代子、まさかそんな馬鹿な事を。冗談じゃないよ」

　と再び慌てた様子で言い返した。沙代子は、

「フフフッ、驚いた?ちょっと貴方を脅かしてみただけよ」

　と美しい切れ長の瞳をきらりと輝かせ、山中は自分以上に虚栄心が強い沙代子に辟易としていた。


　杏奈との事実婚生活に突入した佑也は、社内では厳しい立場に置かれながらも心身共に充実をしていた。杏奈はできる限り主婦業に時間を割くために正社員から定時社員へ転換をしたが、二人合わせた給与は生活していくにはぎりぎりの状態であり、杏奈が上手にやり繰りをしていた。贅沢な事はできないが、二人とも愛情に満ち溢れているため十分に幸せであった。杏奈を自分の後継の係長にと目論んでいた芦田は、杏奈の定時社員への転換に地団駄を踏んで悔しがったが、杏奈は係長昇進に何の関心もなく、愛する男性のために尽くす時間を多く持てる事が心底嬉しかった。

佑也は杏奈の良妻ぶりに感謝する毎日で、まず食生活が一八〇度変わった。独身の時、朝食はパン一枚で済ませるか、何も食べずに玄関を飛び出すことがほとんどであったが、杏奈のお陰で日替わりでサンドイッチやフレンチトースト、フルーツ、サラダ、ジューサーで作ったフルーツジュースなどが食卓に並んだ。昼食はコンビニ弁当かカップラーメンであったが、杏奈手作りの愛妻弁当に変わり、杏奈も勤務しているため大変だろうと一度は断ったが、杏奈は社員食堂の不味いご飯が嫌いであり、朝の弁当作りは独身時代と同じで、二人分作るのは大した手間ではないとの事であった。夕食は外食がほとんどであったが、杏奈は短大の家政科で学んだ腕を揮い、バラエティに富んだ料理が食卓を華やかに彩った。佑也は杏奈の手料理が楽しみで、酒の誘いは極力断って真っすぐ帰宅するようになり、すっかり規則正しい生活に変わった。

杏奈は佑也より先に寝ることも遅く起床することもなく、佑也が杏奈と一緒に起床しようとすると、

「まだ時間が早いから寝ていてね」

と再び寝かせ、朝食の用意や弁当作りを終えてから佑也を起こすよう心掛けていた。両手を突いて、

「佑也さんおはようございます」

と迎えられた時はさすがに驚き、恐縮して慌てて制した。家の中でも服装に気を使い、寝る時以外は男性が幻滅してしまうようなラフすぎる格好を避けるように意識していた。

徹底して佑也に尽くす杏奈であったが、佑也に対して会社での昇進を望むより、とにかく健康で元気に働いてもらう事だけを願っていた。

杏奈の良妻ぶりは二人の深い愛情が要因の一つとはいえ、佑也は自分には出来過ぎた女性であることを再認識し、毎日、杏奈に深く感謝をしていた。

翌年の人事考課でも佑也の給与は全く上がらず、同期は全員係長に昇進し、佑也だけが完全に取り残されてしまった。杏奈と共働きをしても家賃を引くとほとんど金銭的な余裕はなかったが、杏奈は決して愚痴を溢さず、時々お互いにスイーツを買ってきたり、手を繋いで買物を楽しんだり、ささやかな幸せを喜び合っていた。佑也は独身時代の恋人気分を失いたくなく相変わらず、敬意を込めて「杏奈さん」と呼んでいたが、杏奈は「佑也さん」と呼び名を変えていた。

ささやかな幸せの日々の中、佑也は部長に呼ばれ、

「人事から支援職からマネジャー職への転換試験の告知が来ている。どうする諸星君、試験を受けてみるか？」

と問い掛けたが、佑也は突然の話にしばし考え込んだ。確かに試験に合格をすれば、役職者に昇進が可能な賃金テーブルに乗ることができるが、たとえ転換できても係長になれるのは何年も先の事であり、形だけの転換に終わる可能性もあった。慎重に考えた末、職群が変われば人事考課の上でプラスになる事はあってもマイナスにはならないであろうと考え、

「試験を受けたいと思います。宜しくお願いします」

と部長に返事をした。転換試験の合格率は二、三割程度と決して簡単な試験とは言えなかったが、実力勝負には自信があった。

早速本屋で問題集を買い込み、帰宅してから数的処理と国語の勉強に明け暮れ、論文の下書きをし、杏奈が面接官になって質問に答えるといった面接の練習も繰り返し行なった。杏奈は佑也の受け答えはあまり上手とは思えなかったが、口には出さずに協力を惜しまなかった。佑也のために忙しい時間を割いてくれる杏奈のためにも、絶対に合格しなければという気持ちが日々強くなっていった。

二十三

四月を迎え、例年のごとく山手屋株主総会が行なわれた。新役員の選出では剣持が副社長に、山中が取締役に就任し、弱冠三十六歳の青年取締役の誕生に株主を始め誰もが驚き、社内ではもっぱら話題の中心となっていた。剣持が副社長に就任した事を受けて山中は待望の室長に昇格し、剣持は子飼いの山中を懐刀としてより使いやすくするために取締役に推したのであった。若すぎて時期尚早との批判をかわし、新宿進出の野望を果たすために山中を取締役にした方がより都合がいいとの思惑もあり、強引に推し切ったのであった。

取締役室長となった山中はすっかり有頂天となり、流通業界でも話題となった。沙代子は夫の予想以上のスピード出世に泣いて喜び、同僚や友人、近所などに触れ回り、夫の凄さを改めて見直していた。

有名経済誌の一面を飾った事も山中をさらに天狗にさせ、表紙の山中は一分の隙もないスーツ姿でダンディ振りを発揮しており、若くて優秀な取締役として若いサラリーマンやOL達の憧れの的となった。インタビューでは普段の権力志向ぶりは一切語っておらず、

「私はお客様のために、ひたむきに働いてきました。これからもお客様の幸せのために、一身を投げ打つ覚悟で仕事をしたい」

と格好のいい建前を語り、経済誌は山中を「流通業界の寵児」と謳った。沙代子も若い取締役を支える美人妻として紹介されており、清楚なドレス姿が掲載され、沙代子らしい虚栄心は一切見せず、

「私はひたすら彰二さんの健康だけを願って付いてきました。まさか取締役になるなんて驚いています。家庭では優しい夫で尊敬しています。これからも無理をせず健康でいる事を願っています」

と普段思っている事とは全く裏腹な事を語っており、沙代子もまた世の妻達の憧れの存在となった。

経済誌を見た他の取締役達の中には、

「まるで芸能人のようだな」

との批判の声もあったが、剣持は、

「まあいいじゃないですか。高齢化をしている我が百貨店のイメージを覆す格好の宣伝材料になりますよ。山中君が経済誌を飾れば、我が百貨店にトレンドなイメージを抱く人も出てくるでしょう。結構な事じゃないですか」

と批判を押さえ込んだ。これは剣持の新宿進出のための戦略の一つであり、日頃親しくしている経済誌の編集者に山中を売り込んだのであった。

その頃、渋谷松濤にある山中の実家では山中の取締役昇進に沸いていた。父、雄一は某ストアの元社長であり、息子には百貨店の社長になることを願っていたが、まさか三十六歳で取締役に就任するとは夢にも思っておらず、喜びの余り、

「彰二、お前は山中家の誇りだ。この調子なら社長になるのは間違いないぞ、あははっ」

と山中夫妻に向かって豪快に笑った。山中は、

「親父、沙代子がいる前でみっともないじゃないか。沙代子が呆れているぞ」

と嗜めたが、雄一は構わず、

「沙代子さん、これからも彰二の内助の功を頼みますよ。沙代子さんも大した奥さんだな。すっかり取締役夫人だ」

と経済誌を広げながら悦に入っていた。沙代子は、

「カメラマンさんが私みたいなお亀をこんなに綺麗に写して下さって、全て彰二さんのお陰ですね」

と謙遜しながらも自信に溢れた表情をした。上機嫌ぶりが止まらない雄一は、取締役就任辞令書を額縁に飾り、

「これは山中家の家宝だ。お母さんも眺めなさい」

と妻、光子に促した。光子は少し呆れながらも辞令書を眺め、

「彰二は本当に親孝行な息子だわ。沙代子さんも嬉しいでしょう?」

と息子を自慢すると、沙代子は、

「お父様、お母様、私は友達から羨ましがられて本当に幸せです」

と輝くような表情を浮かべた。

山中家は明るい笑顔で溢れ、雄一は戸棚から高級ブランデーヘネシーを取り出し、

「さあ、一杯やろう」

と杯を挙げ、彰二のグラスにストレートで注ぎ、沙代子にも注ごうとすると、沙代子は、

「うふふっ、私は少しだけで」

と言いながら杯を受けた。山中は山中家の期待を一身に背負っている事を感じ、必ず社長になってみせると益々野望に燃えていた。

翌日、山中は子飼いの課長を従えて社用車に乗り込み脚を組みながら運転手に、

「立川店へ行ってくれ」

と命令した。立川店に到着すると真っ先に婦人小物フロアへ向かい、フロアの売場員は

青年取締役、山中の来店に驚き、颯爽とした姿に尊敬の眼差しを向けてお辞儀をした。ハンカチ売場の前に立ち止まった山中に気が付いた杏奈は驚き一礼をすると、山中は、

「杏奈ちゃん、久しぶりだね」

と愛想良く話しかけ、杏奈は表情を変えず、

「お久しぶりです」

と挨拶をした。山中は得意顔で、

「杏奈ちゃん、お陰様で取締役に就任したよ。本当にありがとう」

とまるで杏奈が山中を応援したかのような物言いをしたが、杏奈はやはり表情を変えず、

「おめでとうございます」

と行儀良く頭を下げた。山中は笑みを浮かべながら、

「諸星とは上手くやっているのかい？僕と付き合っていたら今頃、取締役夫人だったね」

と余計な台詞を吐き、杏奈は内心不快な気分であったが、表情には一切出さなかった。

山中は、

「杏奈ちゃん、困った事があったら僕に何でも言いなさい。君の思う通りに何でも解決してあげるからね」

と杏奈の歓心を買おうとしたが、杏奈にはまるで権力を誇示するかのような台詞に聞こえ、逆に不愉快であった。

フロア内を巡回していた青木は山中と杏奈の姿に気が付き、慌てて駆け寄り、

「山中君、杏奈ちゃんに近づいて何をしているの？この子にまだ未練でもあるの？」

　と単刀直入に問うと、山中は不敵な笑みを浮かべながら、

「青木、下らない事を言うなよ。君達に取締役就任の挨拶に来たんだよ。君も同期として祝ってくれるだろうね」

　と握手を求めようとしたが、青木は無視をした。突然、子飼いの課長が、

「青木係長、山中取締役に失礼だぞ」

　と血相を変えて怒ると、山中は子飼いの課長を嗜めながら、

「青木、挨拶くらいちゃんとしないと部下もろくに教育できないじゃないか。まあいい、君はマーチャンダイザーとしてこのフロアの品揃えをどう思うんだい？」

　と試すように聞いた。青木は、

「私は各売場の係長やメーカーと何度も話し合って、フロア長了解のもとで品揃えに協力しています。取締役が直々に口出しをするなんて初めての事です」

　と怒りを含んだ声で答えると、山中は、

「青木、僕は今までの取締役とは違うんだよ、甘えは許さない。こんな品揃えで他の百貨店に勝てると思うのか？」

　と鋭く指摘をした。青木が口ごもると、山中は、

「僕はこの百貨店を一流に変えてみせる。青木も僕の力を借りることだな。意地を張っても仕方がないじゃないか」

と救いの手を差し伸べるような言い方をしながら、またも権力を誇示してみせた。

山中が踵を返し他のフロアへ向かうと、杏奈と青木はそれぞれ不快な気分になりながら並んで山中の背中を見つめ、青木は、

「本当に不愉快だわ。山中君、権力ばかり振り回して、まるで権力病患者だわ」

と憤ると、杏奈は、

「山中さんて昔からあんな感じの人だったけれど、ここまで酷かったかな？何か変な人」

と呆れた表情をした。

山中が紳士服フロア事務所を訪ねると懐かしい面々の顔ぶれが揃っており、一斉に拍手が起きた。

「山中さん、取締役就任おめでとうございます」

「山中取締役は我が紳士服フロアの誇りです」

「経済誌の山中取締役が格好良すぎて、写真を切り抜いて私の部屋に飾っちゃいました」

「山中取締役のお陰でいい商品が入るようになりました」

等々、山中をおもねるような言葉の数々が山中の耳に心地良く響き、思わず頰が緩んだ。

七年前、経営推進室へ異動した時、紳士服フロアの連中から盛大に送り出され感激し、栄達を誓った事を思い出していた。見事に期待に応え、取締役に就任し祝福を受けて感慨無量であり、

「皆さんの応援のお陰で取締役に就任し感激で胸が一杯です。皆さんも立川店紳士服ここにありを大いに示すよう日頃の努力をお願いしたい」

と挨拶すると再び拍手が起こり、

「では、改めて祝賀会で大いにやりましょう」

と言いながら事務所を去った。

山中は社用車に乗り込むと運転手に、

「小杉センターへ行ってくれ」

と命令し、子飼いの課長は驚き、

「小杉センターですか？あんな所に何の用事が」

と尋ねたが、薄笑いを浮かべて無言であった。小杉センターに到着すると警備員が直立不動で迎え、小杉センター部長が待機しており、

「山中取締役室長、お忙しいところご苦労様です」

と深々と頭を下げた。山中は軽く顎で頷きながら、

「諸星君の所へ案内してほしい」

と命令し、部長が、

「えっ、諸星の所へ？」

と不思議そうな表情をすると、山中は、

「僕と同期なんだ。早くしてくれ」

と無表情で急かした。

佑也はクレームの電話を受けている最中であり、電話を切ると目の前に山中が立っており、目を丸くして驚き、部長が、

「諸星君、山中取締役室長が君に御用があるそうだ」

と言うと、佑也は思わず目をそらし下を向いた。ポール・スチュワートのスーツを着こなして佑也を見下ろす取締役室長の山中、作業用のジャンパーを着て下を向いている平社員の佑也、同期なのに悲しいほどのコントラストを描いていた。佑也が、

「今クレーム処理の最中です。何の用事ですか？」

と下を向いたまま社内向けに敬語で聞くと、山中はその姿を滑稽に感じ薄笑いを浮かべながら、

「諸星、顔を上げろよ、時間は取らせない、挨拶に来ただけだ。お陰さんで取締役に就任したよ、君も祝福してくれるだろうね」

と右手を差し出し握手を求めると、佑也は辟易とした表情になり無視をした。子飼いの課長が気色ばみ、

「君、室長が握手をしようとおっしゃっているんだ、無礼だぞ」

と叱り付け、佑也は子飼いの課長に目を向けると、いかにも卑屈そうな男で一目で山中の子飼いであることを察した。山中が剣持の子飼いであるように、子が子を産むように山中も子飼いを従えており、思わず呆れてしまった。山中が、

「今、杏奈ちゃんへ挨拶に行ってきたところだ。杏奈ちゃんは僕を祝福してくれたよ。君も見習えよ」

と嫌味を言うと、佑也は、

「えっ、杏奈さんの所へ？」

と顔色を変えた。山中が、

「杏奈ちゃんに、困った事は何でも解決してあげると約束したよ」

と得意げに話すと、佑也は怒り、

「余計な事をするな。彼女には僕が付いているんだ。杏奈さんに未練でもあるのか？」

と声を荒げた。山中は、

「あははは、下らない事を言うなよ。僕は親切で約束してあげたんだ。お前の力で杏奈ちゃんに何ができるんだ、強がるなって。僕はどの部署の誰でも従えることができる」

と自分の権力を誇示するかのように言うと、佑也は、

「余計なお世話だ。今後一切、杏奈さんに近づくな」

と激しく憤った。山中は鼻で笑い、

「諸星、お前は外商部へ戻りたいらしいな。本社人事から聞いたよ。僕は人事であろうが外商であろうが自由に動かすことができる。お前を外商部へ戻してやろうか？」

と佑也の心の中を見透かすように言うと、佑也は、

「断る。お前の力を借りてまで外商部に戻りたいとは思わない」

ときっぱりと断った。山中は、

「甘いな。お前がいくら人事に訴えても外商部に戻れないだろう。現実をよく見ろよ。それではこの会社では永遠に浮かばれないな。後で僕に泣きついても知らないからな」

と佑也を侮辱するような台詞を吐き佑也から離れた。

他の者は青年取締役の颯爽とした後ろ姿に憧憬の視線を送り、佑也は屈辱に耐えるように拳を震わせた。山中は杏奈に未練があるがゆえに歓心を買おうとし、佑也に権力を振りかざして揺さぶりを掛けてきたのは明白であり、それでなければ取締役が小杉センターまで平社員の佑也をわざわざ訪ねに来るはずがなかった。

取締役に就任してすっかり思い上がっている山中に佑也は改めて激しい嫌悪を感じ、自分自身の事で嫌味な態度を取られるのは我慢できても、杏奈にちょっかいを出すのは許せなかった。

勤務後、佑也と杏奈、青木の三人で立川店前の居酒屋で食事をしながら語り合っていた。三人揃って酒を飲むのは初めての事であり、三人共楽しそうであったが、会うきっかけとなったのは日中に山中がそれぞれの部署を訪ねたからであった。

杏奈は佑也の横に座り、佑也のために酒を注いだり、つまみを取ったりしており、二人は時々笑顔で見つめ合い熱い雰囲気を醸し出していた。向かい側に座っている青木は、

「本当に仲がいいわね。熱々で私の方が顔が赤くなりそう」

と微笑み、杏奈は、

「私達、一緒に暮らしてからずっと私の手料理だったから、外で食べるのは久しぶりです。たまにはこういうのもいいですね」

笑顔で喜んだ。佑也が、

「食事はいつも杏奈さんに任せ切りだから、たまには気分転換をしてもらわないと」

と日頃の感謝を込めて言うと、青木は羨ましそうに、

「諸星君て優しいのね。そんな事旦那に言われたことないわ」

と嘆いた。青木が嘆く側で杏奈は、

「佑也さん、肉ばかり食べてちゃ駄目。野菜も食べてね」

と言いながら皿一杯に野菜を取り佑也に食べさせ、二人は仲睦まじく体を寄せ合っていた。

佑也は、

「ところで杏奈さん。今日、山中に何を言われたの？」

と心配そうに聞くと、杏奈は、

「取締役になったって自慢していたわ。困った事があったら何でも言いなさいだって」

と大して興味がなさそうに答えた。青木は、

「山中君、よほど杏奈ちゃんに未練があるのね。この子の気を惹くような事ばかり言って。本当に気持ちが悪い男だわ」

　と酒の勢いに任せて大声で憤ると、佑也は、

「杏奈さんはまさか山中の誘惑になんか乗らないと思うが、気分が悪いし心配だな」

　と考え込んだ。杏奈は、

「二人共、山中さんの事ばかり気にしてどうしたんですか？私、あんな人全然興味がないんですけれど」

　と不思議そうな顔をすると、青木は、

「私達も山中君から嫌味を言われて頭に来ているけれど、杏奈ちゃんが心配なのよ。わざわざ小杉センターまで行って諸星君に権力を振り回して揺さぶりを掛けたり、杏奈ちゃんに未練があるからなのよ」

　と激高した。杏奈は、

「だって、山中さんは沙代子の旦那さんだし、経済誌でも仲良さそうだったし……」

　と首を傾げると、佑也は、

「あれは外面、山中と沙代子はあんな人間じゃないよ。杏奈さんもそれはよく分かっているだろう」

　と確信を持って言い、青木は、

「そうよ、あの二人そんなに夫婦仲は良くないんじゃないかしら？あの二人、虚栄心で結びついたような夫婦だしね。諸星君と杏奈ちゃんとは違うのよ」

　と杏奈に言い聞かせた。杏奈は、

「さっきから山中さんの話ばかりで面白くないわ。三人で食事することなんか滅多にないし、そんな話止めましょうよ」

と飽き飽きした表情をし、佑也は、

「そうだね、杏奈さんの言う通りだ。でもあいつ一体何を企んでいるのか？やっぱり杏奈さんが心配だな」

とまたも山中の事を口にし、再び山中の嫌味な態度を思い出していた。

立川ダイヤホテルの大宴会場では立川店紳士服フロア主催の「山中彰二取締役就任祝賀会」が開催されており、司会の紳士服フロア長が歯切れ良く進行をしていた。入口では女性社員達が華やかなドレスを着て受付をし、案内役は各売場の係長が担当していた。

フロア長は、

「まず初めに、当社の剣持副社長からお言葉を頂戴したいと思います」

と指名すると、剣持は第一声を発した。

「副社長の剣持です。主催者である立川店紳士服フロアより、是非出席をしてほしいとの事でしたのでお邪魔いたしました。僭越ながら挨拶をいたします。さすがに山中君が新入社員の時からお世話になっているフロア主催だけあって、非常に温かい雰囲気の祝賀会で大変結構な事であります。山中君には取締役室長として大きな仕事をしてもらわなくてはなりません。それは当社の新宿進出であります。山中君を中心としてこの仕事を成功させるために、私も全力でバックアップをしたいと思います。山中君は当社の若きエースです。是非、皆様からも若きエースの大仕事の成功のために、絶大なるご支援を賜りたいと思います。大変身びいきな粗辞でございましたが、私の挨拶とさせていただきます」

と結ぶと、会場からはどよめきと大きな拍手が起こり、山中は最敬礼をした。剣持の自信に満ちた最大級の賛辞は会場の雰囲気を一層盛り上げ、特に新宿進出の宣言は自信家の剣持らしく、山中への並々ならぬ期待が込められていた。

立川店店長の近山より乾杯の発声が行なわれた後、歓談に入った。フロア長、課長以上は半ば強制的に出席を余儀なくされ、山中と同期のフロア長、課長は一塊になって歓談を始め、

「取締役になったからといって、こんなに派手なパーティーをやるなんてあまり記憶がないな」

「山中は経済誌に取り上げられて、今やスター気取りだよ」

「もう取締役なんて前代未聞のスピード出世だな」

「断トツの出世なんかしない方がいいかもしれないぞ。本人にはプレッシャーかもしれない」

「いや、山中はそんな心臓の持ち主じゃないよ。すっかり天狗になっているぞ」

と口々に山中を批評し盛り上がっていた。山中はそんな様子には目もくれず夫婦で剣持や近山と談笑し、沙代子は胸元と背中が大きく開いた白いドレス姿で美しさを引き立てていた。同期達は、

「奥さんのあの格好を見ろよ。まるでハリウッドのスター気取りだよ」

「綺麗な奥さんだな。俺のかみさんとは大違いだ」

「もう一人の可愛い子はどうしている？」

「ああ、鮎川杏奈ちゃんか。諸星と暮らしているらしいぞ」

「えっ、諸星と？ それは可哀想に。あいつ退職勧告をされても辞めなかったから思い切り冷や飯を食わされて、まだ平だぜ」

「あいつ何をやっているんだろう？ あいつに比べれば俺達はまだ幸せだな」

と佑也を揶揄して笑い、山中の祝賀会にもかかわらず、いつの間にか佑也の陰口に話題が移っていた。

祝賀会がたけなわの中、司会者が、

「お待たせいたしました。この度、取締役に就任いたしました山中経営推進室室長よりご挨拶をいただきたいと思います」

と指名すると、自信に満ち溢れた山中と笑みを浮かべた沙代子が壇上に上がった。会場からは、

「山中さん、取締役就任おめでとう」

「山中さん素敵よ、格好いいわ」

などと女性達からの黄色い歓声が上がり、

「沙代子ちゃん、可愛いよ」

「ひゅー、色っぽい」

　などと男性達からは野太い歓声が上がった。まるでアイドル並みの扱いに眉をひそめる者もいたが、山中は颯爽とした姿で、

「この度は私事のために盛大な祝賀会を開催していただきまして誠にありがとうございます。皆様のご指導のお陰を持ちまして取締役に就任させていただくことになりました。今後はさらに気を引き締め驕る事なく新宿進出を始めといたしまして、当社を一流の百貨店に成長させるために汗を流して参りたいと思います。今後とも山中彰二を何卒ご指導宜しくお願いいたします」

　と謙虚ながらも自信に満ち溢れた巧みな挨拶に会場は割れんばかりの拍手に沸いた。司会者は、

「山中取締役の素晴らしいご挨拶でした。さすがは流通業界の寵児であります。では、ご一緒に壇上にいらっしゃる山中沙代子様からも一言頂戴したいと思います」

　と指名すると、沙代子は照れながら、両手を口に当てて可愛らしさをさりげなくアピールをして山中から一歩下がり、

「あの、私は妻に過ぎないのですが、夫のために祝賀会を開いていただき私からもお礼を申し上げます。このドレスはこの日のために用意しましたが、勘違いしているような格好で本当にすみません。今後はもっと慎ましい妻でいたいと思います。山中彰二を今後とも宜しくお願いいたします」

と普段の沙代子らしくない控えめで恥じらいを含んだ挨拶で好印象を与え、男性達を中心とした歓声混じりの拍手で沸いた。山中夫妻は眩いばかりの栄光を感じながら、幸せな気分で壇上を下りた。

祝賀会が終了すると、出口では山中夫妻が出席者と握手を繰り返していた。一連の様子を見ながら同期の一人が、

「山中はすっかりヒーローになったな。しかし、いくら山中が有能だとしても新宿進出なんて果たせるだろうか？新宿は一流百貨店の競争が一番激しい所だ。うちみたいな二流の百貨店が競争できるほど甘くはないのでは？何だかあいつ、背伸びしているような気がしてならないな」

と呟いた。

二十四

佑也は職群転換試験を終えて帰宅し、ソファで杏奈に出来栄えを報告していた。佑也が、

「杏奈さん、色々協力してくれてありがとう。やっと終わったよ」

ほっとした表情でお礼を言うと、杏奈は、

「いいえ、佑也さんが一生懸命だから私も協力しなくちゃと思って。やっと終わって良

かったわ」

　と佑也を労った。佑也は、

「筆記試験は中学受験の算数みたいな問題で勉強しても難しくて、時間も四十分で短いしね。論文は大丈夫だけれど、面接で、商品知識を得るために日頃どんな事をしていますか？――だって。僕は売場じゃないのに何でそんな事を聞くのだろう？」

　と首を傾げると、杏奈も、

「そうね。人事の人、売場の事しか考えてないのかしら？」

　と同調した。

　一息吐くと二人は夕飯を仲良く楽しみ、杏奈は初めて佑也がマンションを訪ねた時に振る舞ったカレーを用意した。佑也は、

「あの日と同じ味だね。あの日の胸の鼓動が甦るよ。夢のようで嬉しかったな」

　と付き合い始めた当初を思い出し、今、杏奈と結ばれていることが改めて感慨無量であった。杏奈はひまわりのような笑顔で、

「うふふっ、懐かしい味でしょう。結ばれて佑也さんに作ってあげる日が来るなんて夢にも思わなかったな」

　と同じように佑也と結ばれた幸せを改めて感じていた。

「あの日ね、前の日眠れなかったの。好きな男の人にお料理するの初めてだったから胸がドキドキして……」

と告白し、佑也は、

「えっ、それ本当なの？全然そんな感じに見えなかったけれど」

と意外に思った。杏奈は元々料理が得意であり、カレーなど簡単過ぎて物足りなそうであり、男性に料理を振る舞うのが緊張する事とは到底思えないからであった。杏奈は首を振りながら、

「諸星さんの口に合わなかったらどうしようって」

と当時の気持ちを思い出して困ったような表情をし、佑也は、

「口に合わなかったとしても、あの時は杏奈さんから手料理をご馳走になるだけでも夢みたいだったから、全然気にしなかったと思うけれどね」

と振り返った。杏奈は、

「いいえ、男の人は女性に対してちゃんとお料理ができるか絶対に関心があるはずよ。佑也さんも同じだったんじゃないかしら？」

と杏奈らしい男性に対する鋭い嗅覚で佑也に相槌を求めると、佑也は心の中を見透かされたような気持ちになった。杏奈は、

「佑也さんにキスされた時、そのまま抱かれたいと思ったけれど、緊張のあまり疲れてしまって……、貴方の欲求に応える自信がなくて悲しくて涙が出たのを覚えているわ」

とまたも意外な事を明かすと、佑也は、

「えっ、僕は今までキスされて純情すぎるが故に涙がこぼれたのかと思っていたよ」

と驚いた。杏奈は笑いながら、

「キスされただけで泣く訳がないわ。抱かれたかったのにそれができなくて何だか悲しくなったのよ」

と恥ずかしそうに、今だから言える当時の気持ちを明かした。

二人は結ばれた今だからこそ恋人時代の話に花を咲かせることができ、楽しく振り返ることができるのであった。幸せを改めて嚙み締める二人はあの日と同じようにソファでワインを楽しみ、体を絡ませた。佑也は杏奈のしなやかな肢体を抱き締めながら、杏奈の愛情をいつまでも失いたくない気持ちが熱く湧き上がっていた。

経営推進室では山中を中心に会議を行なっていた。議題は新宿店開店についてであり熱い議論が交わされ、特に山中の声のトーンは高く部下達を大いに鼓舞していた。

会議が終了すると山中は激しい疲れを感じ、子飼いの課長に、

「会議の連続で何だか疲れたよ。今日は医務室で仮眠してから帰るから、取引先との折衝と新店舗の選定についてもっと詰めておいてくれ」

と指示をすると、子飼いの課長は、

「室長、大丈夫ですか？どこか具合が悪いのでは？あまり無理をなさらないで下さい」

と心配をした。山中が、

「いや、そんな心配はない。ただ酷く疲れてね」

と平静を装うと、子飼いの課長は、

「かしこまりました。万事抜かりなく進めておきます」

と答えながら深々と頭を下げた。

山中が医務室に入ると、若い看護師は驚き、

「まあ、山中取締役、どうなさったのですか？」

と聞くと、山中は笑みを浮かべながら、

「何だか酷く疲れてね。ちょっと休みたいんだ」

と頼んだ。看護師は、

「大変ですね、お疲れ様です。早速ベッドの用意をします。その前にビタミンの注射をしておきますね」

と気を利かし、山中の差し出した腕に慎重に注射をした。看護師は山中に尊敬の眼差しを向けながら、そっと山中の手を引いてベッドに連れて寝かせた。他の従業員に対する態度とは大違いの温かい看護ぶりであり、山中は普段から看護師に対して優しい態度で接しているため好感を持たれていたのであった。山中は、

「君はそろそろ帰る時間だろう。僕が責任を持って鍵を閉めておくから早く帰りなさい」

と促すと、看護師は、

「いいえ、取締役がお帰りになるまでは私も残ります。心配ですから完全看護をいたします」

と弾むような声で言った。山中が、

「そうかい、じゃあ人事に言って残業を付けなさい。山中が眠っているからと伝えればいい」

と親切に指示をし、

「それから君、タオルを貸してくれないか？汗を掻いてね」

と頼むと、看護師は、

「大丈夫ですか？お熱がおありですか？私が体を拭きますね」

と言いながら頬を赤く染めて山中の上半身を裸にし、タオルで丹念に汗を拭いた。優しい口調で、

「何かあったら何でもおっしゃって下さいね」

と山中に熱い眼差しを向けた。

山中はいい気分になり眠りに就きながら、ぼうっと最近の忙しさについて考えていた。取締役に就任してから連日会議に追われ、今日も取締役会、取引先との会議、経営推進室内の会議と三つも会議があり、議題はいずれも新宿進出に関する事で、山手屋の命運を分けるような重要な会議ばかりであり神経が磨り減っていた。取引先先との折衝や新店舗の選定については順調であったが、問題は銀行との交渉や土地の確保であり、新宿の一等地の確保は難航が予想され、山中も経験したことがない大仕事であった。流通業界の寵児とまで呼ばれている面子にかけても新宿店開店を実現させたいが、そのためにはいくつかの

壁をクリアしなければならなかった。しかし、入社以来、数々の仕事を見事にクリアしてきたという自負があり、今回も必ずクリアしてみせると自分に言い聞かせながら熟睡した。

九時を回り看護師が、

「山中取締役、起きて下さい。もう九時ですよ」

と山中の耳元で声を掛け山中は薄目を開けると、目の前に立っている看護師に気が付いた。

「えっ？もう九時か、早いなあ。君ずっといてくれたのか。悪いねえ」

と言いながら体を起こそうとすると、看護師が手を引いて起こし、

「取締役、よく眠っていらっしゃいました。本当にお疲れだったのですね。ご気分はいかがですか？」

と優しく微笑んだ。山中は、

「ありがとう。お陰さんで頭がすっきりしたよ」

と爽やかな表情でお礼をし、看護師のお陰で心が癒された気分になり、こんな気分は沙代子と一緒にいても味わえないと思い、

「君にお礼がしたい。食事をご馳走するよ」

と看護師を誘った。看護師は、

「お体は大丈夫ですか？奥様がお待ちなのでは？」

と心配しながらも表情が明るく輝き、山中が、

「大丈夫だよ。女房にはメールを入れておくよ」

と安心させるように言うと、看護師は、

「ありがとうございます。すぐに着替えてきますのでお待ち下さい」

と言いながらロッカーへ向かった。

山中が胸を躍らせながら待っていると、急いで着替えてきた看護師は、

「お待たせしました。宜しくお願いします」

と言いながらお辞儀をし、少し恥じらいを含んだ笑みを浮かべた。髪留めを解いた艶やかなロングヘアと少し短めのフレアースカートが良く似合い、白衣の姿から一転して見違えるような魅力を発散しており山中は少し下心を感じ、どこか杏奈を彷彿させた。どうしても杏奈が忘れられず、杏奈を新宿店オープンのメンバーとして迎え入れ側近として働いてもらい、佑也と事実婚関係にある事などもはや眼中になく、大枚はたいてでも自分のものにしようと企んでいた。

この重要な時期に妻以外の女性と食事をしている場合ではなかったが、この若い看護師は気分転換をするのには格好の相手だと思った。本社新館を出ると看護師はそっと山中に腕を絡ませ、山中は完全に理性を失っていた。

杏奈が勤務中で接客や品出しに追われている最中、突然、携帯電話に父親から連絡があり、母親が突然倒れ救急車で病院に搬送されたとの事であった。杏奈は顔面蒼白になり、

すぐに佑也に電話をし、

「佑也さん、今、父から電話があって母が倒れたって言うのよ。すぐに実家に行って来るね。また連絡するわ」

と焦り声で報告をした。佑也は驚き、

「えっ?杏奈さん早く行かないと。僕も行くから」

と返事をすると、杏奈は、

「いや、佑也さんは来ない方がいいわ。ごめんね」

と謝り、佑也はすぐにその意味を呑み込み、

「あっ、そうだね。とにかく気をつけて」

と気遣った。両親が佑也との結婚に反対し籍を入れず事実婚状態であり、佑也が行けば当然、両親の神経を逆撫でするという意味に他ならなかった。

杏奈はすぐに実家の茨城県龍ヶ崎へ向かい、電車の中で、私が心配掛けたからだろうか?もし重病だったらどうしたらいいのか?佑也にも迷惑を掛けるかもしれない―、と悪い予感が頭の中を駆け巡った。龍ヶ崎市駅を降りタクシーに飛び乗り救急病院に到着すると、父、英一が、

「杏奈、勤務中なのによく来てくれたね」

と久しぶりに会う娘を優しく迎え、杏奈は、

「お父さん」

と応えて英一の手を握った。

「お母さんはどんな病気なの？ 大丈夫なの？」

と今にも泣き出しそうな声で聞くと、英一は下を向きながら、

「脳梗塞だそうだ。これから手術だよ」

と辛そうに答え、杏奈は、

「えっ、脳梗塞？ どうしよう。助かるの？」

と涙を溢しながら英一の体を揺らした。英一は苦い表情で、

「これから医師の説明がある。一緒に聞くか？」

と言うと、杏奈は、

「分かったわ、私も聞きます」

と気丈に答えた。

医師が個室に英一と杏奈を招き入れると、早速病状の説明を始めＭＲＩの映像を見せながら、

「奥さんの脳のこの部分に血管の詰まりがあります」

と気難しい表情で血管が黒くなっている部分を指し、

「これにより血流が悪くなり、脳梗塞を起こして意識を失ったものと思われます」

と説明し、杏奈の顔面は強張り深刻な表情で下を向いた。医師は、

「これから緊急の手術をします。成功する可能性は七割程度ですが、成功しても体の麻痺

や言語障害が残る可能性は高いと思われます。以上を踏まえていただき、手術に同意するのであれば、この同意書にサインをお願いします」

と同意書を差し出し、英一と杏奈は顔を見合わせ、英一がサインをした。救急病棟から麻酔で眠っている母、清子が手術のため搬送されると、杏奈はその哀れな姿に嗚咽して、

「お母さん」

と叫び、思わず体に触れようとしたが英一が制した。清子が手術室の中に搬送されると扉が閉まり、手術中の赤いランプが灯った。

英一と杏奈はうつむいて長椅子に座り、手術の無事成功を祈りながら終わるまでの長い時間を過ごした。杏奈は合間を見て佑也に電話をし清子の病状を伝えると、佑也も驚いた様子であったが、

「杏奈さん、お母さんの無事を祈ります。時間が掛かるだろうから体にはくれぐれも気を付けて。今は僕の事は気にしないでお母さんに付いてあげて下さい」

と気遣った。佑也と話し、少し気分が落ち着いたものの、手術が終るまでは生きた心地がしなかった。杏奈は涙ぐんで英一に体を傾けると英一は杏奈の肩を抱き、久しぶりに父と娘に戻っていた。

やがて、手術中のランプが消え扉が開き清子が搬送されると、杏奈は医師に、

「お母さんは無事ですか?手術は成功したのですか?」

と急かすように聞くと、医師は無表情で、

「後で説明します」

とだけ答えた。医師は救急病棟で眠ったままの清子の手や足を確かめるように動かし、杏奈が、

「お母さん」

と叫んだが、眠ったまま反応しなかった。医師は英一と杏奈を個室に招き入れ説明を始め、

「手術そのものは無事に終わりました。まだ麻酔が効いていますので眠っている状態です。ただ手足の動きが悪く麻痺の状態が続いています。今後、手足が自由に動かない事や言語障害が出る事を覚悟して下さい」

と苦い表情で告げた。英一と杏奈は一命を取り留め一安心したものの、今後の清子の介護の事が頭をよぎった。医師は、

「今後の事は経過を見ながら考えましょう。今晩は目を覚まさないでしょうから、また日中いらして下さい」

と指示をした。時計の針は一時を回り四時間に及ぶ手術であり、実家に戻った杏奈は、ぐったりと疲れてしまい眠りに就こうとしたが、佑也の顔が思い浮かび今後の事を考えていた。

山中は激務の合間、取締役室にて一人でじっと考え込んでいた。三日前、剣持から、

「新宿店が開店したら、常務取締役兼新宿店店長に就任してほしい」

と内々に命じられ、山中が待望している就任話であったが、裏を返せば何としてでも新宿店を開店させてほしいという意味に他ならなかった。

取引先との折衝やテナントの出店交渉については商品部とタイアップして進め極めて順調であり、重要度が高い取引先については山中自身が出向いた。どの取引先も「流通業界の寵児」山中を最敬礼で迎え、山手屋に有利な条件で品揃えに協力する事を快諾し、テナントについても山中自身が出向くと、是非出店させてほしいとテナントの方が頭を下げてきたのであった。経済誌にも構想を発表し、新宿でトップクラスの売場面積とトレンド性の高さが話題となっていた。ここまでは剣持・山中ラインの思惑通りであったが、問題は土地の確保であり新宿の一等地に目を付け東京都との交渉に入ったが、他にも二社が名乗りを上げており、落札を巡り激しい競争入札となる見込みであった。他社がどんな条件で落札を目論んでいるのか見当が付かず、先が読めない状況に陥っており、山中自身が初めてぶつかる大きな壁であった。山手屋始まって以来の難事に挑むと言っても過言ではなく、山中は全力であらゆる好条件を揃え、どんな手を使ってでも負けたくないという野望が沸々と湧いてくるのであった。

山中は早速、子飼いの課長に電話をして、各部署に競争入札のための書類を提出させるよう命じ副社長室へ向かった。タバコをくゆらせ悠然としている剣持に山中は、

「副社長、取引先との条件やテナントの出店は全て我々の要求通りになりました」

と報告すると、剣持は、

「さすがは流通業界の寵児だ。君の名前はすでに業界内では一流中の一流だ。向こうは三顧の礼で迎えるだろう」

と満足そうな表情をした。山中は深々とお辞儀をしながら、

「ありがとうございます。全て副社長のお陰です。ところで土地の確保ですが、これはそう簡単には思惑通りという訳にはいきません。他の企業が二社手を挙げ競争入札となる見込みです」

と厳しい表情をした。剣持も俄に表情を変え、

「競争入札か、新宿の一等地だからな。そう簡単にはいかないだろう。どんな条件で行くんだね？」

と鋭い目付きで問い掛けると、山中は、

「金額については経理部とタイアップして銀行と交渉し、評価格より高い上限目一杯の金を借りて、東京都に金額を提示します。開店準備室長と話し合い、新宿の百貨店で一番高い売上の見込み額を提示することに決めました」

と強気の構えを示し、剣持は銀縁の眼鏡を光らせ、

「その線は絶対に崩すな。しかし、競争入札となると強気に攻めるだけでは確実とは言えないだろう。まともに攻めるだけでは勝てないかもしれないな。切り札を出すしかないだろう。ここは私の指示に従ってほしい。分かるね、この意味が」

と押し殺すような声で言った。剣持は手段を選ばない事を腹に決め、それを察した山中

は緊張の色を隠せず、剣持と一蓮托生の大仕事となり、万が一失敗したら大きな責任問題になる可能性をはらんでいた。剣持は、

「山中君、これから新宿進出は私と君のシークレットで進めるつもりだ。これからが本当の勝負だよ」

と意気込み山中の肩を叩いた。

この勝負に勝てば剣持は反剣持派を抑さえ、社長就任が確実となり、山中は常務取締役兼新宿店店長の就任が確実となる。二人はそれぞれの思惑を胸に秘め社用車を呼び、景気付けのために銀座のバーへと向かった。

勤務が終わり帰宅をした佑也は、コンビニ弁当を食べながら杏奈の事を考えていた。杏奈が病院に駆け付けてから三日しか経っていないが、早くも杏奈がいない寂しさを身に染みるように感じていた。

清子は手術に成功したものの全身が自由に動かない状態であり、杏奈は一週間後に戻ってくるが、清子の介護のために実家に長期で帰らなければならない可能性が出てきたのであった。

佑也は寂しさのあまり杏奈に電話をし、

「杏奈さんご苦労様です。お母さんその後はどんな様子?杏奈さんの体調は大丈夫?」

と心配すると、杏奈は、

「ごめんなさい。心配掛けて。母は体を動かせないし、意識もまだぼうっとしているのよ。意識が完全に戻って、リハビリに入ったら戻るから待っていてね。それから今後の事を考えましょう」

と気丈に答え、母親の術後の経過の事で頭が一杯の様子であった。佑也はそんな杏奈に、

「早く戻ってきてほしい」「寂しい」

などの泣き事は言えず、

「分かりました。体に気を付けてね」

と言って電話を切った。机の杏奈の写真を眺め、益々寂しさが募り身悶えしそうであったが、辛い状況にもかかわらず頑張っている杏奈に申し訳ない気持ちになり情けなく思った。

事実婚からまだ一年も経過していないのに運命の暗転を感じ、唯一の幸せを奪われてしまったらどうなってしまうのであろうか？―と佑也は全身の力が抜けてソファにうつ伏せで考え込んでしまい、そのまま眠ってしまった。

気が付くと、時計の針は八時半を指しており、急がないと遅刻をしてしまうので何も食べずに玄関を飛び出した。定時ぎりぎりに机に座ると、早速、東和急便の社員から破損事故の報告があり、ワインセットを配送中に割ってしまったとのことであった。佑也は内心、またか……、と辟易してしまったが表情には出さずに売場に代品手配をしたところ、限定品なので取引先から取り寄せなければならず、明日の日付指定には間に合わないのでお客

さんに配達が遅れる旨をお詫びしたところ、何とか了承を得ることができた。お届け先が小杉センターから二キロの距離であり、正規のルートで配送するよりお届け先の管轄のセンターに直接持ち込んだ方が破損させずに無事配達できるのではないか?と東和急便のセンター長の猪又に提案したところ、猪又は烈火のごとく怒り、佑也に向かって、

「平社員のあんたにそんな指示をする権利などない」

と一蹴し侮辱したのであった。猪又は東和急便の社員であり、いくらセンター長でも取引先の社員に対して平社員のくせにという発言はとんでもない事であり、それこそそんな発言をする権利はなかった。佑也は胸の中にマグマが湧き上がるかのように悔しく、万年平社員と化している悲哀を改めて感じ、酷く落ち込んでしまった。佑也がお客さんを第一に考えて提案した事であり、権利云々の問題ではないはずであったが、善意を悪意に取り自分達の立場しか考えず、お客さんの事を全く考えない東和急便の責任者は全く信用ができず、こんな宅配便業者に配送を委託していたら、益々山手屋の配送は信用を失うばかりであった。この出来事を山手屋の責任者に相談しても全く相手にしてもらえず、結局、佑也自身が直送する破目になった。

佑也が配送トラブルに心を砕いているのとは対照的に、トラブルの処理は現場任せの上層部は東和急便との親睦のゴルフに興じる日々であり、益々癒着ぶりは酷くなる一方であった。

清子は手術から二週間が経過すると意識を完全に取り戻し、リハビリに入った。手足を自力ではほとんど動かすことができず車椅子の生活を余儀なくされる事が決定的となったが、杏奈はひとまずリハビリを介護士と英一に託して佑也の元へ戻った。杏奈は佑也の顔を見るなり佑也の胸に顔を埋めて泣き出し、佑也は、

「本当に大変だったね。ご苦労様」

と労うと、杏奈は佑也の体に腕を回して抱き付いたまま離れようとしなかった。二人は溢れる想いを抑え切れず強く抱き合い、お互いを激しく求め合った。

求め合った後、眠っていた二人は目を覚ますと現実に目を向けて話し始めた。杏奈が、

「母がこのままの状態なら介護を手伝ってほしいと父から頼まれたわ」

と力なく声を落とすと、佑也は、

「そうか……」

と返事をしたきり言葉が出なかった。杏奈は、

「一番大切な人と生活しているからできないって断ったのよ。でも……」

と言葉を途切れさせると、佑也が、

「きっとお父さんが承知しないと思う。お父さんはまだ働いているの？」

と聞くと、杏奈は、

「年金が貰えるまであと二年働かなければならないわ」

と答え、佑也は、

「ヘルパーさんにずっと任せ切りという訳にはいかないだろうし、家族の協力は絶対に必要だね」

と考え込んだ。杏奈は辛そうな表情で、

「弟は大阪で勤務しているし、私はどうしたらいいの？」

と佑也に助けを求めると、佑也は、杏奈の介護を後押ししよう。杏奈が戻る日まで待っているしかない――、と覚悟を決めた。問題は杏奈がそれをどう捉えるかであり、

「杏奈さんのお母さんの事だから、杏奈さんが思う通りにするのが一番だけれど、僕達の意志を一つにする事が大事だと思う。杏奈さんの心の中でお母さんを助けたいという気持ちが引っ掛かるのであれば介護をするべきだと思う。僕は心から応援するし、たとえ離れて暮らしても杏奈さんに対する気持ちは絶対に変わらないから、杏奈さんも同じ気持ちでいてほしい。離れていても一心同体の気持ちがあればきっと頑張れると思う」

と離れて暮らしたくない気持ちを抑え、身を切るような思いで杏奈を説得した。杏奈は佑也に自分を引き止めてほしい気持ちもあったが、愛情溢れる話しぶりに心を打たれ、

「佑也さんと離れたくないけれど、いつも貴方が側にいると思って頑張ります。私、お母さんの介護をします」

と決意をし佑也の両手を握った。佑也は杏奈を抱き寄せ、優しく髪を撫でると、杏奈は佑也を見上げ涙を見せながらも微笑んでみせた。

どんなに辛い事があっても一緒にいればそれだけで幸せだった二人なのに、事実婚から

一年足らずで離れて暮らさなければならないとはあまりにも残酷であり、お互いに身を引き裂かれるような思いであった。

二十五

七月下旬、東京都よりついに競争入札の結果が発表された。経営推進室にて子飼いの課長が電話を取ると、

「様々な角度から検討した結果、山手屋様を落札者とする事に決定いたしました」

との決定が通達された。子飼いの課長は早速、山中に、

「新宿の土地は我々が落札者に決定しました。山中室長、やりましたね」

と興奮し上ずった声で報告すると、山中は、

「本当か?ありがとう。とうとうやったな」

と喜びを爆発させ、両手でがっちりと握手を交わした。

「早速、剣持副社長に報告してくるから、関係部署に伝えておいてくれ」

と命令しながら走って副社長室へ向かった。タバコをくゆらせている剣持に、

「今、東京都から通達がありまして、我々が落札者に決定しました」

と興奮しながら報告すると、剣持は、

「山中君、ありがとう。君と二人三脚で努力した甲斐があったよ。念願の新宿進出だ。これはめでたい、あははは っ」

と高笑いしながら山中と握手をした。これで剣持の社長就任、山中の常務取締役兼新宿店店長の就任が確定的となり、二人は目的を達成した喜びに酔い、山中は涙を浮かべていた。

その夜、渋谷の料亭で祝宴が開かれ、上座に座った剣持は満面の笑みを浮かべながら山中に、

「山中君、手段を選ばなかったのが功を奏したな」

と低く微妙な声で話し掛けると、山中は、

「そうですね。副社長の実力を改めて認識しましたよ」

と薄笑いを浮べた。剣持は、

「いやいや、このくらいの覚悟がないと大仕事はできんよ。君は新宿店店長として思う存分力を発揮しなさい。この店は都内で有数の百貨店になるよ。君の力で一流の店にしてほしいね」

と期待を込めて言うと。山中は、

「日本一トレンドな店にしてみせます。やり甲斐がありますよ」

と自信満々に答えた。

剣持派の面々が剣持を囲み無礼講の大騒ぎとなり、子飼いの課長が、

「これで完全に剣持派の天下です。剣持派万歳！」

と酔った勢いで歓喜の声を上げ、続いて全員が万歳の声を上げてコンパニオンも加わり、乱痴気騒ぎに発展した。

ところが一週間後、競合他社からの密告によりこの競争入札の裏では談合が行なわれたのではないか？との疑惑が持ち上がり、大物商工族議員の仲介により山手屋を落札者に導いたのではないかとのことであった。詳細はまだ調査中であったが、議員に仲介料が渡された可能性が指摘され、これを受けた東京都は入札を無効とする事を発表した。週刊誌には剣持と族議員が一緒にゴルフコンペに参加している写真が掲載され、益々疑惑が深まったのであった。

この事態に山中は焦り、剣持に連絡を取ったが音信不通の状態が続いた。世間では剣持と山中に対する風当たりは日に日に強くなり、社長以下経営陣は事態を重く受け止め、緊急の取締役会では剣持と山中が欠席の中、剣持副社長と山中取締役の解任を決定した。山中は絶望感に苛まれ路頭に迷い、自宅には戻らずホテルを転々としていた。

佑也は中元期の残務整理をしていたが、杏奈と別居する日が刻々と迫っており、言い様のない悲しみが胸一杯に広がっていた。杏奈も日に日に元気を失い、一度は佑也との話し合いで実家で母親の介護をする決意をしたものの、

「佑也さん、行くなって言ってくれないの？」

「事実婚てこんなにも壊れやすいのね」

と嘆いては佑也を困らせていた。杏奈は男性に対して人一倍情熱的な態度を表に出す性格なので予想していた事ではあったが、佑也もさすがに気疲れを感じていた。

喫煙所でタバコを吸って気を紛らわせていると、女性社員が駆け付け、

「部長が呼んでいます」

と呼びに来たので部長席の前に行くと、部長は、

「おお、諸星君、先般の職群転換試験だが合格だ、おめでとう。早速だが職群が変わったから人事異動だ。異動先は池袋店のデイリー食品だ。忙しい売場だが頑張りなさい」

と祝福しながら奮起を促した。佑也は売場に出るために職群転換試験を受けたつもりではなかったので複雑な心境であり、池袋店デイリー食品は池袋駅と直結しており、入店客数が多く全店で最も忙しい売場であった。男性平社員は売場の兵隊となって働かなければならず、食事、休憩以外は動きっ放しである事が予想され、適応障害の不安を抱えているため、果たして無事勤まるか不安であった。

部長から新給与の通知書が渡されたが支給額は全く変わっておらず、調整給が多少減っただけであった。この給与はマネジャー職の最下位に位置し、後方職からマネジャー職にテーブルが移っただけで全く昇給しなかった。昇給するかどうかは今後の評価次第であり、ましてや係長に昇進するのは程遠い話であった。苦労して合格を勝ち取った結果がこれかと思うとがっかりしたが、気を取り直して杏奈に電話をし、

「今、部長から発表があってね、お陰様で職群転換試験に合格したよ」

と報告をすると、杏奈は、

「おめでとう、良かったね」

と弾むような明るい声で祝福した。佑也は、

「ありがとう。杏奈さんのお陰です。でも給与は変わらないし、池袋店デイリー食品売場に異動の内示を受けたよ」

と声のトーンが下がったが、杏奈は、

「えっ、池袋店のデイリー食品?大変そうね。でも今までより期待されているって事だと思うから悪く考えない方がいいわ」

と佑也のやる気を促すようにアドバイスをし、

「杏奈さんの言う通りだね。頑張るよ」

と答えて電話を切った。

佑也は複雑な気持ちのまま帰宅をすると、杏奈は赤飯を炊いて待っており、久しぶりにひまわりのような笑顔で祝福してくれる杏奈を見ると複雑な気持ちは吹き飛び、杏奈は、

「佑也さん、本当におめでとう」

と再び祝福をして佑也に抱き付き、佑也も杏奈の柔らかい体に手を回した。こうして杏奈と抱き合う事ももうすぐできなくなるのかと思うと、胸が締め付けられるような思いであった。

社内では談合疑惑の話で持ち切りとなり、剣持と山中は行方知らずのままであった。そんな渦中、族議員に対する野党の追及は日に日に鋭さを増し、ついに国会の予算委員会で族議員と剣持の証人喚問が行なわれる事になった。族議員は野党の追及をのらりくらりかわしていたが、剣持は緊張の面持ちで、

「族議員とは全く話をしたことがない」

と答え、談合の有無については、

「交渉は全て山中取締役に任せていたので私は何も知らない」

と惚けて山中の責任にして逃げた。山中は剣持に裏切られた思いに陥り、益々絶望感に苛まれ、追及が自分に及ぶ事を恐れて恐怖に怯えた。

入社以来エリートコースをひた走り、人一倍のスピードで昇進を続け全く挫折を知らなかった山中。取締役に就任すると「流通業界の寵児」ともてはやされ、すっかり天狗になってしまい、初めての挫折というにはあまりにも事が大きく、ショックから立ち直れそうもなかった。出世欲のために剣持に深入りし過ぎて取り返しの付かない事となり、後悔したがもう遅かった。あまりにも早すぎる昇進が続き、自分を省みる事ができなくなり自分を見失って周囲の人間を見下すようになり、目先の俗事ばかりにこだわって、いつの間にか山手屋の悪い体質ばかりが染み付いてしまったのである。もう少し腰を据えて勤務に励み、本物の実力を身に付けつつ適正にステップをしていれば周囲の人間を見渡す事もできたはずであり、自分を見失って出世ばかりに気を取られる事もなかったであろう。

山中は自分のあり方の誤りに気付き、もう一回やり直したい気持ちであったが、すでに山手屋から追い出されてしまい家族に合わせる顔もないと思い、ただ絶望感だけが頭の中を支配した。これは山中だけの責任ではなく、適正な人事考課を行なっていない山手屋にも責任があり、人脈や情実のみで昇進や昇格を決めてしまう悪しき体質が山中のような勘違いをした人間を生み出してしまったと言っても過言ではなかった。

山中宅には報道陣が詰めかけたが、呼び鈴を鳴らしても誰もおらず返事がなかった。妻の沙代子も息子、龍真を連れて行方を眩ませてしまったのであった。ホテルに篭城している山中は悪夢のような現実にもがき苦しみ、頭を抱えたままベッドの上を転げ回った。天国から地獄へのあっという間の転落に耐えられず、狂ったような叫び声を上げて部屋の中のあらゆる物を辺りに投げ付け、ついには力尽きて子供のように泣きじゃくり再びベッドへ倒れ込んだ。あまりの精神的な苦痛に耐えられず気を紛らわすためにブランデーを浴びるように飲み続け、完全に自制が利かなくなっていた。

翌朝、山手屋内に衝撃のニュースが走った。山中前取締役が六本木のクリスタルホテルで首吊り自殺をしたという報道があり、死体の検視が行なわれた結果、首には帯の痕がくっきりと残っており、ゆかたの帯で首を吊ったものと判明、ホテルの部屋は様々な物が散乱している状態であったという。「流通業界の寵児」の最期は実に呆気なく脆いものであった。

山中の自殺は多くのメディアで報じられ、多くのメディアは、

―「流通業界の寵児」山手屋、山中前取締役自殺。競争入札をめぐる談合疑惑を苦に自殺か？―

といった見出しであり、キーマンの山中氏の自殺で疑惑解明に大きな障害が生じたとの論調であった。テレビに映された山中の遺体は毛布が掛けられ、「流通業界の寵児」が信じられないような無残な姿に変わり果てていた。

翌日には山中のお通夜が、翌々日には告別式が営まれ、山中の同期は全員出席が義務付けられ、佑也は杏奈、青木と共に告別式に参列をした。葬儀には社内はもちろん取引先等多数の者が参列しており、「流通業界の寵児」と呼ばれた山中に相応しい賑やかな葬儀であったが、本来、喪主を務めるべき妻、沙代子と剣持の姿はなかった。青木は同期達と会話をしていたが、佑也は自分だけ平社員という引け目があり同期達とは顔を合わせようともしなかった。杏奈はスカートがやや短めの喪服姿であり、可愛らしさに加えて妖艶さも漂わせていた。焼香が始まると佑也、杏奈、青木は順番を待ちながら言葉を交わし、佑也は、

「剣持副社長は酷すぎる。山中一人の責任にして自分だけ逃げようとは……」

と許し難いといった表情であった。杏奈は、

「沙代子は何を考えているの？奥さんが旦那さんを先頭に立って見送らないといけないのに、行方不明なんて酷い。女として見損なったわ」

と声が怒っていた。青木は、

「山中君、死ぬくらいなら堂々と真相を語れば良かったのに。こんなに弱い人だとは思わなかったわ」

と残念そうな表情であった。

やがて焼香が終わり、喪主の挨拶が行なわれ、妻、沙代子が不在のため代わりに父、雄一が挨拶をした。雄一はすでに泣き腫らした顔であり、声を震わせながら、

「本日は息子、彰二のために多数の方々のご参列、誠にありがとうございます。彰二は我が山中家の誇りでありました。しかし、悲しい事に自ら命を絶ってしまいました……。息子は山手屋に殺されたんだ。彰二を返してくれーっ」

と絶叫してすっかり取り乱し、その場でへたり込んで泣きじゃくった。その姿は大事な自慢の息子を失って悲嘆に暮れている哀れな老人そのものであり、斎場は俄に嗚咽が支配し、佑也が横目で杏奈と青木を見ると二人共もらい泣きをしていた。佑也は涙こそ出なかったものの、山手屋は妖怪や魔物が棲む怖ろしい会社だと改めて感じていた。雄一を長男の貞一が抱きかかえ霊柩車に乗り込み、山中の遺体が出棺され、参列者全員が合掌をして山中の最期を見送った。

その後、経営陣からは社内に談合疑惑について何の釈明もなく、組合幹部も何の追及もしなかった。社内には談合疑惑について一切口にしないよう緘口令が敷かれ、やがて山中の死が嘘のように山手屋内は落ち着きを取り戻し、何事もなかったような雰囲気となり平常通り営業が行なわれた。

翌々日、ついに杏奈が実家に帰る日を迎え、佑也は着替えている杏奈の姿をぼうっと眺めていた。昨晩、杏奈と激しく求め合い、まだ体に杏奈の柔らかい肌の感触が残っており、杏奈の日常の姿を見るのもこれが最後かと思うと、もっと抱き合って愛情を感じていたい衝動に駆られた。杏奈は珍しくシャツとジーンズというラフな姿であり、これからは母親の介護に専念し、もう佑也を意識した服装をする必要がないという意志の表れであった。

その姿に佑也は益々寂しさを感じ、杏奈を後ろから抱き締めると、

「佑也さん、そうやって抱き締められると辛い。離れられなくなるじゃない。お願い許して」

と涙ぐみながら放すように許しを乞い、佑也はそっと杏奈の体から腕を放した。

二人はマンションを出て手を繋いで国立駅へ向ったが、杏奈は長い間住み慣れ、佑也との愛の巣となったマンションを離れるのが身を切られるように辛かった。二人はプラットホームに立つと益々離れたくない気持ちが募り繋いだ手を放そうとせず、杏奈は東京行きの電車が何本到着してもなかなか乗ろうとしなかった。何本の電車を乗り過ごしたであろうか？佑也が横目で杏奈を見ると瞳が涙で溢れそうであり、杏奈を電車に乗せようと促し手を放すと、杏奈は、

「佑也さん、行くなって言って、お願い」

涙を流しながら佑也に抱き付いた。佑也は、

「そんな事言えないよ。益々離れられなくなるよ」

と辛そう表情をすると、杏奈は、

「じゃあ、このまま離れるって言うの？残酷だわ。佑也さんが行くなって言うのなら私、親子の縁を切ったって……」

と言いながら声を上げて泣いた。佑也は杏奈の両肩を抱きながら、

「僕達は永遠に別れる訳じゃない。親孝行は今しかできないんだよ。行かなかったらきっと後で悔いが残るよ。でも杏奈さんがいなくなるのかと思うと……」

と言葉を途切れさせ、佑也は珍しく不覚にも涙を溢してしまった。杏奈は初めて見る佑也の涙に驚き、佑也を見つめながら、

「佑也さんごめんね。困らせてばかりで本当にごめんなさい」

と自分だけでなく佑也も辛い気持ちを懸命に堪えていた事を肌で感じ、佑也の両手を握った。杏奈の気持ちはやっと前向きになり二人の気持ちが一つになって最後の抱擁を交わし唇を重ねると、杏奈は、

「佑也さんの体って温かいね」

と微笑み、佑也は、

「杏奈さんの柔らかい体、ずっと忘れないよ」

と答え、優しく杏奈の髪を撫でた。杏奈が、

「じゃあ行ってきます。体に気を付けて」

と言うと、佑也は、

「杏奈さんも体に気を付けて。毎日、電話とメールするからね」

と返事をし、最後の言葉を交わした。

杏奈は電車に乗り込み、ドアの前で眩しい笑顔で手を振ると、佑也も力一杯手を振って応え、杏奈は笑顔のまま大粒の涙を流した。佑也は懸命に追い掛けたが、やがて電車の姿が小さくなるとプラットホームの先端で、

「杏奈さん」

と大声で叫んだが、すでに電車が見えなくなり線路の先を見詰めたまましばらく動くことができなかった。こうして二人は離ればなれになり別居生活が始まった。

二十六

池袋店デイリー食品売場での勤務の初日を迎え、佑也は定刻一時間前に出勤したが、すでに担当係長は売場に出て開店準備をしていた。佑也が、

「館山係長、宜しくお願いします」

と挨拶をすると、館山は、

「貴方が諸星さんですか。開店準備をして下さい」

と挨拶もそこそこに命令をした。館山はうるさく部下に指示をして回り、開店時間が迫

ると佑也に鍵を渡して防火扉を開けてエレベーターを動かすように命令をした。佑也は要領が分からなかったが命令通り防火扉を開け、エレベーターを動かした。

開店し立礼が終わると館山は佑也に、一時間後まで店内を巡回して店内の構造を覚えろと命令した。池袋店の複雑な構造を一時間で覚えるのは不可能であったが、命じられるままに巡回を始めると旧知のフロア長と偶然に逢い話し込んだ。あっという間に時間が経過し、時計の針は十一時を指していたので慌てて食料品事務所に戻ると館山は、

「十一時を三分過ぎていますね。時間はちゃんと守れよ」

とむきになって佑也を叱った。館山は厳格な性格であり笑顔一つなく、佑也の二年後輩であるが先輩に対しても部下である以上、容赦のない態度であり、佑也は面食らい出鼻をくじかれた格好となった。

佑也は憂鬱な気分のまま館山の説明を聞き、カゴとカートの片付けを一日中やるよう命じられた。売場に出るとすぐにイメージが湧き、デイリー食品売場には十ヶ所の買物カゴの置き場があり、お客さんがカゴを取って買い回りをしてレジで清算をするが、袋詰めはセルフサービスであり、お客さんは清算後、カウンターで自ら袋詰めをして横にカゴを返却する仕組みとなっていた。客数が多く常に混雑しているため返却されたカゴはすぐに山積みとなり、常に十ヶ所のカゴ置場に戻す作業を繰り返さなければならない事を悟った。

佑也は早速作業に入ったが、返却されたカゴを置場に戻し再びカウンターに行くと、またカゴが山積みになっており再びカゴを戻す作業をした。これを一時間繰り返していると

さすがに体に堪え、単純作業の繰り返しのため余計心身共に堪えた。この作業を閉店まで繰り返すのはまるで拷問のように感じ、しかもこの売場の男性平社員は佑也しかいないため、一人でこの作業を行なわなければならなかった。館山は普段事務所で仕事をしているが、時々様子を見にきて、カゴが十ヶ所にバランス良く戻っていないと、

「ちゃんとやれ、さっきから滅茶苦茶な事をやっているじゃないか」

と容赦なく叱り付けた。

「食事はお客さんが少ない時に行け」

と指示を与えたが、この売場は日中お客が少ない時間帯はほとんどないため食事に行くタイミングが難しく、佑也がお客さんの様子を見て、

「食事に行ってもいいですか？」

とお伺いを立てると、館山から、

「今はお客さんが多い。後にしろ」

と一蹴されてしまった。ろくに食事にも行けないのでは？という佑也の予感は不幸にも的中してしまったのであった。

やっと初日を終えた佑也は汗びっしょりとなり、ぐったりしながら帰途に就き、脚をガクガクと痙攣させ、俺はこの売場で上手くやっていけるのだろうか？館山とはどうやって上手く付き合っていけばいいのか？――と途方に暮れながら倒れるように帰宅をした。

杏奈が実家へ到着すると、父、英一は満面の笑みで杏奈を迎え、

「杏奈、よく帰ってきてくれたなあ」

と手放しで喜び、

「お母さんを頼んだぞ」

とすっかり当てにしている様子であった。杏奈は、

「お母さんはどんな様子なの？」

と心配すると、英一は、

「やっぱり脚が動かないんだ。手は指だけは動くけれどね」

と苦い表情をした。杏奈は深刻な表情になり、

「分かったわ。お母さんの様子を見てくるね」

と答えながら母、清子の寝室に入ると、

「杏奈、お帰り」

と微かに微笑みながら弱々しくはっきりとしない言語で杏奈を迎えた。杏奈は、

「ただいま、お母さん」

と優しい笑顔で答え、

「気分はどう？大丈夫？」

と気遣うと、言語障害で言葉を十分に発することができないため、こっくりと頷くだけであった。横には車椅子が置いてあり、枕元には非常用の呼び出しボタンが設置されてお

り、杏奈は、

「明日からご飯は私が作るからね。何か困った事があったら呼んでね」

と伝え寝室を出た。

再び英一と話し始め、英一が、

「彼との生活はどうなんだ？大変だろう」

と心配すると、杏奈は、

「大変だなんて思った事がないわ。佑也さんと一緒になれて本当に良かった。毎日が楽しくて」

と幸せそうな表情で頬を赤く染めた。

「でも経済的に大変だろう。彼は新入社員並みの給料しか貰っていないらしいな。お前も働いているんじゃこれから先がきついぞ」

と再び心配すると、杏奈は、

「お金が大変だなんてあまり気にしていないわ。佑也さんと同じ会社に勤めているから安心よ。だって私達、山手屋で知り合ったんですもの」

と答えたが、英一は、

「そんなのろけ話を聞いているんじゃない。その内出産もするだろう。その時はどうするつもりなんだ？彼の給料じゃやっていけないぞ。悪い事は言わない、子供ができないうちに別れたらどうだ？」

と強い口調で勧めた。杏奈は俄に顔色を変え、

「お父さん、そんな事を話すために私を家に戻したの？彼と別居する事がどんなに残酷な事か分かっているの？お金とか子供とか佑也さんと二人で考える事よ」

ときっぱりと答えると、英一は激高し、

「杏奈、お父さんやお母さんがどんなにお前の事を心配しているか分からないのか？」

と叱り、英一には深い愛情で結ばれている二人に何を言っても無駄であることが未だに分かっていなかった。杏奈は、

「お父さんこそ何も分かっていないわ。私達は別居なんかしたくなかったけれど、佑也さんが今はお母さんの事が大事だからって、逆に私を説得して気持ち良く送り出してくれたのよ。他の男性ならそうはいかないかもしれないわ。彼、どこまでも優しい人だから。それなのにお父さんは彼を責める事ばかり言って……」

と絶句し顔を覆って泣いた。

英一は立ちすくみ、棚からブランデーを取り出して渋い表情で飲み始めた。杏奈は清子の介護のためにせっかく里帰りをしたのに早々と英一と喧嘩をしてしまい、泣きながら愕然とした気持ちになった。

佑也は連日売場でカゴとカートの片付けに追われ疲れを感じ、ふと杏奈はどうしているのか？ぼうっと考えていた。体が自由に動かないお母さんを介護するのは大変だろうな。

俺もへこんでなんかいられないな—、と思い巡らせているると不意にお客さんから池袋名店街への順路を聞かれた。把握をしていない佑也はフロアマップを見ながら説明しようとすると、館山が駆け寄り素早く案内をしてみせて佑也に、

「名店街は一番お客さんから聞かれるんだ。覚えていないなんて最悪だ。初日に巡回の時間を与えたのに何をやっていたんだ。ちゃんと覚えろ」

と早口でまくし立て踵を返した。この後輩係長は先輩に対する気遣いなど一切なく労う事を知らず、佑也は落ち込みそうになったが杏奈を思い浮かべ、自分を奮い立たせて再びカゴ片しに没頭したが、しばらくすると再び館山が現れ、

「ここの置場は四列だぞ。勝手に三列に縮めるな。置場の状態をちゃんと把握しろ」

と再び叱った。佑也はさすがに投げやりな気持ちになりかけ、この売場にいる限り永遠にカゴ片しに終始するのであろうか？—と疑問を感じた。この売場は消化店舗のためテナントの従業員が発注や品出しを行なっており、山手屋の社員は売上を始めとするテナント管理がメインの仕事であり、テナント管理は館山一人で行なっているため、当初、商品に触れながら仕事をする事をイメージしていた佑也は、カゴ片しに終始する毎日に余計落胆を感じていた。レジや配送品に触れる機会も全くなく、サポート会社がレジ打ちや配送品承りを行なっている側でひたすらカゴ片しをする虚しさが、佑也の胸の中で日に日に膨らんでいった。しかし、今までこの百貨店で散々な目に遭ってきたのである。それを考えたら、どんな仕事でも嫌がらずにやらねばと辛うじて自分自身を支えた。

閉店時、ペアの生鮮食品売場担当係長の石橋から鍵閉めの手順を教わった。石橋も佑也より二年後輩で館山とはH大の同窓であり、プロレスラーのような体型で強面であり、館山よりさらに無愛想であった。翌朝の鍵開けを佑也が行なうよう命令し、鍵閉めの逆をやればいいと指示をした。翌朝、佑也は開店十分前に石橋から教わった手順でメモをした手帳を見ながら鍵開けを開始したが、この売場は駅と直結しているため他店の売場よりお客の出入口が多く、開ける箇所が多いため迅速かつ正確に行なう必要があった。佑也は慣れていないせいか出入口の一ヶ所を開け忘れてしまい、見回りをしていた石橋は開け忘れた箇所を見つけて佑也を呼び、

「おい、諸星さんよ、昨日教えただろう。こんな大事な所を開け忘れやがってよ、ふざけるんじゃねえぞ。俺はぶち切れるぜ、ちゃんと聞いているのか諸星さんよ」

と黒く太った顔面をさらにどす黒くさせて怒り恫喝をした。佑也は言葉を失い顔面蒼白になって慌てて出入口の鍵を開けたが、焦ってミスがミスを呼びドアを開放状態にするためのドア止めをするのを忘れてしまい、さらに石橋の怒りを呼び、

「てめえ何もたもたしているんだ。これじゃ客が入れやしねえ」

と怒鳴り付け、自らドア止めをし、

「ちっ」

と舌打ちをして佑也の胸倉を掴み、ボディに軽くパンチを入れた。佑也はショックで立ち尽くしてしまい、二人の後輩係長からパワハラを受けている様は惨めの一言に尽き、精

神状態の悪化に拍車を掛けた。

過去に係長達から散々パワハラを受けてきたが、この百貨店のパワハラ体質は未だに佑也の後輩達にまで連綿と受け継がれていた。

二十七

佑也は休日、ベッドに横たわりぼうっと仕事や杏奈の事を考えていた。早くも池袋店デイリー食品の仕事にかなり嫌気が差し、今後どう乗り切ればいいのか考えあぐねていた。杏奈から、

「母の介護は順調だから心配しなくても大丈夫よ」

と聞いていたが、果たして本当なのか気になっており、杏奈のいない愛の巣はまるで太陽が沈んだように暗くて寂しかった。

ふと目を閉じると不意に呼び鈴が鳴り、のろのろと玄関の扉を開けると行方不明のはずの沙代子が立っており、さすがに驚いて仰け反りそうになり唖然とした。沙代子は下を向きながら、

「諸星さん、突然ごめんなさい」

と口を切ったが、行方を眩ましていた沙代子が突然訪ねてくる事自体、全く信じられな

かった。佑也は驚いた表情で、

「沙代子さん、突然どうしたの？」

と口を開くと、

「もう何処にも行く所がなくて。思わず杏奈に会いに……」

とバツの悪そうな声で言った。佑也は仕方がなく、

「どうぞ上がって下さい」

と沙代子を部屋へ招き、沙代子は遠慮がちに靴を脱いだ。

「すみません、お邪魔します。杏奈は出勤ですか？」

と聞くと、佑也は黙ったままうつむいた。沙代子は、

「突然、迷惑ですよね。どうしても杏奈に私の話を聞いてほしくて……」

と弱々しい声で言うと、佑也は、

「いや、迷惑とかではなくて、誰も行方が分からない貴女が我々を訪ねてくる事が信じられなくてね。息子さんはどうしたのですか？」

と聞いた。沙代子は、

「姉宅に預けています」

と答え、佑也は内心呆れながら、

「息子さん、お姉さんに預けて大丈夫なのかな？」

と疑問を呈すと、沙代子は、

「姉は信頼できる人だから、龍真にはもう少し我慢するように言い聞かせてあるわ」

と言いながらも心配そうな表情をした。佑也が、

「貴女は山中君を守る事を考えなかったのですか？」

と訝しげな表情で聞くと、沙代子は泣き出し、

「彰二さんがあんな事になって取締役を解任されてショックでみっともなくて、逃げ回ってしまって……、私が間違っていたわ。彰二さんの出世の事しか頭になくて、彼を追い詰めてしまって……、彼が自殺して初めて自分の間違いに気が付きました」

と自分を責め、今まで佑也と杏奈を散々馬鹿にしていた沙代子が別人のような台詞を吐き、お高く留まっていたかつての沙代子の面影は全くなかった。佑也が、

「貴女だけの責任ではないと思うけれど、山中君の事を悔いたのならこれからは息子さんをしっかり守っていくしかないのでは？逃げ回ったら余計追い詰められるだけだと思います」

と諭すと、沙代子は、

「諸星さんのおっしゃる通りです。私、退職して龍真と一緒に実家の長崎へ帰ります。今まで諸星さんと杏奈を散々馬鹿にしておきながら虫が良すぎるかもしれませんが、実家に帰る前に少しの時間でもいいので杏奈に会ってお別れをしたいんです。杏奈は会社ですか？」

と堰を切ったように頼んだ。佑也が、

「いや、杏奈さんはお母さんの介護で実家に帰っています。かなり忙しそうだから貴女と

会う時間が取れるかな？」

　と首を傾げたが、沙代子は、

「お願いします。どうしても杏奈に会いたいんです。私が龍ヶ崎まで足を運びます」

　と言いながら丁重に頭を下げた。沙代子の必死の願いに佑也は、

「分かりました。会ってくれるか分からないけれど、今電話で聞いてみます」

　と返事をしながら杏奈に電話をした。

「もしもし杏奈さん、忙しいところごめんね。今突然、沙代子さんが訪ねて来てね、行方不明だったから驚いたよ。沙代子さん退職して実家に帰るらしくて、その前に杏奈さんにお別れの挨拶をしたいから会わせてほしいと言っているけれど、時間取れるかな？」

　と申し訳なさそうに聞くと、杏奈は、

「えっ？沙代子が？本当なの？まさか私達のマンションに姿を現すなんて……」

　とかなりの驚いた様子であった。佑也は、

「沙代子さん、今までの事をかなり後悔しているみたいだし、龍ヶ崎まで行くとまで言っているから、少しの時間だけでも会ってあげたらどうだろうか？」

　と提案すると、杏奈は、

「分かったわ。佑也さん、沙代子の話を聞いてあげていたのね。ちょっと沙代子と代わってくれる？」

　と頼み、佑也は沙代子に携帯電話を渡した。杏奈は、

「沙代子、何処へ行っていたの？皆、心配していたのよ。山中さんの葬儀に姿を現さないなんて、山中さんが可哀想で……。それに、沙代子まで万が一の事があったらって思ったわ」

と一気に口を切ると、沙代子は、

「杏奈、いつも貴女とは喧嘩ばかりだったのに、心配してくれていたなんて……、本当にごめんなさい。私が直接電話をしても会ってくれないかなと思って、諸星さんが代わりに電話して下さって……」

と言葉が詰まり、思わず涙がこぼれそうであったが辛うじて堪えた。杏奈は、

「本当に無事で良かったよ。山中さんがあんな事になって辛い気持ちはよく分かるわ」

と沙代子に同情を示した。沙代子は、

「私はもうすぐ長崎へ帰るわ。その前に貴女に会ってお別れがしたいのよ。デパートガールとしての私は杏奈がいなかったらあり得なかったから感謝しています。杏奈、お母さんの介護で大変な時にごめんなさい。少しの時間でいいからお願いします」

と心から願い、杏奈はあまり時間的な余裕はなかったが、熱意に押され、

「いいわよ、明後日の四時頃龍ヶ崎市駅に着いたら電話くれるかな？」

と承諾をした。沙代子は、

「杏奈、本当にありがとう。宜しくお願いします」

と嬉しそうにお礼を言い、佑也に代わると杏奈は、

「沙代子に代わって電話してくれてありがとう。沙代子とはもう最後だし会う事にしました」

と明るい声で答え、佑也は、

「杏奈さんありがとう。くれぐれも無理のないようにね」

と返事をし電話を切った。

「杏奈さんと会えるね。良かったね」

と沙代子に笑顔を見せると、

「ありがとうございます。諸星さんのお陰です。杏奈と笑顔でお別れをします」

と頭を下げてお礼をした。佑也は、

「早く息子さんの所へ行ってあげて下さい。心配している人達もいるだろうし」

と背中を押すように言うと、沙代子は、

「はい、そうします。ごめんなさい、突然訪ねたのに話を聞いてくれて、杏奈に電話までして下さって……」

と心から感謝をし、

「諸星さんは彰二さんと全然違うわ。杏奈が羨ましいです。今までお世話になりました」

と頭を下げると、佑也は頷いて沙代子を送り出した。

二十八

佑也はいつものようにカゴ片しの仕事をしていると体に異変を感じた。激しい疲れだけではなく目眩がし顔面が火照って仕方がなかったが、このくらいの事で音を上げているようでは情けないと思いカゴ片しを続けた。今度は冷汗が滝のように流れ始め気分が悪くなったが我慢をし、総合レジ正面のカゴ置場へ行くと、館山が突然佑也に向かって、

「おい、何をやっているんだ。列が偏っているじゃないか。ちゃんと案内しろ」

と怒鳴り付けた。総合レジは日中七台稼動しているが、三台目のお客さんの列より四台目の列の方が多く並んでおり、四台目の列のお客さんを数人三台目に案内して列が偏らないように気を配れという意味であり、佑也は慌てて四台目の列に駆け寄り三台目の列に数人案内をした。

　この出来事がお客さんから投書され思わぬクレームとなり、私はいつもデイリー食品で買物をしていますが、見苦しい出来事がありました。レジに並んでいた時、腕章を付けた責任者らしき人が部下の方に向かって「列が偏っている、ちゃんと案内しろ」と怒鳴り付けていました。部下の人は丁寧に私を短い列に案内してくれましたが、並ぶのは慣れていますので逆に恐縮してしまいました。それなのに、あの責任者の人は凄い声で部下の人を怒鳴り付け、さも偉そうな態度が見苦しくて部下の人が可哀想です。ああいう人を売場に

立たせるのはいかがなものでしょうか？ご回答をお願いします—、と佑也ではなく館山に対するクレームであった。

このクレームを受けて館山と佑也がフロア長から事務所に呼ばれた。フロア長は、

「今、顧客サービス部からクレームの報告があった。事実関係を確認する」

と眉間に皺を寄せながら言い、

「館山係長、お客さんの前で諸星君を怒鳴り付けたのは本当か？」

と追及すると、館山は、

「列が偏っているのに諸星さんが知らん顔をしているから注意をしたのです。諸星さんが機敏な行動を取っていればクレームにならずに済んだのです」

と佑也に対する態度とは打って変わって丁寧な口調で説明したが、棘のある言葉で佑也を非難した。フロア長は呆れ、

「館山係長、誰のせいとかそんな事は聞いていない。君が諸星君を怒鳴り付けたのか？と聞いているんだ」

と改めて追及すると、館山は下を向いて黙ってしまった。佑也に、

「君がお客さんの前で館山係長に怒鳴り付けられたのは本当か？正直に言っていいよ」

と促すと、佑也は、

「はい、館山係長に厳しく注意をされました」

と正直に答えた。館山に、

「館山係長、今社内では厳しいコンプライアンス規定が設けられている。君はお客さんに対するコンプライアンスができていないよ。責任者の腕章を付けて売場に立つ以上はその重みを自覚しないと駄目だ。お客さんの前で部下を怒鳴り付けるのは止めるように」

と注意すると、館山はしおらしく、

「申し訳ございませんでした」

と頭を下げた。佑也には、

「レジは混雑すると列に偏りができることがあるからよく目配りをした方がいいよ」

と丁寧な口調で諭すと、佑也は、

「はい、気を付けます」

と返事をし、フロア長は、

「館山君、顧客サービス部には報告しておく。このお客さんは外商顧客である事も忘れないように。二人共仕事に戻っていいよ」

と二人を解放した。

しばらくすると、館山は佑也をバックヤードに呼び付けて、

「諸星さん、あんたがちゃんと仕事をしないからこんな事態になったんだ。いい迷惑だ。これ以上俺の足を引っ張るのは止めてくれよ。分かったか、返事をしろ」

と因縁を付けた。佑也は悔しくて仕方なかったが言い返すことができず館山から離れ、激しい怒りを感じると共に精神的にすっかり参っていた。

杏奈は実家で精一杯清子の介護をしていたが、想像以上の重労働にかなり疲れを感じていた。指先しか動かないため体を起こして食事をさせるのが一苦労であり、小柄な清子の体でもかなりの体力を使った。車椅子でトイレに連れて行くのも一苦労であり、いくら母親とはいえ排便をさせる作業は苦痛を伴い、夜中に起こされることもしばしばで睡眠不足に陥る日もあり、佑也のために家事をする方がどれだけ楽しいか身に染みて感じていた。まだ若い杏奈でも女性一人に介護をさせるのは明らかに重労働であり、英一は勤務後、杏奈に代わって介護をし、週二回ヘルパーが来ることになった。

風呂に入れたり、日中は健康のために車椅子を押して散歩に連れて行くが、この時間はゆっくり母子の会話を楽しみ、杏奈にとっても貴重な時間で大切にするよう心掛けた。杏奈は、

「お母さん、心配してくれてありがとう。大丈夫、私は佑也さんと暮らして本当に良かったわ。彼は優しい人で一度も怒られた事がないのよ」

と心底幸せそうな表情をすると、清子も今までは佑也との結婚を反対していたが、大病したことにより心境が変わった様子であり、杏奈が幸せである事を喜び安堵の表情を見せ、杏奈にとって母親に認めてもらえた事は大きな喜びであった。

夕食を取りながら杏奈は英一に、

「お父さん、今日散歩している時にね、佑也さんと暮らして幸せよって話したらお母さん

凄く喜んでくれたのよ。私嬉しくて……」

と満面の笑みで話すと、

「うーん、そうか。諸星君との結婚にはむしろお母さんの方が反対していたのだが……」

と複雑な表情をした。

「お母さんは生死を彷徨って幸せってどういう事かよく分かっているのよ。ねえ、お父さん」

と相槌を求めると、

「まあそれは分かるが、しかし……」

と返事をしたところで杏奈の携帯電話が鳴った。佑也からの電話であり、杏奈は弾むような声で、

「佑也さん、毎日電話ありがとう。仕事はどんな様子?」

と聞くと、佑也は、

「厳しいよ。想像をはるかに超えているよ」

と元気のない声で答えた。杏奈は、

「そうなの?大丈夫?あまり無理をしないでね。私は大丈夫よ。最初はお母さんを起こすのも大変だったけれど、大分慣れたわ。週二回ヘルパーさんも来ているし」

と佑也を心配しながらも元気に話した。

「そうか、良かった。シフト休日の日に手伝いに行こうかと思ったけれど」

と言うと、

「ありがとう。でもしばらくは無事に介護できそうだから心配しないでね」

と佑也を安心させるように言った。

「それからね、佑也さんと暮らして幸せよって言ったらお母さん初めて喜んでくれたのよ。私嬉しくて……」

と喜ぶと、

「本当かい？良かったなあ。お母さんが認めてくれて何よりだよ。実家に戻った甲斐があったね。杏奈さんの努力のお陰だよ」

と俄に元気な声になった。電話を切った後、杏奈は、

「お父さん、佑也さんからよ。彼、心配して毎日電話をくれるわ。手伝いに来たいって。大丈夫だからいいわって返事したけれどね」

と笑顔で報告すると、英一は、

「杏奈、手伝いになんか来させなくていいよ。頼むから来させないでくれ」

と目を見開いて慌てたような表情をした。杏奈は、

「お父さん、どうしたの？そんな顔をしなくてもいいじゃない」

と嗜めたが、英一は依然、佑也を認めておらず、もし正式に籍を入れたいと切り出されたらと恐れ、思わず動揺したのであった。

明らかな体調の異変を感じた佑也は東京中央病院へ向かった。勤務中目眩がして疲労が

激しく、館山、石橋の両係長からパワハラを受け精神的にかなり落ち込んでいた。待合室は陰鬱な雰囲気が漂い、明らかに精神的な疾患を思わせる患者がうつむいて診察を待っており、医師は権威者の長沢のため二～三時間待ちは当たり前で混雑し、佑也は座ることもできずに立って診察を待っていた。

佑也の順番になり、長沢は銀縁の眼鏡を光らせながら、

「顔色が良くないですね。調子はいかがですか？」

と鋭い視線を向けると、佑也は二人の係長からパワハラを受けて精神的な落ち込みが激しい事や目眩の症状を訴えた。長沢は、

「明らかに抑うつ状態に入って適応障害が再発しています。まずは一ヶ月くらい休養を取ったらいかがですか？」

と勧めると、佑也は、

「休んではいられません。また人事に適応障害の話をして休んだら、人事考課に大きく影響します」

と拒否し、実家に帰って介護を頑張っている杏奈のためにも休んではいられないと思った。

「いや、休養を取らないと適応障害が益々悪化しかねません。人事考課の事は気にしない方がいいですよ。回復したらまた挽回すればいいじゃないですか」

と再び勧められると、佑也は、

「先生のご指示通りにします」

と休む事を決意した。長沢は、

「山手屋人事宛に診断書を書きましょう。しかし、貴方の会社のパワハラ体質には困ったものですね」

と渋い表情をしながらペンを走らせた。

診察が終わり、佑也が本社人事の労務厚生を尋ねると、担当女性係長は、

「諸星さん、大丈夫ですか？我々人事が異動先の判断を間違えてしまったような気がします。諸星さんの責任と思わないで下さい。長沢先生の診断の通り明日から一ヶ月の休養を取って下さい。売場には私から伝えますし、有給休暇消化の手続きも全て私がやっておきますから安心して休んで下さい」

と指示をした。佑也が、

「色々ご足労をお掛けします。宜しくお願いします」

と頭を下げると、女性係長は、

「病気を治すのが先決ですからね。今後、長沢先生の診察の結果は適宜教えて下さい」

と指示をし、佑也は帰途に就いた。

佑也はベッドに横たわり、せっかく職群転換できたのに僅か一ヶ月足らずで自宅療養をする事になり悔しい気持ちが湧いてきた。一ヶ月後にはどの部署へ異動するのだろうか？人事考課に影響してまた昇格なしか―、と悶々と考えて自分を責めた。夕食後、六種類の

薬を飲みながら、適応障害をどうやって克服したらいいのであろうか？休まなければならない事を知ったら杏奈がさぞ心配するであろう――、と考えあぐねながら頭を抱えたまま眠ってしまった。

翌朝、女性係長は池袋店人事とデイリー食品売場を訪ね、佑也が体調不良により一ヶ月休む事を伝えた。突然の事にフロア長は啞然とし、館山は怒り狂い、

「諸星の野郎、自分では電話一本入れないで休みやがって、ふざけるんじゃないよ。あいつカゴ片しが嫌になったんだな。卑怯な奴だ。他にカゴ片しをやる奴がいない。俺がやらなくちゃいけないよ。勘弁してくれよ」

とぼやきまくり佑也を恨んだ。佑也をカゴ片し要員としか考えていないのであろうか？佑也に対する数々の酷い言動については全く反省しないどころか、自分には全く落ち度はないと信じ込んでいた。

二十九

約束の日の午後四時頃、沙代子は龍ヶ崎市駅に到着し感慨深げな表情で杏奈に電話をした。

「もしもし杏奈？龍ヶ崎市駅に着きました」

と言うと、杏奈は、

「じゃあ、東口正面の道の右側を歩いて十軒目くらいの『チャペル』っていう喫茶店にいるから、来てくれるかな？」

と答えた。沙代子が喫茶店に足を踏み入れると、杏奈は沙代子の無事な姿に安堵の表情を浮かべ、沙代子は微かに微笑み穏やかな気持ちで正面の椅子に座った。二人の美女が向かい合っている様は実に華やかであったが、正反対の性格で相性が悪かった二人の間にまともな会話が成立するのであろうか？

沙代子は初秋に相応しい涼しげなドレス姿であったが、杏奈はTシャツにジーンズといった彼女らしからぬ姿であり、介護に夢中でお洒落もままならぬ事を窺わせていた。沙代子が、

「突然ごめんね。お母さんの介護大変なの？」

と遠慮がちに聞くと、杏奈は、

「沙代子こそ何処で何をしていたの？辛くて大変だったのは分かるけれど、沙代子にもしもの事があったらって……」

と悲しげな表情になり、沙代子は悲痛な声で、

「彰二さんが事件に巻き込まれて取締役を解任されて、世間体を気にして逃げ回ってしまって。私が普段から彼にもっと温かく接していれば、私が彼を家で待っていてあげれば、彼は自殺なんかしなかったかもしれないのに……」

と後悔して黙ってしまった。杏奈が、

「本当に大変だったわね。でもね、沙代子、こんな言い方をするのは可哀想かもしれないけれど、貴女はちゃんと山中さんを愛してあげていたの？」

と疑問を投げ掛けると、

「私は彰二さんの見せ掛けの魅力ばかりを追い掛けて、本当の愛情を注いでいなかったのよ。私は妻としても女としても失格だったわ。今さら気が付いても遅いけれどね」

と再び後悔し、杏奈は、

「これからは山中さんの分も頑張って、息子さんを守っていくしかないんじゃないかしら？もう逃げ回ったら駄目だよ」

と忠告をした。沙代子は、

「諸星さんからも同じ事を言われたわ。何処にも行く所がなくなって貴女のマンションを訪ねて、諸星さんにもすっかり甘えてしまって。杏奈、許してくれないよね」

と謝り、杏奈の心は少し波立ったが首を振り、

「いいえ、彼、お人好しだから貴女の話を真面目に聞いてくれたのね」

と少し微笑みながら返事をした。沙代子は意外そうな表情で、

「杏奈、ありがとう。今まで貴方達を散々馬鹿にしておきながらごめんなさい。諸星さんて誠実で優しい人だわ。浮気性で調子のいい彰二さんとは全然違う。杏奈が羨ましくて……」

と心から羨むと、杏奈は、

「沙代子が私を羨ましがるなんて貴女らしくないわ。山中さんには佑也さんにはない魅力があったと思う」

と驚いた表情をすると、沙代子は首を振りながら、

「彰二さんが本当に好きだったのは杏奈なのよ。私にはよく分かっていたわ」

と悲しそうな表情をした。杏奈は目を見開いて、

「そんな事言っちゃ駄目よ。貴女は山中さんの大切な奥さんだったのよ」

と沙代子を制したが、沙代子は構わず、

「杏奈に負けたくなくて、彰二さんの出世ばかりを願って生きてきたわ。私って本当に馬鹿よね。私は女として杏奈に負けたわ」

とむしろ爽やかな表情で言った。杏奈が、

「私に負けただなんて……、またこれから幸せを掴めばいいじゃない」

と微笑むと、沙代子は、

「私、新入社員の時、杏奈に逢って初めて女としてこの子には敵わないと思ったわ。誰からも愛される天真爛漫さと可愛らしさ。彰二さんも諸星さんも杏奈に一目惚れ。だから仕事だけは貴女に負けたくないって意地を張って生きてきたのよ。杏奈に振られた出世頭の彰二さんに目を付けて夫の出世で杏奈に対抗しようと。私って心が貧しいよね」

と恥ずかしそうな表情をした。杏奈は、

「何を言っているの？貴女は山手屋立川店憧れのエレベーターガールじゃない。山中さんと沙代子は素敵な夫婦だったわよ」

と笑顔で答えたが、俄に表情を変えて、

「私は佑也さんと一緒に暮らすことができて幸せだったけれど、別居したから、もっと彼を幸せにする事を心掛けないと幸せは戻らないと思っているわ。幸せって自分の手で摑まないと駄目だと思う。彼、社内で厳しい立場に立たされているし、これからどうしたらいいのか不安で仕方がなくて……」

と辛い胸中を吐露し、沙代子は、

「杏奈も大変なのに頑張っているのね。私も自分の手でまた幸せを摑むように頑張るわ」

と自分自身に言い聞かせた。杏奈は沙代子と多くを語るつもりはなかったが、いつの間にか女性ならではの会話に夢中になっていた。

杏奈は時計を気にして、

「沙代子、早く息子さんを迎えに行かないと、待っているわよ」

と促すように言うと、沙代子は、

「そうね。杏奈、今日は色々ありがとう。貴女に会えて本当に良かったわ」

とお礼を言って席を立った。杏奈は沙代子を駅まで送り、沙代子は、

「杏奈、元気でね。今までありがとう。諸星さんにも宜しく伝えてね」

と再びお礼を言うと、杏奈は、

「沙代子も元気でね。山中さんの供養のためのも、山中さんの分まで頑張ってね」

と温かい言葉を掛け、沙代子の目から堪えていた涙が一気に噴き出て目頭を押さえながら駆け足で電車に飛び乗った。杏奈も瞳を潤ませながら沙代子の後ろ姿を見送り、しばらく佇んでいた。

三十

杏奈は清子の車椅子を押して散歩をしながら佑也の事ばかりが気になっていた。毎日電話をくれていたのに、ここ二、三日は電話はおろかメールすらなく、何か佑也の身の上に悪い事が起きたのではないかと心配をしていた。

杏奈の勘は鋭く、仕事上で何か問題が起きたのではないか?と思い、いきなり電話をするよりはメールの方が返事をしやすいだろう考え、早速メールを打った。

「佑也さん、お元気ですか?お仕事が大変そうですが体調はいかがですか?どんな話でも大丈夫ですから返事を下さいね。佑也さんの声が聞きたいです」

と杏奈らしい優しい配慮が感じられるメッセージであり、佑也は杏奈の配慮を汲み取り、早速電話をした。杏奈は佑也からの電話にほっとした気持ちになり、

「電話もせずにごめんなさい。実は適応障害が再発して医者の指示で休暇を取っています」

と重い口を開いた。杏奈が、

「売場で何かあったの？」

と優しい口調で聞くと、佑也は、

「二人の係長からパワハラを受ける毎日で、勤務中に目眩がして疲れやすくてね。気分も落ち込んでしまって……、長沢先生に診てもらったら一ヶ月休養を取るようのに言われて……、杏奈さんにどう話したらいいのかって。黙っていてごめんなさい」

と心から詫びたが、杏奈は、

「そんなに謝らなくてもいいよ。お医者さんの言う通りにした方がいいわ。ゆっくり休んでね。私、当分戻れないから何もしてあげられなくてごめんなさい」

と逆に謝った。佑也は胸をじんとさせ、

「ありがとう。杏奈さんが大変な時に心配を掛けてしまったね」

と心から感謝をし、杏奈は、

「私が辛い時は佑也さんに助けてもらっているし、今度は私が助ける番よ」

と佑也を優しく励ましたのであった。佑也は杏奈の優しい言葉で救われた気持ちになり、たとえ離れて暮らしていても杏奈という素晴らしいパートナーがいることに改めて感謝をし愛しさが募った。

　杏奈は佑也と離れて暮らしているがゆえに何をしてあげられるのか考えあぐね、青木に電話をした。

「あら杏奈ちゃん、久しぶりね。お元気ですか？お母さんの介護どんな様子？大変ね」

と気遣う青木の声を聞くと、杏奈は心が安らぎ、

「法子さん、お久しぶりです。母の介護、頑張っています。法子さんも知っていると思うけれど、佑也さん、また適応障害を患って休んでしまって、彼に何をしてあげられるのか分からなくなってしまって……」

と明るく返事をしながらも再び考え込んでしまった。青木は、

「私も昨日知ってね、池袋店に電話をしたら、諸星は休んでいますと言われて驚いてわ。酷い噂を聞いたんだけれど、あそこの係長がお客さんの前で諸星君を怒鳴り付けたらしいのよ。それなのに、自分の非を棚に上げて諸星君の事を根に持っていじめていたらしいわ。池袋店は冷たい雰囲気で有名だけれど酷い話だと思ってね。私も何か諸星君の力になれないか考えていたところなのよ」

としばし考え、何かを思い付いたように、

「杏奈ちゃん、私は適応障害の事には詳しくないけれど、できるだけの事はしてみるわ。杏奈ちゃんはとにかく彼を励ましてあげてね。また私から電話します」

と伝え電話を切った。杏奈にとって青木の「できるだけの事はしてみる」の言葉を心強く感じ、自分まで落ち込んでしまったら佑也が救われないと改めて前向きな気持ちになった。

立川店婦人小物フロア事務所ではフロア長と係長達が日曜日恒例のミーティングを行なっていた。フロアの売上や売り出し、ハウスカード獲得状況などを確認し解散すると、青木はフロア長の高野に、

「フロア長、折り入って相談があります」

と真剣な眼差しで相談を持ち掛けた。高野は、

「どうした？青木係長」

とやや怪訝な表情になり、

「実は婦人靴売場に男性社員が必要ではないかと考えています」

と意見を述べた。高野が、

「ほう、何故なのかな？」

と疑問を投げ掛けると、青木は、

「例えば季節商品の入れ替えや売り出しの設営の時、女性達だけでは重労働でなかなか捌けずに困っています。あと、お客さんは婦人靴について年々デリケートになってきてクレームが増えて、今のメンバーだけでは対応し切れない事が多々あります。私もマーチャンダイザー兼務なので一人男性社員がいればどれだけ助かるかと思いまして……」

と理路整然と説明をした。高野は、

「なるほど。しかし、青木係長がそんなに困っているなんて意外だな。君がどうしてもと言うのなら力になるが、果たして本社人事が男性社員をそう簡単に入れてくれるのかな？」

と青木の相談に理解を示しながらも首を傾げた。

青木は俄に鋭い目付きになり、

「実は当てがあります。現在、池袋店食料品所属の諸星君を私の売場に転属できないかと考えています」

と単刀直入に言うと、高野は、

「えっ、諸星君を?昔うちの店にいたな」

と驚いた表情をし、

「青木係長、彼は体調を崩して休んでいるそうじゃないか。そんな彼を本社人事がうちのフロアへの転入を了承するかな?それはさすがに無理なんじゃないか?」

と疑問を呈した。青木は熱い口調で、

「彼が体調を崩したのは度重なるパワハラが原因です。パワハラさえなければ彼は真面目に働く人物です。彼は私と同期で彼の事は新入社員の頃からよく知っています。私が彼を守りつつ仕事をしてもらいますからお願いできないでしょうか?」

と強く訴えると、高野は、

「君がそう言うのなら間違いないと思うが、単に男性社員を一人というのならともかく、諸星君個人をうちのフロアに転属させるにはかなりの根回しが必要だよ。彼じゃないと駄目なのか?」

と青木の訴えに理解を示しながらも考え込んだ。青木は、

「私の売場に彼が必要です。彼を救う事にも繋がります。高野フロア長、何とか力になってもらえないでしょうか？」

と必死に頼み込み、高野は熱意に押され、

「分かった。君がそこまで言うのなら、まず店人事に話してみよう。店長にまで話が行くかもしれないが、そこからが問題だな。店長も君の事は買っているから考えてくれるかもしれないが、諸星君個人をどう捉えるかな？できるだけの事はしてみるが」

と青木の訴えに引き込まれて展望を描いた。青木は祈りにも似た気持ちで、

「ありがとうございます。高野フロア長、どうか宜しくお願いします」

とお礼を言いながら丁重に頭を下げた。

事務所を出た青木はこっそり佑也に電話をし、

「諸星君、休養中にごめんね。余計なお世話かもしれないけれど、休養が明けたら何処の部署に行きたいの？」

と聞くと、佑也は、

「今は何も考えていないよ。いずれ本社人事から希望を聞かれるだろうけれど、こんな形で休んだから行ける部署は限られているだろうし、とても希望通りなんて無理だと思う」

と達観したような口調で言った。青木は佑也に同調するように、

「うーん、そうかもしれないね」

と反応しながらも、

「もし良かったら、私の売場で勤務してみない？」

と打診をした。佑也は驚き、

「えっ？青木さんの売場に？そんな事が可能なのですか？」

と返事をすると、青木は堰を切ったように、

「私、諸星君が酷い目にばかり遭っているのを見過ごせないのよ。私が力になれたらと思ってね。だから私の売場に来てほしいのよ。貴方の仕事ぶりや性格は誰よりも分かっているつもりです。同期の私が上司なんて嫌かもしれないけれど大丈夫、私はパワハラとかいじめは絶対に許しませんから。貴方が私の売場に来て救われるのならっていう気持ちで一杯なのよ」

と説得をした。佑也は青木の善意が心に響き、彼女以外に自分を救おうという人物はいないであろうと思い、

「青木さん、本当にありがとう。涙が出るほど有難い話です。青木さんの下なら喜んで働きますよ。でも、そう簡単に貴女の売場に転属できるのだろうか？却って青木さんに迷惑が掛かるのでは？」

と心から感謝をしながらも疑問を感じると、青木は、

「フロア長も協力すると約束してくれたわ。大丈夫、私に任せて下さい」

とあくまでも強気であった。佑也は、

「全て青木さんにお任せします。でもあまり無理をしないようにして下さい」

と気遣うと、青木は、

「できる限り頑張ってみます。ただ杏奈ちゃん以外には内密にお願いします」

とやんわりと釘を刺した。

佑也は自分を救うために努力をしてくれるだけでも嬉しかったが、果たして青木の善意を受け入れるほどの温情がこの会社にあるのであろうか？——という疑問は拭い切れなかった。

池袋店食料品事務所では仕事中の館山がフロア長から別室に呼ばれ席を立った。フロア長は館山にソファに座るように勧め、館山は少し緊張しながらも機嫌良く、

「フロア長、三日前から契約社員が入ってカゴ片しをやってくれています。諸星が突然休暇に入った時はどうなることかと思いましたが、ようやく落ち着きました」

と安堵の表情で報告すると、フロア長が、

「そうだね。ここのところバタバタしていたからね。ところで館山君、人事異動の内示をする。山手物産へ出向してもらう。九月二十日付だ。身辺整理、引継ぎを宜しく頼むよ」

と淡々と内示をした。館山の顔色はみるみる変わり、

「えっ、山手物産ですか？何故私が……？」

と信じられないといった様子で絶句すると、フロア長は、

「山手物産は海外進出を狙っていてね、君は英会話が堪能だから白羽の矢が立ったのだよ。課長として迎えられるから期待されているよ。頑張りなさい」

と笑顔で激励をしたが、山手物産は従業員が五十名程度の子会社であり事実上の左遷であった。佑也を外商顧客の前で怒鳴り付けクレームになり、この出来事が全店に知れ渡った事で外商部長の怒りを買った事が左遷の原因であった。この外商顧客は池袋店でトップクラスのお買上げ額を誇り、このまま館山をデイリー食品売場の責任者にしていたら売上に大きく影響する恐れがあり、館山を売場から出す事は妥当な判断であった。

館山は未だに自分に非はないと信じ込んでおり、何故、出向しなければならないのか納得がいかなかった。新入社員の時から池袋店勤務であり、あと数年でフロア長に昇格すると見られており、ほとんど挫折を知らないためショックは大きくがっくりと落ち込んでしまった。この内示を聞き付けた同期の係長、石橋は、

「館山よ、俺も悔しいぜ。俺達H大コンビで池袋店食料品を牛耳れると思っていたからな」

と館山を慰め、

「俺も諸星の奴を怒鳴り付けてやったんだが、あのボケのせいでお前はとばっちりを食ったんだ。館山よ、俺が必ず敵を取ってやるからな」

と館山と共に佑也を逆恨みして凄んだ。

その頃、佑也は本社人事から呼び出され、担当課長から休養明けの異動先の希望を聞かれていた。青木からの打診があったため、

「特に希望はありませんが、私を受け入れていただいて安心して働ける部署であればそれで結構です」

と青木の計らいに支障がないよう当たり障りのない回答をし、担当課長も、

「分かりました。よく検討してみます」

とそれに対応するような返事をした。面談はあくまでも希望を参考程度に聞くだけのものに過ぎず、希望が通る事はほとんどないため青木の計らいが一縷の望みであったが、この面談の感触だけでは異動先がどう転ぶのか、推測するのは困難であった。

三十一

立川店の店長室では高野が店長の福田から呼び出され、かなり厳しい言葉を浴びせられていた。福田は、

「高野フロア長、諸星とかいう平社員の転入のために私に一体何をしろというのだ。店人事から聞いて呆れたよ。そんな事のためにいちいち動き回るほど私は暇ではない。君が本社人事に直接頼めばいいじゃないか。君は一体何を考えているのか?馬鹿馬鹿しい」

と辟易々した表情で吐き捨てるように言葉を投げ付けた。高野は食い下がるように、

「しかし、私や店人事が動くだけでは諸星君個人の転入は不可能です。店長のお力がなければ本社人事は動いてくれません。だからこそ店人事も店長にお話ししたのだと思います。婦人靴売場に男性社員が必要です。理由は先程お話しした通りです。青木係長が諸星君を

是非と推していますからお力になってやって下さい」

　と必死に頼むと、福田はさらに怒りを増幅させ、

「君はまだそんな事を言っているのか？男性社員が必要なら君がフロア内異動で男性社員を婦人靴売場に引けばそれで済む事じゃないか。店人事を煽動していちいち私の手を煩わせるのは止めてもらいたいね」

　と益々態度を硬化させ、ぷいと横を向いてしまった。

　一旦退き下り、フロア事務所に戻った高野は青木に、

「青木係長、いくら話しても店長が頑なに動いてくれなくてね。池袋店との店間異動でしかも諸星君個人の転入となると、本社人事が間に入って福田店長と池袋店の店長が話し合わないと無理だからね。困ったな」

　と弱った表情をすると、青木は苦しげな表情で、

「そうですか、厳しいですね。これ以上フロア長にご足労をお掛けできません。私が店長に直談判しますからご許可願いますか？」

　と腹を括り、許しを得ようとした。高野は驚き、

「えっ？君から直談判？それは無茶な話だよ。益々店長を怒らせるだけだ。残念だけれどこれ以上どうにもならないと思う」

　と達観したように言うと、青木は、

「フロア長にご迷惑は掛けません。全て私の責任でやらせてもらいます」

と強気の姿勢を崩さず、高野は、

「私からはこれ以上何も言う事はない。君の判断に任せるよ」

と返事をした。

早速、青木は店長室を訪ねると、書類に認印を押している福田に、

「福田店長、私からもお願いします。諸星君の転入のお力添えをしていただけないでしょうか？」

と必死の思いで頭を下げると、福田は、

「今度は青木係長からか、いい加減にしてもらいたい。君は自分のやっている事が分かっているのか？フロア長を飛び越して直談判するとは常識外れにも程がある。君は何年勤務しているんだね。社会人失格だよ」

と激怒し手で追っ払おうとした。何と青木はその手を摑み福田を鋭い眼光でじっと見ると、福田は驚き思わず目を伏せてしまい自ら店長室を出ようとしたが、ついに青木は出口に仁王立ちをした。福田は、

「何をするんだ。そこを退きなさい」

と叫んだが、青木は、

「店長、何故ですか？これだけお願いしても駄目なのですか？私は部下の事を常に最優先して勤務しています。部下達のためにも諸星君の力を借りたいのです。店長はご自分を優先するのですか？どうか部下達のために力になって下さい。お願いします」

と声を振り絞り土下座をして訴えた。果たして、店最高責任者の店長にここまで物が言える係長がかつていたであろうか？福田は青木の迫力に圧倒され、

「分かった、分かったよ。結果どうなるか分からないが君に協力するよ。しかし、何故君は諸星個人のためにそこまで……」

と約束しながらも首を傾げた。青木は涙声で、

「店長、ありがとうございます。深く感謝いたします」

とお礼を言いながら、瞳の奥には佑也の姿が鮮明に映っていた。


渋谷の料亭では本社人事部長の速水、池袋店店長の原島、そして福田が料理に舌鼓を打ちながら盃を傾けていた。福田は原島に日本酒を注ぎながら、

「原島さん、貴方も大変ですね。新宿進出失敗で益々池袋店にプレッシャーが掛かって、おたくが山手屋のドル箱ですからね」

と同情すると、原島は、

「福田さんが羨ましいですよ。地域一番店を保っているし、お客さんも比較的穏やかだしね」

と返事をした。福田は、

「デイリー食品売場の外商顧客からクレームが入って大変でしたね。クレーム処理が大変だったようで」

と探りを入れると、原島は苦い表情で、

「そうなんですよ。部長連中からの突き上げが酷くてね。トップクラスの外商顧客ですから顧客サービス部長や外商部長と謝りに行ったんですよ。旦那が不動産屋のオーナー社長で凄い豪邸でしてね。豪華な応接間に通されて逆に寿司をご馳走されてね、今後、益々細心の注意を払わないといけなくなって参りましたよ」

とぼやいた。福田は、

「クレームを作った係長には何らかの処分をしたんでしょう？」

と知っていながら敢えて聞くと、原島は、

「速水さんと相談して山手物産に飛ばしましたよ。あそこへ行ったら百貨店本体にはもう戻れないでしょう」

と返事をし、福田は、

「本人はショックでしょうが、まあ仕方ありませんね」

と言いながら日本酒を傾け、

「怒鳴られた諸星という部下は体調崩して休んでいるそうだね。速水さん、彼はどうするつもりなのですか？」

と巧みに速水に水を向けた。速水は、

「彼の事は部下に任せていますが、受入先がないようで。何しろ評価が低い奴だからね」

と佑也を半ば馬鹿にするような言い方をすると、福田は、

「諸星はかつてうちの店にいたらしく、六年くらい前に近山さんが店長の時に出されたようだが、婦人小物フロアの高野フロア長と青木係長がうちにほしいと言ってきている。特に青木係長が土下座をしてまで頼んできたんですよ。彼女は優秀な人物だが滅法強気な女性で絶対に引かなくてね」

と参ったような表情をした。速水は、

「えっ？ 諸星を？ 嘘でしょう。彼は早期希望退職の時、退職勧告を受けた人物ですよ。おまけに今は休養中です。そんな人物をまた売場に出せる訳がないでしょう。そんな事をしたら本社人事の見識を疑われてしまいます。福田さん、それはさすがにできませんよ」

と福田の要請を拒否すると、原島は、

「実は館山と同期の石橋係長から直訴されましてね、諸星にも厳罰を与えてほしいと言うんですよ。諸星があまりにもできない奴だから館山も叱るしかない状況だったと聞いています。福田さん、どう思われますか？」

と速水に同調するように水を向けると、福田は、

「うーん、クレームの件について私は何とも言えないが、わざわざ立川店が引き取る価値のある人物には思えないね」

と一歩後退するような反応をした。速水は、

「福田さん、婦人小物フロアには他に男性社員を一名送り込みますから、私と原島さんの顔を立ててくれませんか？」

と提案すると、原島は、

「福田さん、お願いしますよ。諸星を引き取ったら後で恥を掻くのは福田さんですよ」

と偏見に満ちた言い方をした。実は原島も館山と石橋と同じくH大出身であり、後輩の石橋の直訴を最大限尊重したい考えであった。

本社人事部長と池袋店店長に説得され為す術がないと思った福田は、青木のような温度の高さがない事も相まって、

「分かりました。しかし、あれほどまでに諸星を欲しがっていた高野や青木に手ぶらという訳にはいきません。代案として二人を昇進させたいと思うが速水さん、いかがですか？」

と佑也の引き取りは諦めて昇進話を持ち掛けると、高野は、

「高野君と高野さんは福田さんからの評価が高いし賛成します。二人を昇進させましょう。それから福田さんも取締役に就任してもらえるよう社長にお願いしてみますよ」

と話が全く違う方向へすり替わってしまった。

三十二

数日後、速水と青木は店長室で福田から佑也を引き取ることができなかった経緯を説明

された。本社人事が佑也を売場に出すのを頑なに拒絶した事を主な理由として挙げていたが、池袋店側が佑也への厳罰を望んでいた事は敢えて説明しなかった。速水は仕方がないと感じていたが、青木はあまりにも悔しくて体を震わせ唇を嚙んだ。

福田はおもむろに用紙を広げ、

「君達に内示を行なう。十月一日付で高野フロア長は立川店の営業部長に、青木係長は商品部貿易担当課長への昇進を命じる」

と改まった口調で内示をし二人共大抜擢であり、高野は狐につままれたような表情をしながらも、

「ありがとうございます。頑張ります」

と素直にお礼を述べたが、青木は、

「このタイミングで昇進ですか？まるで諸星君を犠牲にして昇進したようで違和感があります」

と気色ばみ、素直に昇進を受け入れようとしなかった。福田は、

「いや、それは全く関係ないよ。君の努力の成果だ」

と笑みを浮かべると、青木は、

「店長、嘘を吐くのは止めて下さい。私を籠絡させるための昇進など受け入れたくないです」

と怒り拒絶反応を示した。福田は、

「青木君、せっかくの昇進を受け入れないとは一体何を考えているんだ。そんな話聞いたことがないよ。十月一日の本社人事の辞令交付を素直に受けるように。分かったね？」

と命令したが、青木は納得せず、

「私、今から速水部長と話に行きます」

と店長室を出ようとした。福田は、

「ちょっと待ちなさい。速水部長と何を話すつもりなんだ？」

と制したが、青木は冷静さを失い、

「私の昇進を取り止めてもらって、諸星君を私の売場に転属させてもらうようお願いに行きます」

と叫ぶような声で言った。福田は、

「まだそんな事を言うのか？速水部長に話しても無駄だぞ」

と諭したが、青木は構わず店長室を飛び出した。

その頃、体調が回復し長沢医師から出勤の許可を貰った佑也は、本社人事課長から内示を受けていた。

「人事異動の内示を行なう。東扇島の株式会社クリーン企画に出向してもらう。業務内容はごみ収集業だ」

と衝撃の転属であり、佑也はしばし茫然自失となった。青木の売場に転属できない事は予想していたが、まさか山手グループとは全く関係ないゴミ収集業者への出向という酷薄

な内示に愕然とし、言葉を失った。人事課長は、

「諸星君の体調管理を考えての異動だ。君はしばらく山手屋本体を離れてのんびりリフレッシュをしながら仕事をした方がいい」

とぬけぬけと言ってのけ、

「山手屋は業務拡大を図っていて、他社へも業務を広く求めていくのが方針だ。今後、正社員が続々出向する予定だから心細い思いはさせないよ」

と嘘を吐いた。佑也は、

「東扇島は私のマンションから通勤に二時間近く掛かると思います。体調管理のためとはとても思えないのですが」

と疑問を投げ掛けると、人事課長は、

「君、何を贅沢な事を言っているんだ。新幹線通勤をしている者もいるんだよ。二時間くらいは十分通勤圏だよ」

と一蹴し席を立った。

佑也はこの異動は左遷どころか何か懲罰的な匂いを感じ、辞めさせるためのものとさえ思え、何故、青木の売場への異動どころか東扇島のごみ収集業者への出向と、あまりにもかけ離れた話になってしまったのか？悶々と考えながら本社ビルを出た。深い絶望感に苛まれながら、青木もさぞ落胆しているのではと気になっていた。

その頃、青木も本社で速水と差し向かい激しく抗議をしていた。速水は辟易した表情で、

「君、さっきから言っているじゃないか。売場で勤務できずに休暇を取った者をまた売場に出すことはできないんだ。これは人事異動の大原則だと思ってほしい。福田店長も了承していたよ」

と説明したが、青木は納得せず、

「諸星君はパワハラで苦しんだんですよ。パワハラさえなければ健康でいられます。私はパワハラやいじめを許しません。それなのに何故、福田店長の要請を退けたのですか？他に理由があるんじゃないですか？」

と迫ると、速水は、

「そんなものはないよ。これ以上話すと人事秘漏洩に繋がるよ。もう帰りなさい」

と退出を命じた。青木は引き下がらず、

「では何故、このタイミングで高野フロア長と私が昇進するのですか？昇進させれば私を籠絡できると思っているのですか？」

と激高し真相を突いたが、速水は、

「関係ないよ。大体、君と諸星を同列に語る事自体がおかしい。君の事は本社人事も立川店も高く評価している。何が不満なんだ」

と逆に青木を抑え込もうした。

「君はもっとプライドを持ちなさい。諸星の心配なんかしている場合か？君は海外商品を

当社で展開させる役目を一手に担うんだ。これから大いに腕を揮う事を考えなさい」

と取り繕うように言うと、青木の怒りは倍増し、

「私は逆にプライドが傷付きました。諸星君はどこに配属されるのですか？」

と激しい口調で問い詰め、速水は、

「まだ内示の段階だ。私からは話せない。どうしても知りたければ諸星本人に聞きなさい」

と言い放った。青木は、

「速水部長は従業員の事などこれっぽっちも考えていないんですね。こんな酷い話、私は耐えられません。私退職いたします」

と捨て台詞を吐いて立ち去った。

本社ビルを出た青木は一気に力が抜けて涙腺が緩んだ。不意に肩を叩かれ振り向くと、ほぼ同時刻に内示を受けた佑也の姿があった。

青木は驚き佑也に合わせる顔がないと思い、走り去ろうとすると、佑也は青木の腕を掴んで、

「青木さん逃げなくても大丈夫だよ。こっちを向いて下さい」

と穏やかな表情で声を掛けた。青木は、

「諸星君、ごめんなさい」

と謝りながら佑也の胸に摑まって声を上げて泣き、佑也こそ泣きたい気分であったが、

「青木さん、今回は色々ありがとう。僕のために返って辛い思いをさせてしまったね」

と優しく慰めると、青木は、

「諸星君、何でそんなに優しいの？私が余計な事をしたせいで傷付いたのに……、私を思い切り殴ってもいいのよ。私の事が憎いでしょう？」

と佑也の胸を叩いた。佑也は首を振り、

「何を言っているんですか。ここまで僕のために力を尽くしてくれる人は青木さんだけだよ。それだけで感謝しています。福田店長に土下座までして、本社人事に直談判をしてくれていたとは……。本当に有難いけれど、貴女は何故そこまでして僕の事を……」

と感謝しながらも少し戸惑いの表情を見せると、青木は、

「分からない、私にも分からないよ。でも酷い目にばかり遭っている諸星君をどうしても放っておけないのよ」

と切なさが入り混じった表情をした。

二人は人気のない喫茶店に入り、佑也が、

「今内示を受けてね、東扇島にあるクリーン企画というゴミ収集業者への出向を命じられたよ」

と無念の表情で伝えると、青木は、

「酷い、酷過ぎるわ。何故わざわざ東扇島へ……？」

と怒りに満ちた表情をし、言い辛そうに、

「私も内示を受けて商品部の課長に任命されたわ。私を昇進させて籠絡させようとしたの

よ。さっきもその事で速水部長に抗議をしていたのよ。　私、諸星君を犠牲にして昇進したみたいで……」

　と声を震わせ下を向いた。佑也が、

「いいえ、僕の評価が低いからこそ青木さんの売場に転属できなかったのだと思います。青木さんには何の責任もありませんよ。誰が掛け合おうと無理だったと思います。ただ、東扇島のゴミ収集業者に出向というのは異動というよりは処分のように思えてならない。何故、そこまで追い詰められなければならないのか……？」

　と悲痛な表情をすると、青木も、

「私も何か変な力が働いたような気がする。諸星君を陥れようとする人がいたんじゃないかしら？」

　と佑也に同調をした。佑也は思い付いたように、

「池袋店の後輩から聞いた話だと、外商顧客からのクレームの件で逆に館山係長に同情をして僕を誹謗中傷する声があるらしい。それがゴミ収集業者への出向に繋がってしまったような気がします」

　と今まで人事異動で散々煮え湯を飲まされてきた佑也の勘は鋭く、真相を突いた推測をした。青木は、

「えっ？何故、パワハラに遭った諸星君が非難されなくてはならないの？酷過ぎるわ。もしかして、速水部長と原島店長が共謀して諸星君を陥れたのかしら？そんなの絶対許せな

いわ」

と激しく憤り、

「惨めだよ。どこまで冷や飯を食えばいいのだろう？」

と温厚な佑也が珍しく拳を震わせた。

「私、こんな昇進拒否します。こんな会社、もう辞めるしかないわね。さっき速水部長にもそう伝えたわ」

と本気で言うと、佑也は冷静に戻り、

「えっ？それでは僕に対する善意ある行動の結果が退職に繋がったみたいで賛成できないよ」

と青木の退職を引き止め、

「課長昇進は青木さんの能力が高く評価されているからこそです。僕のためにここまで力を尽くしてくれたのですから、そんな青木さんが昇進するのは当然の事だと思います。青木さんが昇進したのはせめてもの救いですよ。今回の結果は結局、私の至らなさが根底にあると思っています。私は冷遇を承知で残った人間、さらなる地獄を見てきますよ。青木さんには商品部の課長として能力を発揮する事を願っています」

と決意をして青木の昇進を心から祝福した。

青木は佑也の言葉に心を打たれ、

「諸星君はそこまで私を思ってくれるなんて……、でも杏奈ちゃんに何て謝ればいいのか……」

と感謝をしながらも辛そうな表情になったが、佑也は、

「杏奈さんには僕からよく話しておくから心配しないで下さい」

と安心させると青木は胸が熱くなり、佑也に対して仲のいい同期であることを超えた感情を抱き始めていた。

翌日、立川店婦人小物事務所では、青木が異動をするために荷物や書類等を整理していた。青木にはさらに重要かつ充実した仕事が待っており後ろ向きな気持ちは全くないが、昇進した経緯を考えると胸に棘が刺さったような痛みを感じる思いであった。

不意に芦田が事務所に入り、

「あら青木さん、荷物整理？商品部の課長に昇進らしいわね。店長に色目を使って昇進？正義派の貴女も抜け目ないわね。私も見習わなくちゃ」

といつものように強烈な嫌味を放ち、意地悪そうに薄笑いしながら、

「諸星君、貴女の売場に転属できなかったの？残念ね。彼をぬか喜びをさせて可哀想に。きっと杏奈ちゃんも泣いているわよ。本当に残酷だわ。杏奈ちゃんを傷物にした男なんか担ぐからよ」

と嫌味がさらにエスカレートすると、青木は、

「芦田さんに一体何が分かると言うの？諸星君が杏奈ちゃんを傷物にした？それどういう

意味よ。諸星君の悪口は絶対に許さないわ。それに、自分の部下を傷物だなんて貴女は最低の係長ね」

と激怒しながら痛烈に反撃をした。芦田は、

「ふん、課長になったからといってのぼせないでちょうだい。昔はおしっこ臭い小娘だったくせに」

と応酬すると、青木は、

「のぼせているのはどっちよ。年寄りのひがみは見苦しいわ」

と口にしてはならない事まで叫んでしまい、収拾のつかない大喧嘩に発展しつつあったが、高野が慌てて二人を止めた。

高野は呆れた表情で、

「貴女達は最後まで喧嘩か？いい加減にしてくれよ。部下だって見ているんだぞ」

と二人に注意すると、青木は素直に、

「申し訳ありませんでした」

と謝ったが、芦田は、

「高野フロア長、月日の流れって怖いですね。昔は爽やかなお嬢さんで口答え一つしなかったのに、今は堂々と言い返してくるのですから」

と冷静になり少ししんみりした口調で言った。高野は、

「芦田さん、嫌味ばかり言っていると、その内誰からも相手にされなくなりますよ。貴女

も定年まであと三年なのですから。大人しくしていないと定年後、会社に残れなくなりますよ」

と注意し芦田は下を向いた。

「青木君、君は仕事の能力は高いし真っすぐなのは良い事だと思うが、君はもう課長で管理職だ。これから益々周りの人間から注目されるし非難の対象にされやすい。無責任な誹謗中傷をされる事もあるだろう。今までのように真っ向から嚙み合うだけでは駄目だと思う。時には受け流すくらいの余裕を持たないと」

とアドバイスされた青木は、

「特に最近、何かと熱くなりやすくて……、フロア長のお言葉、肝に銘じます。もう芦田さんと喧嘩することもなくなりますね」

と苦笑いをした。

芦田が事務所を出ると、穏やかな気持ちに戻り、

「この度はフロア長にご尽力いただきありがとうございました」

とお礼を言いながらも、

「今回の事で結果的に一番傷付いたのは諸星君です。今後の諸星君が心配です」

と深刻な表情をすると、高野は、

「そうだな、我々は諸星君を犠牲にして昇進したようで何だか心が痛いな」

と浮かぬ表情をした。青木は、

「高野フロア長、いいえ営業部長、今後も何かと相談させていただくと思いますが宜しくお願いします」

と頭を下げると、高野は、

「いつでも電話をしなさい、君の相談なら何でも聞くよ。青木君、長い間、婦人小物フロアのために良くやってくれた。ご苦労様でした」

と労った。青木は、

「フロア長こそ今までありがとうございました。営業部長としてのご活躍を祈っています」

とお礼を言い、二人はがっちりと握手を交わした。

三十三

東扇島、クリーン企画への出向の初日、佑也は四時に起床して出勤の準備をしていた。四時起床は今までより三時間以上早く、さすがに気だるさを感じ憂鬱な気分であった。昨日、杏奈に東扇島のクリーン企画というゴミ収集業者へ出向を命じられた事を話すと、杏奈はまずゴミ収集業者への出向に驚き言葉を失っていた。東扇島という川崎にある人工島の存在すら知らず、

「何処、そこは?」

と言った反応であり、悪夢を見ているようで現実感がなくただ呆然とするのみであった。青木の要求が通らなかった経緯を話すと、無慈悲なあまり体から血の気が引き気を失いそうであった。杏奈は何とか気を取り直して冷静に考え、青木が佑也の引き取りに尽力をしたのは、自分が青木に相談をした事が端を発した結果が失敗に終わり、むしろ佑也に対して申し訳ない気持ちになった。佑也は自分自身の評価の低さも原因であると思い、杏奈に謝ると、

「佑也さん、謝らないで。一生懸命頑張ってきたんだもの。体調だけには気を付けてね」

と優しく労わり、何と言っても佑也の体調が心配で、東扇島への通勤は明らかに辛そうであり、また体調を崩したら適応障害では済まない話になるのでは？と俄に心配になった。本当はすぐに佑也のもとへ駆け付けたかったが、状況がそれを許さなかった。

佑也は電車で川崎駅まで辿り着くと、バスターミナルで東扇島行きのバスを待った。ターミナルには通勤のサラリーマンで溢れそうであり長蛇の列を成していた。バスが到着すると次々とサラリーマン達が乗り込みすし詰め状態となり、立つ位置も満足に確保できず、佑也は仕方なくステップに立った。ほとんどの乗客が東扇島へ向かうサラリーマンのため三十分以上すし詰め状態が解消されず、佑也は汗みどろになった。東扇島に到着すると灰色の空が印象的であり、広い敷地内には同じようなコンクリートの打ちっぱなしの倉庫がいくつも並んでおり、工場からはどす黒い煙が立ち昇っていた。

クリーン企画は建物一階の一角にあり、朝七時過ぎであったが、すでに作業員たちが慌

ただしくゴミ収集車出発の準備をしていた。

　八畳程度の狭い事務所に入ると、初老の所長が、

「君が山手屋デパートから出向の諸星君？」

　と尋ねると、佑也は、

「はい、宜しくお願いいたします」

　と挨拶をしたが、所長は、

「ふーん、ああそうなの」

　と素っ気ない反応をした。

「デパートからの出向者なんて初めてだよ。ゴミ収集の仕事やった事ある？」

　と聞くと佑也は否定し、所長は、

「そうだろうなあ。まあ単純作業の繰り返しだからすぐに慣れるだろう。小熊君という班長がいるから彼から仕事を教わって。サイズはいくつ？作業着貸すから」

　と言いながら佑也が答えたLサイズの使い回しのグレーの作業着を選んで渡し、空いているロッカーはないかを探し、

「ああ、ここが空いているから使って」

　とコインロッカー大の小さなロッカーを指差した。佑也のために特に事前の準備など何もしていない様子であり、佑也は思わずため息を吐いた。専用の机はなく、事務机が二台と長机が一台、ロッカーが置いてあるだけの殺風景な事務所であり、作業着に着替えた佑

也は長机のパイプ椅子に座って待機をした。

やがて、班長の小熊が佑也を呼びごみ収集車に乗せた。小熊は浅黒い顔の中年男で作業着は薄汚れており洗濯もままならない様子であった。東扇島の所定の倉庫や工場を回り、各ゴミ置場からゴミを収集してひたすら車両に放り込む事を繰り返す単純作業であったが、正午まで繰り返すとかなり体力を消耗し、佑也はバケツで水を被ったように汗みどろになった。三人一組で黙って作業を行なうが、首尾よく終らせるためにはスピードを要するため、走って回収をしなければならず、緩慢な動きをすると怒号が飛んだ。倉庫や工場のゴミは重い廃材も多く、かなり力を必要とし苦痛を伴った。カラスに突つかれゴミが散乱していることもあり綺麗に集めるのが面倒であった。

午後は回収したゴミを焼却炉に放り込んで燃やし、収集車を洗浄するのが主な仕事で、佑也が慣れない手つきでホースを持って洗浄していると、小熊は、

「トラック洗った事ないんだね。もっと力を入れて擦らないと」

と言いながら手際良くたわしで擦り、佑也もそれに見習った。日報を書いて四時に退勤となり、単純な作業の繰り返しで一日のルーティーンははっきりと決まっていた。煩雑な人間関係もなさそうであったが、メンバーは黙々と業務をこなすのみで寡黙であり会話はほとんどなかった。山手屋本体の様子はほとんど分からず情報も入ってこない状態であり、佑也は灰色の空を見上げながら言い様のない寂寥感を覚えていた。

青木はイタリア出張を終え笑顔で部長に報告をしていた。フェラガモの靴などの最新作の買い付けに成功し部長から労われ、機嫌良く同僚にお土産を配っていた。商品部へ異動してから海外商品の買い付けを任され、佑也の配属を巡る忌まわしい出来事を忘れるかのように仕事に邁進し成果を上げ、充実した日々を過ごしていた。

出張の連続で夫とすれ違いの日が続き、しばらく顔を合わせていない事が気になっており出張帰りの疲れがあるものの、久しぶりに顔を合わせる事を喜び、手料理を振る舞おうと考えた。両手で持ち切れないほどのお土産と食材を持ってマンションへ帰ると真っ暗で夫は帰宅しておらず、時計の針は九時を指しており、特別な用事がなければすでに帰宅をしている時間であった。首を傾げながら料理を作り始めたが落ち着かず、夫にメールをすると返信があり、

「考えるところがあり、しばらく離れて暮らします」

との返信があり体に衝撃が走った。青木は焦り、再びメールをしたが返信がなく電話をしても繋がらなかった。青木は愕然となりがっくりと跪き頭を抱えて落ち込んだ。すれ違いの生活が続きこんな事になってしまったのであろうか？―青木の頭の中は後悔の念が駆け巡ったが連絡が取れない事にはどうすることもできず、今は静観するしかなかった。

思わず佑也に電話をすると、

「青木さん久しぶりだね。どうしたの？」

と穏やかな声が聞こえた。その声が救いの声に聞こえ、

「諸星君、悩んでいる事があるの、これからお邪魔していい？」

とすがる様に言うと、佑也は、

「いいけれど、もう十時だよ。明日は出勤じゃないの？」

と心配した。青木は、

「今日、イタリアから帰ってきたばかりなのよ。出張明けで明日は休みよ」

と返事をすると、佑也は、

「そうか、出張から帰ってきたばかりなのに何かあったの？」

と聞き返し、青木は震えた声で、

「夫が出ていってしまったのよ。しばらく離れて暮らすって……」

と絶句をした。佑也は驚き、

「えっ？本当ですか？どうぞこれから来て下さい」

と青木の気持ちを察して招き、青木は心から感謝をして佑也のマンションへ向かった。

青木が到着すると、佑也は、

「お久しぶりです。どうぞ上がって下さい」

と招き入れ、部屋は多少散らかっており、杏奈と別居中の寂しさが漂っていたが、机の上には笑顔の杏奈の写真が飾られており愛情の深さを感じさせた。佑也はウーロン茶を注ぎながら、

「イタリアから帰ってきたばかりで時差ボケで眠いでしょう。大丈夫ですか？」

と気遣うと、青木は、

「ショックで時差ボケなんか吹き飛んでしまったわ」

と返事をしながら落ち込み下を向いた。佑也は、

「そうだよね、でも何故、ご主人は突然……」

と心配すると、青木は、

「私が悪いのよ。彼は前から私の顔を見ると、少しは家事に目を向けてほしいと言っていたわ。でも私の仕事に対する理解もあったから、私はお互いに信頼し合っていると思い込んでいたのよ。ここ一ヶ月お互いに出張続きで全く顔を合わせることがなくて気持ちが変わってしまったのか？もっと前から私に対する信頼がなくなっていたのか？」

と悔やみながらがっくりと肩を落とした。佑也は青木の肩を叩きながら、

「青木さん、一週間前に商品部に電話したらイタリアに出張していると聞いて羨ましく思いましたよ。ご主人だって出張が続く事は理解しているのでは？」

と首を傾げると、

「諸星君と杏奈ちゃんも別居しているのに愛情が全然揺るがないわね、羨ましいな」

と羨んだが、

「僕達だってこれからどうなってしまうのか不安です」

と思い詰めたように言った。青木が、

「でも、お互いに愛している気持ちは変わらないでしょう？夫の気持ちはもう私から離れ

ているかもしれないわ。私達はもう駄目かもしれない」

　と悲観すると、佑也は、

「とにかく、ご主人が何処にいるか突き止めて、お互いの気持ちを話し合わなくてはなりません。まだ諦めるのは早いと思います」

　と励ますように言った。青木は、

「諸星君ありがとう。でも彼は一体何処へ行ってしまったのか？」

　と途方に暮れると、佑也は、

「明日にでもご主人の実家に電話をしてみては？何か手掛かりが摑めるかもしれません」

　と思い付き、青木は、

「そうね、諸星君色々ありがとう」

　と頭を下げて再び感謝をした。


　杏奈はヘルパーが来る日は自分の時間があるため、山手屋には内緒で近所の花屋でアルバイトをしていた。ジーンズにエプロン姿であったが、時々可愛いエプロン姿に惹かれた男性から声を掛けられることがあった。

「ちょっとお茶を飲みませんか？」

　といった誘いであったが、明らかに交際狙いの独身男性ばかりであり、杏奈は、

「ごめんなさい。私、夫がいるんです」

と断り、杏奈は童顔のため独身に見られることが多く、男性達は一様に驚いていた。中には佑也よりずっとイケ面で羽振りがよさそうな男性もいたが、杏奈は佑也の外見ではなく内面に惹かれていたので外見で他の男性に気を許すことはなく、事実婚でも佑也の存在があって助かったと苦笑いをした。

夕方、佑也から菓子折りが届き大いに喜び、同封されていた手紙を読んだ。

―前略、杏奈さんへ。お母様の介護ご苦労様です。今日まで大きな病気をせず過ごされて何よりです。私は毎日、東扇島まで二時間近く掛けて通勤しています。川崎からのバスは毎日すし詰め状態で汗だくになります。ゴミ収集の仕事は体力を使いますが、割と単純な作業の繰り返しでやっていけそうです。少し離れた所にコンビニが一件あるだけで不便で、杏奈さんが毎日弁当を作ってくれていた事は何て恵まれていたのだろうと思います。離れて暮らすと気持ちまでも離れていくのではと心配していましたが、全く逆で杏奈さんへの想いは膨らむ一方で身悶えしそうな時もあります。杏奈さんと一緒にいたい、キスしたい、抱き合いたいと考え、自分の弱さを感じて自己嫌悪に陥るほどです。仕事はどんなに辛くてもいつか苦しみは過ぎ去って行きますが、杏奈さんへの想いが過ぎ去る事はありません。だから再会した時は耐え忍んだ分、何倍もの愛情を貴女に注ぐ事ができるので、もっと幸せになれると信じています。ごめんなさい。電話やメールで上手く伝えられない気持ちを手紙にしてみました。杏奈さん、元気でね、愛しています。　佑也―

行間としたためられ、杏奈は切なさのあまり瞳から大粒の涙がこぼれ手紙を濡らした。

には男性特有の欲望の生々しさを感じたものの、愛情が膨らみ苦しい思いをしているのは同じであるがゆえに、佑也の愛情を心から感じていた。杏奈は手紙をバッグに大切にしまい、返信の手紙を書いた。杏奈は文章を書くのは得意ではないが、ピンク色の便箋に、

―佑也さん、体調はいかがですか。今まではどんなに辛くても一緒に頑張りましょうって誓ってきましたが、最近はあまり頑張らないでって思うようになりました。これ以上、会社のために傷付いてほしくないからです。母を介護していて人間の幸せってどういうものなのかもっと分かるようになりました。だからどうか気楽に過ごしてね。私、花屋さんでアルバイトしていると、時々男性から声を掛けられます。もちろん断るけれど、私がまだ幼いからだと思います。もっと大人の女性に成長しないと駄目みたいですね（笑）。私も佑也さんの側にいたい、キスしたい、抱かれたい気持ちは一緒です。離れて暮らすともっと求めたくなる気持ちよく分かります。私も寂しさに負けずにできるだけ楽しく過ごしたいと思います。お菓子美味しかったです。ごちそう様でした。再会したら思い切り抱き合おうね。佑也さん、今まで以上に愛しています。　杏奈―

と愛情を込めてしたためた。

翌日、佑也は杏奈からの菓子折りを受け取り、早速花柄の可愛い封筒に入った手紙を夢中で読んだ。佑也の手紙より明るさや爽やかさが感じられる文面であり、思わず笑みがこぼれ佑也の心は大いに癒され、杏奈への愛情は深まるばかりであり、スーツの内ポケットにしまいお守りのように大切にした。

二人は電話やメールだけでなく、手紙のやり取りをする事でお互いを気遣い愛を確かめあった。どんなに離れていても常に心を通わせる事でお互いの絆は益々揺るぎないものとなっていた。

三十四

早朝に起きて出勤する事にも慣れ、仕事も十分にこなせるようになった佑也は、出発の準備をしミーティングが終わると収集車に乗り込んだ。今日は生ゴミが中心に出されており、湿気が酷く鼻を突くような物凄い腐臭が漂った。マスクをしていても腐臭が鼻を突き佑也は思わず顔をしかめたが、慣れるしかないと平静を装った。工場からは廃材や鉄屑などが多く出され佑也は力を込めて持ち上げると、不意に腰に激痛が走りぎっくり腰を起こしてしまい、一瞬うずくまってしまった。気を取り直して立ち上がりメンバーの動きに遅れまいと腰の痛みを我慢し、廃材を収集車に放り込んで再び回収を続けた。

事務所に戻ると腰痛が酷くなり、小熊から湿布薬を貰ってしばらく横になった。他のメンバーは収集車の洗浄を黙々と行なっており、ただひたすら真摯に働く姿は山手屋の従業員からは感じられない純粋さがあり仕事の原点を見る思いであった。佑也は腰痛に耐えながら休むのはそこそこに、見習わなくてはと自分を奮い立たせて再び仕事に戻った。

翌日、腰痛が癒えぬまま勤務に入り回収を始めると、佑也は昨日の挽回をしようと意気込み過ぎ、工場のゴミを回収した時につまずきその拍子で立て掛けてあった木材が落下し、佑也の体をしたたかに打ち付けた。痛みと衝撃のあまりうずくまり、メンバーは佑也を収集車の座席に抱えて運んだ。事務所へ戻ると小熊は、

「ここは工業地帯で危険物も多いから気を付けないと。今日は無理をしないでしばらく休んだら帰っていいよ」

と注意し気遣った。

佑也が情けない気持ちになりながら休んでいると、所長が、

「諸星君、大丈夫か？実は山手屋人事から教習の案内が来ている。久しぶりに山手屋に戻って気分転換でもしてきなさい」

と言いながら一枚の案内状を渡した。佑也が案内状に目を通すと、フレッシュ教習と書かれており、一体何だろうと違和感を覚え、

「一体どんな教習なのですか？」

と所長に聞くと、

「私は山手屋の人間じゃないから分からないよ。毎日、東扇島に閉じ込められているからいい息抜きになるのでは？」

と返事をしたが、山手屋に対して不信感が一杯になっている佑也は、本社人事は一体何をしようとしているのか？嫌な予感がした。

その頃、杏奈は久しぶりに上司の芦田から電話を受けていた。

「杏奈ちゃん、休職は長引きそう？半年で申請してあるけれど一年に延長する？」

と聞いてきたので、杏奈は、

「そうですね。母の状態は戻りそうにないし、介護はしばらく続きそうです。宜しくお願いします」

と返事をした。芦田は、

「分かったわ、申請しておくね。ところで杏奈ちゃん、諸星君と離れて暮らしてお互いに心が離れていない？大丈夫？」

と下世話な事を聞いてきたが、杏奈は、

「大丈夫ですよ。いつも連絡を取り合っているしもっと仲良くなりました」

と明るい声で答えると、芦田は、

「それならいいけれど、杏奈ちゃん、余計なお世話かもしれないけれど、青木さんには気を付けた方がいいと思うのよ」

と声色を変えて忠告をした。杏奈は何を言いたいのか分からず、

「えっ？それはどういう意味ですか？」

と返事をすると、芦田は、

「青木さんは諸星君の事が好きなんじゃないかしら？彼女を見ているとそう思えて仕方がないのよ」

と単刀直入に言った。杏奈は驚き、

「まさか、そんな事……、法子さんにはご主人がいるし、佑也さんとは仲のいい同期の友達です」

と全く信じられなかったが、芦田の声のトーンは上がり、

「青木さん、ご主人と別居しているわ。それに最近の彼女、諸星君に対する肩入れが異常に感じるのよ。自分に売場に引き取ろうとしたのは、諸星君が可哀想という情だけではない気がするわ。一見立派な行動に見えるけれど公私混同のようにも見えるし。彼の事に対する反応が普通じゃないのよ。福田店長も高野部長もそう感じていたみたいなのよ」

と尋常ではない話しぶりであった。

佑也との信頼関係については常にお互いの愛情を確かめ合っており全く心配していなかったが、問題は青木であり、

「法子さんが佑也さんに特別な感情があるなんて……、それに佑也さんを誘惑するような常識のない人には思えないのですが……」

と未だに信じられない様子であり、芦田はさらに声を強め、

「杏奈ちゃん、私は青木さんと仲が悪かったけれど、彼女を中傷するつもりで言っているんじゃないのよ。放っておいたら面倒な事になるかもしれないわ。青木さん離婚したら諸星君に接近するんじゃないかしら?」

と杏奈を心から心配をした。

杏奈はしばし呆然となったが、芦田の口ぶりはいつものような青木に対する攻撃とは明らかにニュアンスが違い、杏奈は時間を作って青木と話がしたいと思った。

三十五

教習当日、本社別館の教習室では二十数名の若い社員が一塊となりがやがやと雑談をしていた。佑也が到着し教習室へ入ると独特の雰囲気で違和感があり、明らかに年代の違う若者ばかりで躊躇いながら着席すると、人事教育担当の若い女性社員が挨拶を始め、

「おはようございます。人事教育の高梨です。皆さんはまだ入社二年目の若いフレッシュな方ばかりですから、今回の教習が皆さんの百貨店人としての下地作りのお役に立てればと思います」

という言葉に、佑也の顔色はみるみる変わり下を向いたまま顔を上げることができなかった。フレッシュ教習とは入社二年目の若い社員を対象とした教習であり、何故、入社十七年目の佑也を参加させせなければならないのか?入社二年目の社員は自動的にマネジャー職になったのに対し、佑也はわざわざ職群転換試験を受けて合格をしてマネジャー職になったのであり、確かに新たにマネジャー職になった事には変わりがないとはいえ、入社二年目の社員の教習に入社十七年目の社員が一人だけ参加しているのは違和感しかな

く、入社二年目の社員と同じ給与である事を白日の下に晒されている事でもあり、佑也にとって恥辱という他はなかった。

　人事教育担当は笑顔で、

「それでは皆さんに自己紹介をしてもらいます」

　と指示すると、参加者達は席順に起立をして、

「二〇〇七年入社の〇〇△△です。池袋店紳士服売場に所属しています。宜しくお願いします」

「二〇〇七年入社の□□◎◎です……」

　と順次自己紹介をすると大きな拍手が起こった。佑也の順番になり、

「諸星佑也です。株式会社クリーン企画へ出向しています」

　と下を向いて小さな声で入社年度を省略して自己紹介すると、拍手は全く起こらずしんと静まり返ったままであった。佑也は恥ずかしさのあまり赤面してこの場から逃げたくなり周りを見渡すと、二年目の社員達はひそひそ話をしており、まるで佑也を嘲笑しているかのように見えた。

　午前中一番の講師は経営推進室室長の島本であり、自殺をした山中の後任室長であり佑也と同期であった。今や島本は山中に変わって同期の出世頭であり、自信と風格を漂わせて壇上に上がると佑也は愕然として顔を伏せた。島本とは新入社員の頃、立川店で一緒であり将来を語り合った仲であったが、十六年経った今、室長と平社員と圧倒的な差を付け

られ、講師と参加者として顔を向かい合わせていた。島本は開口一番、

「皆さんに教習するのを楽しみにしていました。中には旧知の方もいらっしゃるようですが」

と座席票を見ながら佑也が参加している事に内心驚き、思わず口を衝いてしまった。佑也は自分の事を言われていると自覚し恥ずかしくて情けなく島本を恨み、さらに気分が落ち込んでしまった。島本は―山手屋の経営戦略と今後の展望―について講義を始めたが、話しぶりに面白みも工夫もなく参加者達は眠気を催し目がとろんとしていたが、佑也には島本の話が耳に突き刺さるようであり、一分一秒が体を刻み、島本、早く講義を止めてくれ―、と心の中で叫び耳を塞ぎたくなった。

講義が終わると参加者達は眠気から解放されほっとため息を吐いたが、佑也の顔面はすっかり蒼ざめ額に冷汗を掻いていた。ハンカチで額を拭っていると、前の者が佑也の方を向き、

「諸星さんて何年入社なのですか?」

と無神経で無粋な事を聞いてきた。この若者に悪気はないのかもしれないが、佑也にとっては余計なお世話に感じジャックナイフで突然、腹を刺すような質問であった。佑也は言葉に詰まりさすがに一九九二年入社とは言えず、

「一九九九年入社です」

と口籠るように嘘を吐くと、若者は呆れたような顔をして前へ向き直った。一九九九年

入社の者でさえそろそろ係長に昇進する年代であるがゆえに呆れており、佑也はさらなる屈辱に若者を殴りたい気持ちになったが、それ以上に茫然自失となった。

昼食の時間となり二〇〇七年入社の社員達は皆顔見知りのため、全員一塊となって社員食堂へ向かったが、佑也は一人で逃げるようにして喫茶店に駆け込みアイスティーを一口飲んで呆然としたままぐったりと椅子にもたれた。午後の教習に向かいたくなかったが、時間が迫ると足を引きずるようにして教習室に戻り、チームに分かれてロールプレイングを若者達に交ざって行なった。

二日目の教習はさらに地獄であり、開始時刻になると、人事教育担当が、

「おはようございます。今日は席順をシャッフルしましたので、隣同士で自己紹介をして下さい」

と指示をし、佑也はうんざりしてしまったが仕方なく隣の者に自己紹介をすると、

「諸星さん、若い人と一緒でやりにくくないですか？」

と哀れみ、佑也は内心、またか、もうほっといてくれ―、と叫んだが、

「いやあ……」

と答えながら引きつった笑いを見せた。

講師の経営管理室の女性係長が座席表を見ながら、

「一九九二年？ クリーン企画？ 諸星さん教習を間違えていない？」

と不思議そうな顔をすると、佑也は赤面しながら、

「人事からこの教習に参加するように指示をされたのですが……」

と悲しげな表情で答え、人事教育の者は、

「係長、諸星さんは間違いなくこの教習のメンバーです」

と制したが、佑也がメンバーである事自体をどう考えているのであろうか?女性係長は、

「ふーん、ああそう」

と鼻先で笑い、参加者達のひそひそ話と微かな笑い声が佑也の耳に突き刺さり、またも屈辱を浴びせられた思いで益々暗い気分に陥った。まさに針のムシロでありすぐに逃げ出したかったが必死に屈辱に耐え、教習が終わると逃げるように帰宅をした。

三十六

杏奈は僅かな時間を縫って青木と龍ヶ崎の喫茶店で待ち合わせをした。十分くらい遅れて青木が到着すると、杏奈は長年の親しい先輩であるのにもかかわらず俄に緊張しながら、

「法子さん、龍ヶ崎までわざわざありがとうございます」

とお礼をした。青木は笑顔で、

「いいえ、杏奈ちゃんも忙しいのにありがとう。久しぶりに会えて嬉しいな。お母さんの具合はどう?」

と再会を喜び心配すると、杏奈は、

「体は自由に動かないし、言葉もゆっくりとしか話せなくて……。これ以上改善は望めないし、その内家族の手に負えなくなってしまうかもしれません。ところで法子さん、ご主人と別居しているって本当ですか？」

と逆に聞くと、青木は、

「そうなのよ。私が出張中に出て行ってしまって……。私達すれ違いの生活が続いて、彼嫌になったみたい。彼の心はもう私から離れているかもしれないわ。杏奈ちゃん達は別居しているのに二人の気持ちは変わらないから立派よ。もし諸星君のような性格の男性だったら……」

とがっくりうな垂れながら嘆いた。

杏奈の心は俄に波立ち、

「ご主人とはちゃんと話し合ったのですか？私達は別居したくはなかったけれど、不安な気持ちを抑えながらお互いを信じて生きています」

と語気を強めて言った。青木は、

「来月中に話し合いをする予定だけれど、彼を説得する自信がなくて……」

と不安げな表情をすると、杏奈は、

「まだご主人の心が離れているかどうか分からないじゃないですか。ご主人を信じなかったらそれで終わっちゃうと思います」

さらに語気を強めた。青木は、

「そうね、杏奈ちゃんの方が私より大人ね。いつか貴女達を説教したことがあったけれど、私にはそんな資格はなかったみたいね」

とため息を吐きながら言うと、杏奈は、

「何を言っているんですか?私達の危機を救ってくれたじゃないですか。それなのに何でそんなに弱気なのですか?」

と首を傾げたが、青木は、

「夫とは本当の夫婦になれなかったと思う。私も杏奈ちゃん達みたいだったらなあ」

と羨んだ。

杏奈は再び青木の佑也に対するこだわりを感じ、芦田の言わんとする事が分かり胸騒ぎがし、

「法子さん、何故、私達がそんなに羨ましいのですか?私達は何ヶ月も顔を合わせていないし事実婚だから不安もあります。私と法子さんは仕事に対する考え方も立場も違います。私達と法子さん夫婦は形が全然違うし、比べることなんてできないと思います」

と暗に法子の気持ちを疑い、思い切って、

「芦田係長が言っていました。法子さんの佑也さんに対する反応が普通じゃないと……」

と単刀直入に言った。青木は、

「杏奈ちゃんは芦田さんの言う事を信じるの?」

と逆に詰問すると、杏奈は、

「今回ばかりは芦田係長の言う事が正しいように思えてならないです」

と青木に鋭い視線を送ってきっぱりと言った。青木は杏奈の女としての鋭い嗅覚に舌を巻き、

「杏奈ちゃんが私を呼び出した訳が分かったわ。さすがは杏奈ちゃんね。私の気持ちを見透かしているのね。でも、私は女としての魅力は杏奈ちゃんに敵うはずがないわ。だから心配しないでね」

と微笑んでみせたが、心の中は激しく波立っていた。杏奈は、

「法子さんとこんな話はしたくなかったけれど、私は法子さんを信じていますから」

と釘を刺しながら青木を見つめ、青木は杏奈の女としての揺るぎない情念を感じて目を伏せながら、

「杏奈ちゃん、私帰るわ。色々ありがとう。私が会計するわ」

と言って手早く会計を済ませて去って行った。

杏奈は青木の背中を見つめながら、佑也に対する気持ちが本物である事に激しいショックを感じていた。青木の佑也に対する憐憫の情が愛情へと転化してしまい、二人は姉妹のような仲から女として意識し合う間柄へと変化していった。

佑也は満員電車に揺られながら二日前と昨日の教習の事を悶々と考えていた。何故、人

事は入社二年目の社員を対象とした教習に入社十七年目の自分を参加させたのであろうか？同ランクである以上十七年目の者も参加させるのは当たり前の事なのであろうか？それとも人事の嫌がらせなのであろうか？入社二年目の若者達の中に佑也一人だけが参加している異様な風景を思い出し、繰り返し考えては教習で浴びせられた屈辱に臍を噛むような思いで悔しがり、マネジャー職に転換した事を激しく後悔した。

落ち込んだ気分のまま勤務に入り、収集車に乗り込んでも仕事の事は上の空で未だに教習で受けた屈辱ばかりを考え、ゴミ回収中も全く全体を見渡せず、危うく収集し忘れそうになる始末であった。ぼうっと考え事をしながら回収を続け、周りが見渡せない状態の佑也は四トントラックが迫っているのにも気が付かず道を横切り、危うく轢かれそうになり、四トントラックは凄い異音を立てて急ブレーキを踏んだ。完全な佑也の不注意であり、気が付くと危うく轢かれそうになった状況を認識し、目を見開いて恐怖に怯えた表情をした。トラックから降りてきた運転手と助手は、

「この野郎、危ねえじゃないか。何処に目を付けているんだ、死にてえのか、こら」

と佑也に激しい罵声を浴びせた。佑也は蒼ざめ、

「すみません」

と手を突いて謝ったが、二人は怒りが収まらず角度の付いたサングラスを光らせて、四つんばいのまま硬直している佑也を思いっ切り蹴り踏み付け、佑也は、

「ぐあっ」

と悲鳴を上げうずくまったまま動けなくなった。二人は、

「この糞野郎が」

「死んでろ馬鹿」

と暴言を吐きトラックに乗り込み走り去った。

大きな怪我はなかったものの、佑也はしばらく痛みと衝撃のあまりうずくまったままであった。小熊が、

「諸星君、大丈夫か？」

と心配すると、俄に目を見開き再び恐怖に怯えがたがたと震え始めた。昨日の教習の事が頭に浮かぶと、佑也の頭の中は完全にパニック状態になり、

「畜生」

と叫び走り去ろうとすると、小熊が、

「ちょっと、何処へ行くんだ」

と制止する声を振り切って逃げるように全力で駆け出した。東扇島のゴミ収集業者へ出向させられた挙句、教習で屈辱を受け、ドライバー二人から暴力を振るわれた事は今の佑也にとって精神を崩壊させるのに十分な出来事であったのだ。

佑也は川崎駅へ向かって、まるで暴力団にでも追いかけられて恐怖から逃れるかのようにひたすら走り、川崎駅まではバスに乗らないとなかなかたどり着けない距離にもかかわらず東扇島から出ても走るのを止めなかった。途中つまずいて転んでしまい、不意に胃の

中から突き上げるような吐き気を催し、今まで堪えていた大量の汚物を一気に嘔吐したが構わず必死に立ち上がり、さらに口から吹き出る汚物を拭おうともせずよれよれになりながら走り続けた。時々走りながら叫び声を上げもはや正気の沙汰ではなくなっていた。

　佑也はどうやってたどり着いたのか意識が飛んでいたが、マンションに到着すると、作業着を脱ぎ捨てトランクス一枚の姿になりベッドに身を投げ布団に潜り込んで、顔面蒼白のまま亀のように縮こまり小刻みに震え恐怖に怯えた。携帯電話が鳴り続けても耳を塞ぎ出ようとはせず終いには電源を切ってしまった。


　杏奈は清子の介護をしながら、ここ二日間佑也から電話はおろかメールすらなく電話をしても電源が切られた状態であり、メールをしても返信がないので、何か不測の事態が起きたのではないかと心配であった。居ても立ってもいられなくなり、英一に佑也の様子を見に行きたい旨を伝えると、

「彼はいい年をした大人だ。サラリーマンだから色々あるよ。電話がないからといっていちいち心配していたらお前の身が持たないぞ。何があっても自分で解決できないようではサラリーマン失格だ。お母さんの介護を続けなさい」

　と杏奈の願いを一蹴した。杏奈は、

「お父さん、佑也さんは二度も適応障害を患っているわ。今度何かあったら適応障害では済まないと思う。彼の体が心配なのよ」

と表情を曇らせ必死に訴えると、英一は呆れながら、

「適応障害なんて精神力が弱い証拠だ。だからサラリーマンとして成功していないんだ。そんな弱い奴が家庭なんか持つ資格などない。だからお前にはあれほど彼と一緒になるのを反対したんだ」

と佑也の病気に全く理解を示さず逆に杏奈を叱った。杏奈は、

「お父さん、お願い、彼の事を少しは分かってあげて。私は彼の事実上の妻よ、自分の事以上に心配なの。一日だけでもいいから帰らせて」

と涙を浮かべて許しを乞うと、目に入れても痛くないほど可愛い娘の必死の願いに折れて、

「分かった。行ってきなさい。早く帰ってこいよ」

と許し、杏奈は、

「お父さん、ありがとう。お母さんを宜しくお願いします」

と感謝をした。

杏奈は身支度を始め、佑也を意識して化粧をし香水を付け、スーツに短めのフレアースカートを着て急いで実家を出た。電話が繋がらないのは別居して初めての事であり、電車の中で間違いなく佑也の身の上に良くない事が起きているに違いないと思い胸が張り裂けそうであった。懐かしい国立駅に到着したが、そんな感傷に浸っている気分ではなく駆け足でマンションに向かい、玄関に到着すると呼び鈴を鳴らし、返事はないが微かに人気を感じた。

自分のマンションであるのに緊張しながら合鍵で扉を開けると、真っ暗で一緒に暮らしていた頃に比べてすっかり陰気臭い雰囲気に変化しており、益々不安な気持ちになるとベッドの方から微かな声が聞こえた。そっと布団をはがすと亀のような姿で震えている佑也の姿があり、顔は蒼ざめすっかり痩せていて、時々、

「ううっ……」

とうめき声を上げ、杏奈は思わず息を呑み衝撃のあまり呆然と立ち尽くしてしまった。久しぶりの再会なのにまさかこんな形で顔を合わせる事になろうとはさすがに想像しておらず、悲しみのあまり涙がこぼれて跪き、たまらず、

「佑也さん、どうしてこんな事に……、私よ、杏奈よ、震えなくても大丈夫よ。私が側にいるからね」

と励ましたが、佑也は微かに微笑んだだけでまた震え始めた。額に手を当てると熱く体温を測ると三十八度の熱があった。

杏奈がクリーン企画に電話をすると、所長が、

「奥さんですか？所長の北島です。諸星さんは一昨日、ゴミ回収作業をしている最中四トントラックに轢かれそうになって、怒ったドライバーと助手から蹴られるなどの暴力を振るわれたのです。そのショックからか？諸星さん、逃げ出すように帰ってしまって……。大丈夫ですか？お怪我などはないですか？」

と心配すると、杏奈は、

「怪我はないようですが、精神的に辛そうで震えて寝込んでしまって体温が三十八度あります。その他に変わった事はありませんでしたか？」

　と追及するように尋ねると、所長は、

「あの日、諸星さんは朝から元気がありませんでした。ペアを組んでいる者からも、何か考え事をしているようで明らかに様子がおかしかったと報告を受けています。何があったのか分かりませんが、そう言えば前日と前々日は山手屋本社で教習を受けていました。あとは思い当たる節がなくて……。とにかくお大事になさって下さい。有給休暇処理などはやっておきます」

　と報告をした。

　暴力を振るわれたとの話に杏奈は思い詰めてしまい、衝動的にスーツやスカートなどを脱ぎ下着姿になってベッドに入り、佑也を抱き締めると佑也は杏奈の豊満な胸に顔を埋め、子供をあやすように佑也の頭を撫でながら、

「佑也さん大丈夫よ。私ずっと一緒にいるからね」

　と優しくささやいた。口移しで冷たい水を佑也に飲ませると佑也の震えは止まり、安心したように眠り始めた。愛する男性のためならどんな事もいとわずまるで菩薩のようであり、杏奈ならではの女性としての凄さがあった。

　協議の結果、夫との離婚を成立させた青木は益々仕事に没頭していた。高級ブランド・

G社の鞄などの買い付けのため再びイタリアへの出張を控え資料の作成などに追われていたが、ふと佑也がまた精神的な病気で休んでいる事が気になっていた。佑也はゴミ収集業者への出向へと追い詰められ、自分にも責任の一端があると感じると共に、今度こそは何としてでも佑也を救いたいという思いが胸の中に満ち溢れた。

離婚協議中、驚いたことに夫が離婚したいという理由に青木が出張が多く家事を疎かにしている事ではなく、自分に対する愛情が薄れ他に好きな男性がいるのでは？と疑っている事を挙げていたのであった。青木は否定してみせたが、夫に心の中を見透かされていると感じ、ごく自然に離婚に同意をしたのであった。夫と離婚し益々佑也に対する想いが深くなっていたものの、佑也には杏奈という存在があり、深い愛情で結ばれている事は誰よりも分かっていた。余計な事はできず、杏奈が自分に対し警戒心を持っているため、どうしたらいいか思案し、どんな事でもいいから佑也のために役に立ちたい一心であった。数日後、何かを決意し元夫を断ち切るようにイタリアへと飛び立った。

一方、杏奈は一生懸命佑也の看病をしていた。佑也は外出できる状態ではないため、杏奈は近所の内科に頼み込み往診に来てもらった。医師は佑也に聴診器を当て触診をして血圧や体温を測り、

「精神的な疲労から高熱が続いて血圧が高い状態にあります。薬の処方箋を書きますから駅前の薬局で調剤してもらって下さい。熱や震えが治まったら心療内科で診てもらう必要があります」

と指示をし、杏奈は医師が帰ると氷水で冷やしたタオルを佑也の額に当て、

「佑也さん、薬貰ってくるから待っていてね」

と笑顔で言いながら部屋を出た。虫の息のような状態の佑也を見るのは辛かったが、それでも佑也の側に戻って幸せで喜びを胸一杯に感じていた。佑也は薬を服用してから三日が経過すると熱や体の震えが治まり会話ができるようになり、佑也が、

「杏奈さん、戻ってきてくれたんだね」

と口を開くと、杏奈は喜び眩しい笑顔を見せて、

「佑也さん、大変だったね。仕事の事は忘れてゆっくり休んでね。所長さんに許可をいただいているから大丈夫よ」

と佑也を安心させるように言った。佑也は杏奈の優しさに心を打たれて、

「杏奈さん、ありがとう。こんな事になってごめんなさい」

と感謝しつつ謝り涙が溢れた。杏奈は佑也の両手を握りながら、

「佑也さん、貴方の側に戻って幸せよ」

と優しく微笑むと、佑也は杏奈の両手を握り返し、感激のあまり言葉にならなかった。

杏奈は、

「私ずっと一緒にいるからね。外出できるようになったら長沢先生に診て貰いましょう」

と言いながら佑也が回復する事を祈り、目を瞑って佑也の頬にキスをした。

杏奈は人事教習で何かあったのでは?と疑い、マネジャー職に新たに就いた者を対象と

した教習である事が分かり、婦人小物フロアの入社二年目の後輩に教習の様子を聞いた。後輩は、

「入社二年目の同期が全員参加していたのですが、何故か諸星さんも参加していたので驚きました。諸星さん以外は全員入社二年目の同期だけだったのですから。教習中、皆の視線は諸星さんに集中していてひそひそ話をしていました。諸星さんが気の毒で……」

と証言し、杏奈は佑也の気持ちを慮り、さぞ辛かったであろうと察した。フレッシュ教習であり明らかに若い社員の教育を目的とした教習である。いくら佑也が同ランクとはいえ参加させる必要があったのであろうか？早期退職が終わり、大きく人事制度が変わった事で佑也は大幅なランクダウンを強いられ、それにもめげずに職群転換試験に合格して這い上がろうとしている矢先のデリカシーのない心無い仕打ちである。入社二年目の社員を対象にした教習に佑也一人だけを参加させたら二年目の面々から好奇な目で見られ、佑也がどんなに惨めな気持ちになるか容易に想像できるはずである。杏奈は激しい憤りを感じ納得がいかず本社人事に抗議をしたかったが、抗議をしたところで佑也の体調が回復する訳もなく、逆に心配を掛けてしまうであろうと思い辛うじて我慢をし、改めて佑也の看病に専念する事を決意した。

数日後、青木から杏奈にメールが届き、イタリアからであったので少し驚いたが、

「杏奈ちゃん、お元気ですか？諸星君が休んでいると聞いて心配しています。杏奈ちゃんが付いているので余計なお世話かもしれませんが、私に何か力になれる事はないでしょう

か?今G社本社と交渉事をしていますが、諸星君の事が心配で頭から離れません。私には諸星君を追い詰めてしまったという責任があるし、どんな事でも結構ですから私に遠慮なく言って下さい。二十六日の夜に日本に帰国します」

と打たれていた。杏奈には青木が自分の立場をわきまえている事が読み取れたが、佑也の想いを寄せている事が分かっているだけに複雑な気持ちであり、このメールは佑也には伝えず自分の胸にしまっておいた。

佑也は外出が可能になり、東京中央病院で長沢医師の診察を受けていた。東扇島のゴミ収集業者へ出向させられ、人事教習で恥を掻かされ、四トントラックに轢かれそうになりドライバーと助手から蹴る踏み付けるなどの暴行を受けた事などを話した。体の震えが止まらず三十八度の熱を出し、恐怖に怯えどうしても出勤する気持ちが起きない心境を明かし、もう自分はお終いであり、杏奈に申し訳ないと繰言が止まらず頭を抱え、長沢は、

「適応障害が適宜続いた事も影響していますが、明らかにうつ病です。完全に治癒するまで出勤を控えて下さい。この際、徹底的に療養に専念してもらわなくてはなりません。診断書を書きますから休職という形を取ったらいかがでしょうか?治癒するまでどのくらい掛かるか千差万別ですから期限を切るのは難しいですね」

と診断し、佑也に指示をした。杏奈は、

「長沢先生、何か私にできる事はあるでしょうか?」

と不安げな表情で尋ねると、長沢は、

「諸星さんができるだけのんびりリラックスして過ごしてもらうよう協力してあげて下さい。貴女の理解が非常に大切ですので是非宜しくお願いします」

と事実上の妻である事を理解し言い聞かせた。

佑也にはうつ病という病名が重くのしかかり、杏奈も不安な気持ちに苛まれ、佑也の苦しみを思い涙が溢れそうであったがすぐに笑顔を作り、

「佑也さん、今まで一生懸命働いてきたし辛い事が多すぎたわ。先生の言う通りゆっくり休んでね。休職願いは私が代わりに提出してくるね」

と温かい言葉を掛けると、佑也は、

「ありがとう。何から何までごめんなさい」

と謝ったが、杏奈は笑顔のまま、

「そんな顔しないで。きっと回復する時が来るわ」

と励ました。

「佑也さん、お腹空いたでしょう？何か食べに行こうか」

と誘いながら佑也の手を引いたが、佑也はうつむいたままであった。山手屋という狂った館で長年、パワハラやいじめを受け続け、すっかり心の中がぼろぼろになってしまったのだ。二人とも暗闇の中に迷い込んでしまった気持ちであったが、それでも杏奈は愛する男性のために生きているという実感があり、決して後ろ向きな気持ちは持たなかった。し

かし、たとえ佑也が回復しても山手屋のためにこれ以上傷付いてほしくないという思いが強かった。回復した時は二人で話し合って一緒に退職し、新しい道を見つけて新たに二人の幸せな世界を作りたかった。

　マンションに帰り二人は抱き合い、厳しい現実に涙を流した。佑也は何処までも付いて行こうとする杏奈が益々愛おしく、杏奈は佑也の苦しみを共有して胸が熱くなり、久しぶりにお互いの感触を胸一杯の気持ちで確かめ合った。抱き合ったまま離れられず唇を重ねてお互いを夢中で求め合い、佑也は杏奈の綺麗な肌の感触を愛でるように確かめ、杏奈は佑也の激しい愛撫に体がすっかり火照り、お互いに現実を忘れて生きる喜びが甦っていた。杏奈の携帯電話が何度も鳴っていたが、夢中で愛し合う二人の耳には届かず異次元の世界へとのめり込んでいった。

　愛し合った後、二人は手を繋ぎながら余韻に浸り、頭をぼうっとさせながら、杏奈は、

「ねえ、佑也さん、私達このまま心中しちゃうのかな？」

　と戯言を言うと、佑也は、

「心中？僕が死んでも杏奈さんには生きていてほしい。杏奈さんのひまわりのような笑顔がこの世から消えるなんて……」

　と呟いた。杏奈は、

「うふふ、何を言っているの？私は佑也さんが行く所に何処までも付いて行きたいの」

　と言いながら佑也を見つめて笑った。

不意に杏奈の携帯電話が鳴り、電話を取ると青木からであり、

「大変な時にごめんなさい。今、イタリアから帰ってきたところです。諸星君はどんな具合ですか？」

と他人行儀な聞き方をすると、杏奈は、

「法子さんは心配しないで下さい。大丈夫です」

とあえて素っ気ない返事をした。今の佑也の状態を思い他人に介入してほしくなかったからであった。青木は、

「もし諸星君が何か重い病気だったらと思うと心配で……」

と声を詰まらせたが、杏奈は、

「もし佑也さんが死んだら私も一緒に死ぬつもりです。そのくらいの覚悟はできています」

と返事をして青木とは愛情の深さが違う事を示唆し、青木は杏奈の言わんとする事をすぐに察知をし電話を切った。


杏奈の実家では清子は脳梗塞の後遺症が酷くなり、英一は介護をし切れなくなっていた。当てにしていた杏奈が佑也の元へ戻ったきり電話もしてこないため、痺れを切らして電話をすると、杏奈は、

「あっ、お父さん、お母さんは大丈夫？」

と聞くと、英一は、

「酷くなる一方だよ。面倒見切れん。杏奈、電話もよこさないで何をやっているんだ。早く帰ってこい」

　と叱った。杏奈が、

「お父さん、佑也さんはうつ病なのよ。彼に付いていないといけないわ。帰れる訳がないじゃない。自殺だってし兼ねないわ。お医者さんからもくれぐれも宜しくお願いしますと言われているのよ。だからお母さんの事を宜しくお願いします」

　と返事をすると、英一は、

「死にたい奴は勝手に死ねばいいんだ。大体、彼は杏奈に甘え過ぎだ。そんな情けない男、夫になる資格なんかない。とにかく早く帰ってこい」

　と激高し、杏奈もむきになり、

「お父さんは本当に何も分かっていないのね。私は事実上の妻よ。夫が病気の時に妻が看病するのは当たり前の事でしょう？勝手に死ねなんていくらお父さんでも許せないわ」

　と激しく反発をした。英一は逆上し、

「うつ病じゃお前を養っていけないじゃないか。お母さんとそんな男とお前はどっちが大切なんだ？」

　と問い詰めると、杏奈は、

「二人とも大切よ。でも佑也さんだって今まで一生懸命頑張って働いてきてうつ病になったのよ。彼が今までどんなに酷い目に遭ってきたか……、病気が治ったら養ってもらえばいいと思う。今、彼を見捨てたら私達は終わりよ。私こそ妻になる資格なんかないわ」

と声を震わせながら答えた。英一は辟易しながら、

「だから、お父さんは彼との結婚を反対しているんだ。お前を幸せにできる男じゃない事は最初から分かっていたんだ」

と悔しがると、杏奈は、

「お父さんはいつまで経っても何も分かってくれないのね。私は彼と一緒で幸せよ」

とあくまでも気持ちに揺るぎはなかった。英一は杏奈のいつもと同じ台詞の繰り返しに呆れながら、

「いずれお前達の生活は破綻するだろう。その時お前はどれだけ後悔する事か……」

と杏奈の気持ちを全く理解しようとせず説得を諦めて電話を切った。

杏奈はいつまでも英一が佑也との結婚を認めない事を悲しく思い、不意に佑也の背中に抱き付いて涙ぐむと、佑也は、

「僕が不甲斐ないばかりに杏奈さんはお父さんに責められて……、全ては僕の責任です。ごめんなさい」

と申し訳なさそうに謝った。杏奈は佑也に甘えるように、

「佑也さんの背中って温かいね」

とささやきながら悲しい気持ちを癒していた。

佑也は立川店きもの売場で開店準備をしていた。掃除をしながら今日も薮沼から怒鳴られるのか—、と憂鬱な気分に浸っていると、後ろから薮沼の怒号が聞こえ血相を変えて、

「貴様、またさぼっているのか」

と叫びながら金属バットを振り回し逃げる佑也を追い掛けた。佑也がつまずいて転ぶと、何倍にも大きくなった薮沼が金属バットを振り下ろし、目を瞑ると目の前が真っ暗になり、そっと目を開けると不敵な笑みを浮かべた薮沼が仁王立ちしていた。佑也は恐怖のあまり何事かを叫んだが、目が覚めて布団から上半身を起こすと夢である事に気が付いた。

佑也は夢であった事にほっとしてぼうっとしていると、杏奈は、

「佑也さん、どうしたの？何か叫んでいたけれど、何か悪い夢でも見ていたの？顔が真っ青よ」

と心配すると、佑也は額に汗を掻きながら、

「最近、昔の上司の夢を見るんだ。今日は薮沼だった……」

と呼吸を乱しながら答えた。杏奈は、

「大丈夫？昔の恐怖を思い出してしまったのね。可哀想に、こっちへ来て」

と自分のベッドに招き、佑也は杏奈の豊満な胸に顔を埋め、杏奈は佑也の頭を撫でながらまるで子供のように感じて愛おしさと哀れみの感情が湧きしっかりと抱き締めた。佑也は静かに眠り始めたが、杏奈は佑也がかなり精神的なダメージを受けている事を改めて肌で感じていた。

翌朝、朝食を済ませると杏奈は、

「ねえ、佑也さん、デートしましょう」

と誘い、気分転換させるために近くの公園まで手を繋いで一緒に歩いた。佑也のリハビリの為とはいえ、二人で散歩するのは久しぶりの事であり杏奈の胸はときめき、佑也を気遣いながら笑顔で話し掛けた。公園に入ると色とりどりの花が目前に広がり二人の心に癒しを与え、佑也はうつ病である事を忘れるくらい元気が出てベンチに座ると、杏奈を抱き寄せるほどであり、傍から見ると二人はごく健康なカップルそのものであった。

人ごみに入ると佑也の様子は変わり、俄に元気がなくなり憂鬱な気分になり頭を抱えた。杏奈は佑也の苦しみを察知して人ごみから離れた場所に連れて行き、芝生のある広場にシートを敷いて佑也を休ませた。杏奈はそう簡単に治る病気ではない事を再認識し、横になって休んでいる佑也の手を握りながらしばし考え、

「佑也さん、気分が落ち着いたらマンションへ帰りましょう。佑也さんが好きな物を作るね。何が食べたい？」

と聞くと、佑也は考える意欲も低下しているため弱々しい声で、

「杏奈さんに任せます」

とだけ答え黙り込んでしまった。そんな佑也を杏奈は優しい表情で見つめていたが、これほどまでに心がデリケートになってしまった事に内心驚き、気を付けて接していかない

と簡単には治癒させる事はできない事を認識し、逆に悪化する恐れもあるのでは？と思い、ビー球のように表情のない佑也の瞳を見つめ、心の中は激しく波立っていた。

三十七

季節は春めいていたが、佑也の病状は一進一退の状態を繰り返していた。穏やかな精神状態に戻る日もあるが、酷く落ち込み体が震え酷い倦怠感で動けなくなる事もあり、杏奈は戸惑いながらも佑也の回復を目指して辛抱強く看病を続けていた。

株主総会が終わり、全社的な人事異動が行なわれ、青木は立川店婦人小物フロアに復帰してフロア長に着任し、フロアの面々は青木のフロア長着任を待望していたため大歓迎で迎えた。営業部長であった高野は立川店店長に就任、福田取締役店長は常務取締役に就任し、青木自身は本意ではなかったものの完全に福田派に取り込まれた格好となった。青木ですらこの会社の人事を大きく左右する派閥の波に呑まれてしまったが、今後さらに昇進を目指すのであれば福田派の一員になったのは非常に有利な事であった。

青木は婦人小物フロアのトップとして、まず部下の配置転換に着手をし、犬猿の仲であった芦田をフロアから転属させ、お買物センターの専任係長に退かせるなど自分自身が仕事をしやすい面々を揃えた。佑也と杏奈にも自分のフロアで仕事をさせたかったが、二人とも休職中であり、復帰後二人をどう取り込むかを考えていた。杏奈とは微妙な関係に変化しているが、佑也がゴミ収集業者に出向した事に未だに責任を感じており、今まで以上に佑也を救いたいという気持ちが強く、フロア長の権限をフルに使い福田派の一員である事を利用してでも自分のフロアに迎えたいと意気込んでいた。

杏奈は青木がフロア長に就任した事に驚き、きっとフロア長の権限を使って佑也を自分のフロアに復帰させようと考えている事を察していたが、肝心の佑也は復帰後の心配どころの話でなくうつ病との闘いで精一杯であり、佑也がこれ以上傷付かないためにも山手屋を辞めてほしいという考えに変わりはなく、青木にもそっとしておいてほしかった。

本社人事から電話があり、佑也に休職後の様子を聞いてきたので杏奈が代わりに対応したが、人事担当係長は、

「諸星さんには困ったものですね。ここのところずっと適応障害じゃないですか。出向先でも馴染めず休職では今後受入先があるかどうか？ご本人が決める事ではありますが、受入先がなかったら正直退職なさるしかないかもしれませんね」

と佑也を心配するどころが退職を勧めようとする冷酷な発言に驚き、杏奈は啞然とし、

「が、諸星さんは適応障害どころかうつ病を患っています。ごみ収集業者への出向もそうですが、諸星さんに対する今までの仕打ちが酷過ぎた事も彼がうつ病を発症してしまった原因ではないでしょうか？」

と疑問を呈し、自分の事以上に悔しがった。人事係長は、

「我々人事は公正な評価の下、適正な人事考課や配属を行なっています。何も不当な事はしていませんよ。諸星さんが配属に対して不満を抱いているのは勝手かもしれませんがね」

と平然と自分達を正当化し、あくまでも佑也自身に責任がある事を示唆した。杏奈はすっかり呆れてしまい、

「人事の方のお考えがよく分かりました。諸星さんは私が守ります。今後の事は彼が回復をしたら二人でよく話し合って決めたいと思います」

と答えると、人事係長は、

「鮎川さん、貴女は諸星さんとの婚姻届を提出していないから正式な奥さんではないですよね？それなのに諸星さんの事についてそこまで意見をおっしゃるのは問題かと思いますが……」

と事実婚である事を揶揄するかのような言い方をした。杏奈の怒りは頂点に達し大声で、

「従業員の気持ちを全く理解しようとしない冷酷な人にそんな事言われたくありません。諸星さんの療養を乱すような真似は私が絶対に許しませんから」

とかつてないほどの激しい怒りの台詞を叩き付けた。

杏奈は必死に怒りを鎮めて冷静に考え、会社がいかに佑也に対して誤解をし偏見を抱いてレッテルを貼り、虐げているかが分かり、今後も佑也は酷い仕打ちを受け続けるであろうと思った。改めてこれ以上佑也が傷付かないためにも一緒に山手屋を退職したい気持ちが益々強まっていた。

佑也の病状は杏奈の必死の看病も虚しく一向に回復に向かわず、むしろ悪化していった。杏奈が恐れ始めているのは自殺であり、佑也は口にこそ出さないものの、僕は仕事を休んでばかりで生きる価値があるのであろうか？杏奈に経済的にも精神的にも負担を掛けて男として最低なのでは？――などと繰り返し考えては悩み、うつ状態は益々酷くなっていた。

元々穏やかな性格で口数も多くない佑也であったが、もはやそんなレベルではなく塞ぎ込んでしまっており、もし自殺に繋がったらと心配になり長沢医師のもとへ診察に連れて行った。長沢は佑也の病状を鑑みてあえて杏奈を待合室で待機するよう命じ、佑也と一対一で診察をした。長沢は柔らかい口調で、

「諸星さん、今悩んでいる事をどんな事でも結構ですから話してもらえませんか？」

と問診すると、佑也は深刻な表情で、

「私は転属しては休む事を繰り返していて何の役にも立っていないし、杏奈にも負担ばかり掛けてあまりにも情けなくて生きる気力もありません。どうしたらいいのか……」

と張りのない声で嘆き頭を抱えた。長沢は、

「諸星さん、今は何も考えずにゆっくり休む事だけを考えていればいいのです。焦らずにリラックスして下さい」

と励ましたが、佑也は下を向き落ち込んだままであった。長沢はカルテにペンを走らせながらしばし考え、

「諸星さん、リハビリの意味も込めて入院しましょうか?その方がより快方に向かうと思います」

と勧めたが、佑也は杏奈の側から離れたくないという気持ちが頭によぎり、長沢は、

「では、奥さんにも話してみましょうか」

と佑也の気持ちを見透かしたように言った。

佑也と交代で杏奈が診察室へ入ると、長沢は、

「諸星さんの看病ご苦労様です。奥さんの目から見て彼の様子はどのように映りますか？」

と杏奈を凝視しながら尋ねると、杏奈は、

「日に日にうつ状態が酷くなっていくような気がします。適応障害の時は私の前では明るく振る舞っていたのですが……」

と困惑した表情を浮かべた。長沢はやや深刻な表情で、

「今、彼の精神状態は微妙なところと言うか、重いうつ病の入口に立たされています。本人にも勧めたのですが、入院をさせてみてはいかがでしょうか？」

と単刀直入に話すと、杏奈は、

「今まで通り、私が側で看病を続けたいのが本音です。こんな時だからこそ一時も離れたくないのです。彼の病状が悪化したのは私の力不足かもしれませんが……」

と言葉が途切れ涙ぐんだ。長沢は、

「奥さん、貴女は十分な看護をされてきたと思います。職場で長い間受け続けた精神的虐

待が今になって彼の心を蝕んでいる状態です。入院を勧める理由は最悪の事態を避けるためです」

と説明し、自宅で療養するより完全看護体制の東京中央病院で療養した方が自殺に至るリスクは少ないという意味に他ならなかった。杏奈は長沢の説明を理解し、佑也と一時も離れたくないという気持ちを抑え、より佑也を守る事ができるのならばと考え入院に同意をし、佑也自身も杏奈の決意を尊重して入院する事となった。

その頃、青木は何か佑也にしてあげられる事はないかといても立ってもいられず、まずは杏奈に復職を要請した。杏奈は佑也と一緒に山手屋を退職したいという意思があったので一旦は断ったが、入院費が必要となり生活の糧も不足していた。佑也の入院と共に母、清子も介護施設に預けているため勤務時間の確保は可能であり、何よりも佑也のために働こうという気持ちが作用し、佑也の了解を得て復職を果たしたのであった。立川店婦人小物フロアの面々は杏奈の復職を喜んで歓迎し、青木は杏奈を押さえておけば、佑也が復職した時に自分のフロアへ迎えやすいと計算していた。

杏奈は立川店婦人小物フロア事務所で青木の出勤を待ちながら、懐かしい気持ちと複雑な気持ちが入り混じり事務所内を眺めていた。すっかり模様替えがされ机などの位置が変わり、青木の色に染められている事がありありと窺えた。

青木が凛とした姿で出勤すると、杏奈は、

「法子さん、フロア長着任おめでとうございます。またお世話になります。宜しくお願いします」

と丁寧に挨拶をした。青木は、

「杏奈ちゃん、いやね、そんなに他人行儀にしなくてもいいのよ。今までと同じように接してね」

と杏奈の気持ちを解すように言いながら微笑んだが、杏奈は青木に対して以前のような仲の良い先輩という意識から変化しているため、少し笑って見せたものの表情は硬かった。

青木は、

「前と同じハンカチ売場で勤務をお願いね。仕事の内容は前と変わっていないから安心して。逆に杏奈ちゃんが後輩達に教えてあげてね。皆、大歓迎しているから大丈夫よ。芦田係長は異動したから、当分の間、私がハンカチ売場の係長を兼務します」

と指示し、かつては青木が直属の係長なら大喜びしたはずであるが、もはや杏奈の心にそんな気持ちは湧き出てこなかった。青木は、

「杏奈ちゃん、どんな勤務形態で働く？諸星君が大変な時だから希望通りでいいのよ。通常の勤務にする？それとも思い切ってフリータイムにしようか？」

と提案すると、杏奈は、

「ありがとうございます。フリータイムって自分の希望の時間に退勤できるって事ですか？」

と声を弾ませると、青木は、

「そうよ、諸星君が大変な時だもの。大丈夫、任せてよ」

と安心させるように答えた。杏奈は、

「では五時までの勤務で、できれば週三回休みたいのですが」

と希望すると、青木は、

「いいわよ。人事には私から話しておくから安心してね」

と笑顔で承諾をした。杏奈は青木の親切な配慮に感謝をしながらも、佑也や清子の病状が回復しての復帰ではないため心の底からは喜べず、青木の親切な態度は佑也に対する思慕が大きく作用している事が感じられ、腹を割って話す気分には至らなかった。

ハンカチ売場では後輩達の歓迎ぶりが凄く、口々に、

「杏奈さん、お帰りなさい」

「杏奈先輩、待っていました」

と迎えて喜び、杏奈も笑顔で、

「ありがとう、また宜しくね」

と答えた。後輩達にとって杏奈は憧れの先輩なのであった。以前に比べ伸び伸びとした雰囲気であったが、芦田という厳しい上司がいなくなったため明らかに緊張感がなくなり、しばしばミスを誘発していた。クレジットカードの取り扱い方法を間違えたり、割引券の受け入れについての判断ミスをしたり、基本的なミスでお客さんに迷惑を掛けていた。芦

田の厳しい指導を受けて育った杏奈から見ると信じられない事であったが、現在は正社員ではなく、元々後輩に厳しい態度を取る性格ではない事もあり注意するのは控えていた。

ある日、後輩が客注品の発注ミスをしてしまい、

「杏奈先輩、私ミスしちゃいました。納品日を間違えてしまって……、今日お客様がご来店されるのですが、どうしよう……」

と泣き付いてきたので杏奈は呆れてしまったが、顔には出さずに、

「お客様は何時頃ご来店されるの？」

と聞くと、後輩は半べそ状態で、

「一時頃の約束です」

と答えた。杏奈は、

「あと二時間しかないわね。メーカーと型番を教えて」

と聞き出し、長年の勘でこのハンカチは新宿のA百貨店にあるとピンと頭に浮かんだので早速電話をし確保してもらった。

「すぐに新宿A百貨店のハンカチ売場に取りに行って。明日納品したらお返ししましょう」

と後輩に指示をし結果、無事に間に合い事なきを得たのであった。この話はすぐに青木に伝わり、

「さすがは杏奈ちゃんね。ありがとう、助かったわ」

とお礼を言うと、杏奈は、

「いいえ、とんでもないです。もし芦田係長がいたらあの子、絶対に怒られていますね」

と返事をしたが、青木は俄に顔色を変えて、

「芦田さんがいた方が良かったの?私が悪かった?」

と杏奈の言葉を皮肉に取った。杏奈は呆気に取られ、

「フロア長が悪いだなんて、全然そんなつもりじゃないのに……」

と悲しそうに下を向くと、青木は、

「杏奈ちゃん、言いたい事があったら何でも言っていいのよ。遠慮しなくていいわ」

と諭し、杏奈はかつてない青木の物言いに怖くなりながらも、

「売場に戻って驚いたのですが、皆、急に気が抜けちゃったみたいで基本的なミスを連発していています。係長を兼務しているフロア長から注意した方がいいと思いますが……」

とやや遠慮がちに言うと、青木は、

「分かったわ、忠告ありがとう」

とお礼を言いながらも目は全く笑っていなかった。

かつて尊敬をしていた青木ですらフロア長になって人が変わり、フロア長としての立場にこだわり兼務している売場をろくに見ず、百貨店人として最も大切な事を疎かにしているると感じ残念であり、悲しく思った。


東京中央病院では、長沢が生気のない顔でベッドに横たわっている佑也を診察していた。

「諸星さん、気分はいかがですか？」

と問診を始め、薬の効果が現れず対症療法を試みていた。佑也は、

「毎日、今後どうなってしまうのか不安で、またパワハラやいじめに遭うのではないかと……。杏奈には負担ばかり掛けていて、これから収入もなくなるし私はもう使い物にならないです。一体どうしたらいいのか考えるとろくに眠れなくて……」

と頭を抱えながら繰言を言うばかりであった。長沢は、

「収入の事は回復したら奥さんとよく話し合っていけばきっと解決しますよ。奥さんは職場復帰をしましたが貴方のためなら喜んで働くとおっしゃっていました。奥さんの事は心配しなくても大丈夫ですよ」

と佑也の不安を取り除くように言い、

「睡眠が取れていないようなので睡眠導入剤を処方しましょう。私の指示に従って飲めば安全なタイプの物を処方しますから心配ないですよ」

と佑也を安心させた。佑也は長沢の診察で多少不安な気持ちが和らぎ長沢が病室を出ると眠り始めた。

杏奈は佑也の看病のために東京中央病院へ向かっていた。ずっと佑也と一緒にいられないのは残念であったが、今日は休日であり長い時間看病ができる事が嬉しくて、短めのフレアースカートを躍らせるように国立駅へ歩いていた。今日は青木が見舞いに来る予定であり一瞬複雑な気持ちになったが、何よりも佑也の様子が気がかりであり、すぐに頭の中

から消し去った。病院に到着すると青木が見舞いに来るまで時間がある事もあり、先に売店に立ち寄って佑也の替えの下着などを買っていた。かつて杏奈が肺炎を患った時、佑也が替えの下着を買って恥ずかしそうにしていた事を思い出し、頬を赤く染めて密かに口元を押さえて笑った。

青木は予定時刻より早く病院に到着し、面会の受付を済ませ病室に入ると佑也は熟睡しており、温かい笑みを浮かべながら、

「諸星君、久しぶりね」

と話し掛けたが佑也は眠ったままであった。佑也を起こさないようにそっと顔を覗くと少しうなされて汗を掻いており、思わず目頭を押さえて、

「諸星君ごめんね。私のせいでこんなに辛い思いをさせて……」

と呟き、佑也に対する溢れるような想いを抑えられずに、鞄からタオルを取り出して佑也の額の汗を拭き、病衣の胸元を開いて胸の汗を丹念に拭き始めた。その瞬間、買物を終えた杏奈が入室すると佑也を献身的に看護する青木の姿に呆然と立ち尽くし、青木は、

「あら杏奈ちゃん、ごめんね、お邪魔しています」

と少し後ろめたい表情で取り繕ったが、杏奈は怒りを抑えられず冷静さを失い、

「ちょっと、何をしているのですか？私がやります」

と叫びながら青木の手からタオルを引っ張った。青木は、

「何するの？こんなに汗を掻いて可哀想じゃない。見ていられないわ」

と応酬すると、佑也は二人の叫び声に気が付き目を覚ましたが、すでに喧嘩が止まらない状態であった。相部屋のためもう一人の患者がブザーを鳴らし、すぐに看護師が駆け付けたがなかなか喧嘩を止められず、佑也は唖然としながらも立ち上がって杏奈の体を抱き止めた。青木は身を挺して杏奈を押さえる佑也の姿を悲しそうに見つめながら病室から出て行った。佑也は訳がわからず、

「杏奈さん、一体どうしたの？」

と杏奈の両肩を抱きながら聞いたが、杏奈も泣きながら病室を出て行った。

しばらくすると、長沢が入室して心配そうに、

「面会にいらっしゃった女性と奥さんが喧嘩をしていたそうですが……」

と聞くと、佑也は、

「僕が目を覚ますと二人が喧嘩をしていて、何が何だかよく分からなくて……」

と困惑しながら答えた。長沢は、

「あの女性は山手屋の方ですか？」

と再び聞くと、佑也は、

「そうです。僕と同期ですが、杏奈の上司でもあります」

と困惑したまま答え、長沢は少し複雑な話である事を察し、何よりも喧嘩を必死に止めて疲れた様子の佑也の病状に影響がないか心配であった。

担当の看護師がようやく杏奈を見つけ、

「奥さん、病室に戻りましょう。諸星さんが待っていますよ」

と優しく導くと、杏奈は、

「思わず感情的になってしまって、佑也さんの前で上司と喧嘩をしてしまって、彼さぞ困っているだろうと思って……。私、佑也さんに合わせる顔がないです」

と落ち込み自責の念に駆られた。看護師は温かい表情で、

「諸星さんは貴女が献身的に尽くしている事をいつも感謝していますから気にしなくて大丈夫ですよ。さあ行きましょう」

と慰めながら杏奈の手を引いた。

杏奈が看護師と共に病室に入ると、佑也は嬉しそうな表情で、

「杏奈さん、待っていたよ。プリン作ってくれたんだね。ありがとう」

と杏奈の手提げに入っているプリンを見ながら喜ぶと、杏奈は自責の念に駆られている胸の中に佑也の優しい言葉が染み入り、

「佑也さん、ごめんなさい。本当にごめんなさい」

と謝りながら佑也の体に顔を伏せて再び泣き始めた。看護師が、

「奥さんは上司の方がまるで奥さんのように看護していた事が許せなかったそうです」

と説明すると、佑也は杏奈の嫉妬心をむしろ愛おしく感じ、

「杏奈さん、そこまで思ってくれて嬉しいよ。謝らなくても大丈夫だから安心して」

と慰めた。杏奈は、

「せっかく働き始めたのに、フロア長の法子さんと喧嘩をしてしまって、明日からもう出勤できない」

　と心配し肩を落としたので、佑也は、

「じゃあ僕が青木さんに話してみようか？」

　と言うと、杏奈は、

「佑也さん、無理しないで。今はゆっくり休んでいないと……」

　と慌てて止めようとした。佑也は、

「青木さんなら話せば分かってくれるよ。僕に任せて」

　と意気込み、ベッドから起きて携帯電話を掛けた。

「もしもし、青木さんですか？今日はわざわざお見舞いに来て下さってありがとうございました」

　とお礼を言うと、青木は、

「諸星君、勝手な事をして貴方と杏奈ちゃんを傷つけてしまってごめんなさい」

　と謝った。佑也は、

「いいえ、杏奈は貴女と喧嘩をしてしまって反省をしています。申し訳ありませんでした。つい冷静さを失って誤解をしてしまったようで……」

　と逆に謝ったところで、青木は、

「いいえ、誤解ではないです。私は諸星君への想いが溢れて余計な事をしてしまったのです。杏奈ちゃんはそれを知っているからこそ怒ったのだと思います。貴方が苦しそうで切なくて、私は思わずあんな事を……」

と佑也に対する思慕を吐露し言葉を詰まらせると、佑也は驚きながらも喧嘩に発展した理由をはっきりと理解した。

「青木さん、ありがとう。貴女のお気持ちは大切にしまっておきます。杏奈は明日から貴女の下で働けないのではと心配しています。どうかお許しいただき、明日からまた杏奈の面倒を見てやっていただけないでしょうか？」

と願い出ると、青木は、

「もちろんです。せめてもの償いに杏奈ちゃんを全力で守ります。諸星君、あまり長い間話していると体が心配、杏奈ちゃんには安心して出勤するよう伝えて下さい。お大事にね」

と思慕する佑也からの願いを拒めるはずもなく、佑也の体を心配し杏奈への言付けをして電話を切った。入院中なのにもかかわらず杏奈のために身を挺して電話をしてきた佑也の誠実な人間性に触れ、益々切ない思いが溢れてきた。

佑也は青木の女としての思慕を初めて知り、しばらくぼうっと考え込んでいたが、激しい疲れが襲いぐったりとして眠り始めた。そんな佑也を杏奈は心配そうに見つめ、長沢は精神的なダメージを負っていないかと懸念し気難しそうな表情をした。

佑也のうつ状態は依然改善が見られず、唯一、睡眠導入剤が僅かながら効果を現していた。長沢は今後の治療方針に頭を悩ませていたが、過去の治癒例から考え睡眠導入剤の効果によってうつ状態から脱却できると踏み、しばらく睡眠導入剤の投与で様子を見る事を決断した。

　佑也は杏奈と青木の顔を思い浮かべながら、杏奈は上司の青木と複雑な関係に変化して果たして上手くやっていけるのか心配であり、その事を佑也には一切明かさずに献身的に尽くしてくれる杏奈に対して改めて感謝の気持ちで一杯になった。

　夕食後、勤務を終えた杏奈が入室し眩しい笑顔で、

「法子さん、この間の事を素直に謝っていたわ。佑也さんのお陰ね」

　と喜ぶと、佑也は、

「そうか、それは良かった。杏奈さん、青木さんと複雑な関係になっていたなんて今まで全然気が付かなくて、もっと早く気付いていれば良かったね」

　と後悔した。杏奈は、

「佑也さん、どうしたの？私と法子さんの問題だから貴方は責任なんか感じる事ないのに……」

　と言いながらも佑也の思いやりに胸が熱くなり、相部屋にもかかわらず佑也の首に手を回してキスをし、佑也も杏奈をしっかりと抱き締めた。青木からの思慕があっても杏奈に対する気持ちは全く揺るがず杏奈の愛情を受け止め、杏奈も佑也の愛情が変わっていない

事を確かめ安堵感を覚えていた。

真夜中の三時頃、佑也はトイレに起きて用を足して病室に戻る途中、中庭の鮮やかなブルーのプールを眺めているとうつ状態が和らぎ、心が癒されるような気がした。思わずガラスの扉を開けふらふらとプールサイドに向かい、ぼうっと眺めたまま動かずにいると不意に足を滑らせプールの中に頭から落ちてしまった。必死にもがいたが、体力、気力が落ちているうえに睡眠薬を飲んでいるため体を浮かせる事ができなかった。真冬のプールの冷たさが体に堪え、溺れたまま意識が遠のきつつあったが、僅かに残っていた執念で何とかプールサイドにたどり着き、そのままぐったり動けなくなった。

巡回をしていた警備員が懐中電灯を照らすと死体のような物体が見え慌てて駆け寄り、ずぶ濡れで真っ青な顔でぐったりとしたまま動かない佑也に驚き、すぐに救急病棟に電話をした。早速、救急医が駆け付け瞼を開けると、まだ瞳孔が開いていない事を確認し心臓マッサージと人工呼吸を繰り返し、佑也の口から水が吐かれ、すぐに担架で救急病棟へ運んだ。

マンションで就寝中の杏奈は携帯電話が鳴り、寝ぼけ眼のまま電話を取ると東京中央病院の救急病棟からであり、佑也がプールに誤って転落して溺れ気を失い、救急病棟に搬送され蘇生措置をしている最中である事を知らされ、驚愕のあまり呆然となり、ショックで気が遠くなりそうであった。何とか気を取り直し着替えるのもそこそこにマンションを飛び出し、必死に走り涙を振りまきながら、佑也さんお願い、死なないで。貴方の優しさにもっと触れていたい、抱かれたい。貴方が死ぬのなら私も一緒に死ぬわ──、という想いが胸に満ち溢れ、死ぬ気で走って救急病棟へ到着した。かつてないほど激しく号泣しながら救急医にすがり付き、

「佑也さんを助けて下さい、お願いします。佑也さん、死なないで」

とあまりにも哀れな泣き声が静まり返った病棟に悲痛なほど響き渡り、看護師は必死に慰めた。睡眠薬服用中のプールへの転落だけに危険な状態であったが、救急医はあくまでも冷静に救命措置を続け手が止まると、泣き崩れたまま動けなくなった杏奈に、

「奥さん、安心して下さい。諸星さんの心臓は蘇生しました。今はまだ気を失ったままですが、日中には目を覚ますでしょう」

と静かに告げ、看護師が杏奈の体を抱き起こした。死んだように青白い顔で気を失っている佑也の姿が余計に杏奈の悲しみを誘い、涸れるほど涙を流しながら、

「佑也さん、杏奈よ。死ぬ時は私も一緒よ」

と蘇生したのにも関わらず大声で悲痛な言葉を掛けたが、佑也は依然、気を失ったまま返事をしなかった。

杏奈は付きっ切りで佑也を祈るような表情で見つめ続け、少しずつ佑也の顔に生気が戻り始めた。朝九時頃、ようやく薄目を開け杏奈に気が付くと、ぼんやりとしながら、

「杏奈さん、どうしたの?何かあったの?」

と消え入るような声で聞くと、杏奈はほっとしながら、

「佑也さん、目を覚まして良かったわ。プールに落ちて溺れたのよ、もう……。もし助からなかったらどうしようと思って、私も一緒に死にたくなったわ」

と辛さと安堵が入り混じった表情をして布団を掌で叩いた。佑也は事の重大さに気が付き、

「えっ、プールに？確か真夜中トイレに行って、それからはっきり覚えていなくて……。杏奈さん、心配掛けてごめんなさい。真夜中に駆け付けて大変な思いをさせて、何て言ったらいいのか……」

と頭を混乱させ謝ったが、杏奈は明るい笑顔で、

「助かって本当に良かった。私達、これからもずっと一緒にいられるね」

と喜び佑也の両手を握った。佑也は命が救われて感慨深く、杏奈の両手を握り返しながら涙を一筋流して一緒に喜んだ。杏奈は、

「プールとても冷たかったでしょう？体温めないと。お茶を入れるね」

と言いながら温かいお茶を入れて飲ませると、佑也の体に温かい感覚が染み入り、心の底から生き返ったような気持ちになり、

「杏奈さん、ありがとう。助かったよ」

と感謝をした。

佑也の意識は回復したものの、また痩せてしまいうつ状態は依然続き、退院への道のり

はさらに厳しいものとなり、トラブルの連続のため長沢は気難しい表情で診察を続けていた。今まで以上に佑也を励まし続ける杏奈であったが、精神的にかなり疲れ追い詰められたような気分に陥っていた。

そんなある日、青木が面会に訪れ、杏奈は面会を許可する事を躊躇ったが、佑也は青木に対する信頼は変わっていなかったため許可するよう促した。青木が病室に入ると、佑也はすっかり痩せてしまい杏奈も元気なく下を向いている状態であり、そんな哀れな姿に涙がこぼれそうになった。何とか励まさなくてはと思い、

「お見舞い持ってきました。どうぞ召し上がって」

と杏奈に菓子折りを渡したが、杏奈は一礼して黙ったまま受け取った。青木は笑顔を作り、

「昨日ね、杏奈ちゃん宛にお客さんから手紙が届いたのよ。先週、杏奈ちゃんが接客をしたお客さん、杏奈ちゃんの親切な接客に感激したそうよ。大変な時に頑張ってくれてありがとう。店長表彰されるわ。本当におめでとう」

と感謝をし祝った。うつ状態のまま黙って聞いていた佑也は突然口を開き、

「杏奈さん良かったね。おめでとう」

と久しぶりに笑顔になって喜ぶと、杏奈はようやく笑顔になり、

「ありがとうございます」

とお礼を言った。青木は急に思い出したように、

「それから写真を持ってきたわ」

と言いながら二人に見せると、二人だけの結婚式の日に青木を交えて三人で食事をした時の写真であった。幸せそうな二人を青木が笑顔で見守っており、佑也の目は輝き、杏奈はじっと見ながら瞳が涙で一杯になった。青木は、

「この写真、久しぶりに部屋の机から出てきて、この日の気持ちが甦ってしまってね。二人とも良かったなあって」

と少し照れながら言うと、佑也は、

「青木さん、この写真いただいてもいいですか？」

とお願いすると、青木は、

「諸星君が喜んでくれるならあげるわ」

と笑顔で返事をした。

「杏奈ちゃん、この写真を久しぶりに見て思ったのよ。こんなに純粋に愛し合う二人をもっと温かく見守らなくちゃって。杏奈ちゃんと二人で一生懸命に頑張る諸星君を応援しないとね」

と自戒の意味を込めて言うと、杏奈は、

「法子さん、ありがとうございます」

とお礼をいいながら目頭を押さえ、佑也はベッドの横に置いてある二人だけの結婚式の写真の横にこの写真を並べた。青木は、

「諸星君、ありがとう。諸星君が退院したら婦人小物フロアで二人の結婚パーティーをし

たいと思っているのよ。まだ皆でお祝いしていなかったから。賛成してくれるかな？」

と提案すると、二人とも喜び同意した。

青木は時間を気にして、

「すっかり長居しちゃったわね。二人の邪魔にならないようにそろそろ帰るわ。お大事にね」

と言いながら手を振って病室を出た。杏奈は青木の態度に佑也への思慕ではなく純粋に二人を励まそうという意志を感じて安堵し、少し前向きな気持ちになっていた。

三十八

その後、佑也のうつ状態は一進一退を繰り返していたが、睡眠障害だけはなく熟睡できている状態であった。

看病に来た杏奈は病院の入口付近でばったりと長沢に逢い笑顔で、

「長沢先生、こんにちは」

と挨拶すると、長沢は、

「こんにちは。奥さん、毎日大変ですね」

と労った。杏奈は、

「いいえ、今日は仕事が休みなので一日看病ができますから」

と嬉しそうな表情をすると、長沢は、

「奥さんほど熱心に看病にいらっしゃる方はなかなかいませんよ。諸星さんは幸せですね」

と笑顔を見せたが、杏奈は、

「私、なかなか彼を救う事ができなくて。全く未熟です」

と悲しそうな表情に一変した。長沢は、

「いや、奥さんのお陰で最悪の事態は免れそうです。諸星さんは貴女と一緒にいると表情が明るくなります。私こそ諸星さんをなかなか回復させる事ができず申し訳なく思います」

と名医とは思えないほど謙虚な態度で言った。

杏奈は、

「先生って優しいですね。先生はどうして心療内科の医師になられたのですか？」

と温かい眼差しを向けながら聞くと、長沢は、

「私は元々内科を専攻していたのですが、大学院の時に父が事業に失敗してノイローゼで自殺しましてね。何故、父を救えなかったのか？そんな事ばかり考えるようになりました。それから精神科に転換したのです」

と少し悲しそうな表情で答え、杏奈は、

「そうだったのですか。すみません、余計な事を聞いてしまって……」

と謝った。長沢は、

「いいえ、気にしないで下さい。昔は精神病院を気違い病院なんて言うほど偏見がありましてね。心療内科という名称ができて多くの人が堂々と診察を受けられるようになったのは二十一世紀に入ってからなんですよ」

　としみじみと語った。佑也が立川店きもの売場で薮沼から激しいパワハラを受けていたのはまだ二十世紀の出来事であり、パワハラという言葉も浸透しておらず、当時、佑也は心療内科の診察を受ける事すらできずに我慢をしていた事を思うと深い悲しみに陥り、杏奈自身も何もしてあげなかった事を後悔した。

　その頃、佑也は激しくうなされ悪夢を見ていた。薮沼を筆頭に涌井、元橋、曽木、館山、石橋など過去に佑也にパワハラをしてきた面々が顔を揃え、意地悪そうなベテラン女性が脇を固めていた。佑也は恐怖に怯え、

「何をするんですか？私が何をしたというのですか？や、止めてくれー」

　と必死に叫んだが、薮沼は、

「だから、おめえは駄目なんだよ。おめえはもう終わりだな」

　と冷たく言い放ち、不気味な笑みを浮かべながら他の面々に合図を送り佑也を拉致した。佑也は必死にもがいたが全く抵抗できず、十字架に鎖で磔にされ、全員殺意に満ちた表情になり金属バットや鉄パイプを佑也目がけて振り下ろした。何度も殴り付けられた佑也は何故か痛みは感じなかったが、次第に気が遠くなりぐったりと動けなくなってしまった。

　彼らが高笑いしながら去って行くと、霧の中から自由の女神が見え佑也に近づき、

「鎖を外しましょう。楽にしてあげます」

と優しい声でささやきながら鎖を外していくと、次第に体が楽になり意識が戻り始めた。体が自由に動くと体中に歓びが溢れ、自由の女神は、

「貴方は心の鎖からも解き放たれます。さあ、自由になりましょう」

と告げながら微笑みを浮かべ、佑也は顔をじっと見つめると間違いなく杏奈であった。佑也は、

「杏奈さん」

と声を上げながら手を伸ばすと自由の女神も手を伸ばし、二人の手はしっかりと繋がれて佑也の心は解き放たれたのであった。その瞬間、佑也は何かを悟り開眼した思いになったが、自由の女神は姿を消し、追い掛けようとした瞬間に目が覚め夢である事に気が付いた。

杏奈は佑也の顔を覗き、

「目が覚めたのね。大丈夫?汗びっしょりよ」

と心配し汗を拭うと、佑也は、

「夢だったのか……」

と呟いた。病衣に滲むほどの汗を掻いていたが、爽やかな表情を見せながら杏奈の顔を見つめると、

「自由の女神、いや杏奈さん、本当にありがとう」

と感謝をしながら杏奈を抱き寄せたが、杏奈は、

「はあ?自由の女神?ありがとうって何が?」

ときょとんとした表情をした。佑也は、

「分かったんだよ。僕は今まで色々な事にこだわって自分を縛り付けていたんだ。何で僕だけこんなに給料が安いのかとか、何でいつまでも平社員なんだとか、パワハラばかり受けるのかとか、そんな事ばかり考えていた。これからは、そんなこだわりを全部捨て去らなければならないんだ。そうすれば自由になれて一歩前に踏み出せる。自由の女神、いや杏奈さんが教えてくれたんだよ」

と声を上げながら輝いた表情をした。杏奈は、

「えーっ?私がいつそんな事を教えたの?佑也さん、どうしたの?」

と不思議そうな顔をすると、佑也は、

「杏奈さん、僕は山手屋を辞めて今までのこだわりを全部捨てて生きていきたい。賛成してくれるね?」

と同意を求め、杏奈は、

「佑也さんがこの百貨店で傷付く姿はもう見たくありません。佑也さんに付いて行きます。新しい二人の世界を作りましょうね」

と賛成し佑也の気持ちに応えた。佑也の表情はすっかり明るくなり、次第にうつ状態から解放されていった。

急速に回復をした佑也を診察した長沢は、

「睡眠導入剤が上手く作用したようですね。完全治癒ではないですが、もう普通に生活できる状態です。退院を許可しましょう」

と診断し、佑也は、

「ありがとうございます。先生のお陰です」

と深く感謝をした。長沢は、

「諸星さんは私の治療方針によく順応してくれました。それから奥さんの献身的な看病も大きかったと思います」

と分析すると、杏奈はそっと涙を拭き、嬉しさと今までの苦しみを思うあまり言葉が出なかった。

長沢は杏奈と青木の喧嘩や佑也が誤ってプールに転落し溺れた事などを思い出して苦笑いをし、佑也と杏奈は再び長沢にお礼をして手を繋いで東京中央病院を後にした。

翌日、佑也と杏奈は本社人事を訪れ退職願いを提出し山手屋を去った。佑也は勤続十七年目、杏奈は十三年目にして山手屋という狂った館に、ついに見切りを付けたのであった。

佑也は新入社員の頃、お客様に夢を与えるようなデパートマンになりたい—、と希望に胸を高鳴らせた事を思い出していた。十七年間、全く予想もしなかった苦難の連続で夢や希望は無残にも砕け散り、うつ病に侵されるまで追い詰められてしまい退職を余儀なくされ、大企業で栄達を願っていた両親に申し訳なく思ったが、杏奈という唯一無二の伴侶を得ていた事が大きな救いであった。

様々なこだわりを捨て去る事によって再出発を図ろうとする佑也は退職願いを提出した瞬間から、この百貨店から受けた数々の非道な仕打ちはもう忘れ去っていたが、佑也の退職と歩調を合わせるように山手屋は従業員の人権の尊重といった観点から、パワーハラスメントの禁止規定と窓口を設けた。近年、企業コンプライアンスが重視されてきた世間の流れを汲んで設けられたものであり、今後どれほどの効果を示すかは定かではないが、禁止事項は佑也が受けてきた種類のパワハラばかりであり、佑也にとっては遅すぎた決定であった。三ヶ月後の池袋店の閉店に伴い、三百人規模の早期希望退職の募集を行なうという噂が流れており、従業員達は戦々恐々としているという。この百貨店は何度同じ過ちを繰り返せば気が済むのであろうか？社長以下役員達は再び責任逃れをしようと画策しているのであろうか？

佑也と杏奈は立川店婦人小物フロアを訪ね、フロア長の青木に退職の報告をした。佑也は、

「青木さん、今まで本当にお世話になりました。他の同期とは全く気が合わなかったけれど、青木さんだけは心から信頼していました。青木さんと逢えて幸せでした」

と折り目正しく挨拶すると、青木は涙を堪えきれず、

「諸星君、本当に辞めてしまうのね。諸星君と別れたくない。今まで色々ありがとうござ

いました」

と挨拶しながら両手で顔を覆い、それ以上言葉が出なくなってしまった。佑也は黙ってしまい、青木の横恋慕に苦しんできた杏奈は、同期であることを超えた感情を露わにする姿に少し複雑な気持ちになったが、姉のように慕ってきた青木とこれで最後かと思うと感慨深く許す事ができた。沈黙を破るように佑也は、

「青木さんはフロア長で次期店長候補じゃないですか。次期店長が子供のように泣くなんて様にならないですよ」

と温かい表情をしながら言うと、青木は、

「そんな事言わないで。店長になんかならなくていいから諸星君と別れたくない」

と言いながら佑也に抱き付いて再び涙を流した。そのまま離れずにいると杏奈は、

「法子さん、ずっと佑也さんに抱き付いてるの見ていられなくて……、辛いよ」

と笑いながら駄々っ子のような口調で言うと、青木は佑也から体を離し釣られるように笑い、三人とも元のような親友同士に戻っていた。杏奈は、

「法子さん、新入社員の頃から可愛がって下さりありがとうございました」

と挨拶すると、青木は、

「私こそ色々ありがとう。諸星君とお幸せにね。あーあ、私諸星君に振られちゃったわ」

と言いながらも表情は明るかった。杏奈は、

「法子さんみたいにしっかりしていて素敵な人なら、またチャンスはありますよ」

と言うと、青木は、

「もう私は女として生きる事はできないわ。店長なんて話になったら絶対無理ね」

と諦めたように言ったが、内心は自分も杏奈のように幸せになりたいという気持ちは捨てていなかった。

青木は二人と談笑しながら、今までの事を振り返っていた。同期で出世頭だった山中は会社の犠牲となり自らこの世を去った。立川店憧れの美人エレベーターガールの沙代子も社内で身の置場がなくなり散ってしまった。最大の親友である同期の佑也は会社から徹底的に追い詰められ退職を余儀なくされ、可愛い後輩であった杏奈も退職した。何故、佑也のように優しく誠実な人物が去らねばならないのか？何故、杏奈のように明るい笑顔が素敵で魅力的な女性まで失わなければならないのか？山手屋には間違いなく怖ろしい魔物や妖怪が棲み付く狂った館であると改めて感じていた。笑顔で手を振る佑也と杏奈を見送りながら、心の中に埋め様のない大きな空洞ができてしまったような気がした。

三十九

佑也は二ヶ月のリハビリを経て、杏奈と共に新調したスーツを着て手を繋いで国立駅に向かっていた。二人とも底抜けに明るい笑顔で、特に佑也はうつ病がほぼ完治し、痩せていた体も元通りになり今までにない笑顔を見せていた。

　二人は東京中央病院で偶然、南青山にある診療所の事務方の募集要項ポスターを目にし、長沢医師の推薦状を得て応募し採用されたのであった。所長は長沢と大学の同窓で、医師としても人間としてもヒューマンで信頼できる人物であり、診療所は総勢二十名程度の家族的な雰囲気で温かく、働き甲斐があると判断し再就職したのであった。佑也は患者の情報などパソコンへの入力やカルテの整理などの仕事をし、杏奈は主に受付業務を行なった。

　勤務後、二人は表参道のカフェでささやかな乾杯をした。杏奈はようやく父、英一の許しを得る事ができ、二人は入籍をして正式な夫婦になった事を喜び合った。

　原宿駅へ向かう帰りに思い出のツリーの下に佇み、佑也が、

「出勤してこんなに爽やかな気分、社会人になって初めてだよ」

　と爽やかな表情をすると、杏奈は、

「本当ね。佑也さんがそんなに爽やかな顔をするの初めて見るわ」

　と笑いながら喜んだ。杏奈は佑也と手を繋ぎながら、

「ねえ、佑也さん、初めてこのツリーの下に来た時の事を覚えている？」

　と佑也を見つめながら聞くと、佑也は、

「うん、確か初デートの日だったね」

　と遠い目をしながら答えた。杏奈は、

「そうよ。私、あの時にもう貴方と結婚するって決めたのよ。だから、貴方を放したくな

いと思って背中に抱き付いたわ。でも、貴方何だか困っていたみたい」

　と懐かしそうに打ち明けると、佑也は驚き、

「えっ?あの時にもう結婚を?全然気が付かなかったよ。結婚まで随分待たせてしまったね、ごめんね」

　と謝ると、杏奈は、

「うふふっ、でも待った分喜びが大きいわ。佑也さんを信じていたし」

　と微笑んだ。佑也はツリーを見上げながら、

「婚約指輪を渡したのもこのツリーの下だったね」

　と言うと、杏奈は左手の指輪をかざし、ひまわりのような眩しい笑顔を見せた。佑也は杏奈の両手を握りながら、

「今まで心配ばかり掛けてしまったね」

　としんみりした声で言うと、杏奈は、

「いいえ、辛い事でも共有できると幸せだと分かりました」

　と少し瞳を潤ませた。佑也は、

「これからは楽しい事も沢山共有しましょう」

　と言いながら杏奈の艶やかな髪に触れた。

　杏奈は俄に甘えるように、

「ねえ、佑也さん、貴方もすっかり元気になったし、貴方の赤ちゃんを産みたいの。いい

でしょう？」

と佑也を見つめながらねだり、佑也が、

「そうだね。僕達の結晶がほしいね」

と賛成した。杏奈は瞳を輝かせて、

「佑也さん、ありがとう。今夜から頑張りましょうね」

と張り切り、佑也は何となく恥ずかしくて顔を赤くして下を向いた。杏奈はそんな佑也を見ながら、

「もう、佑也さんて純情ね」

と笑い、佑也も照れ笑いをした。

すっかり幸せな気分の二人は愛しさが募って抱き合った。事実婚をして一年足らずで別居を余儀なくされ、再会した時、佑也はうつ病に侵されており、ほぼ完治した今、やっと幸せを取り戻して正式な結婚生活のスタートを切る事ができ、お互いに感慨無量であった。今まで二人を見守り続けたツリーの下で熱いキスを交わし、幸せな未来を誓い合った。狂った館に翻弄され続けた佑也はようやく自分自身をリニューアルする事ができ、杏奈と共に新たな第一歩を力強く踏み出したのであった。

著者プロフィール

徳川 夢路（とくがわ ゆめじ）

東京都に生まれる。
都内私立大学を卒業後、大手百貨店で30年余り勤務。
現在は社会派作家として活動中。

狂った館

2024年２月15日　初版第１刷発行

著　者　徳川 夢路
発行者　瓜谷 綱延
発行所　株式会社文芸社
〒160-0022　東京都新宿区新宿１－10－１
電話　03-5369-3060（代表）
03-5369-2299（販売）

印　刷　株式会社文芸社
製本所　株式会社MOTOMURA

ISBN978-4-286-24879-0